Reglindis Rauca

FATZVOGEL

Reglindis Rauca

FATZVOGEL

Roman

Plauen, 11. 12. 13

mitteldeutscher verlag

2014

www.mitteldeutscherverlag.de

Gesamtherstellung: Mitteldeutscher Verlag, Halle (Saale)

ISBN 978-3-95462-126-2

Printed in the EU

Für Götz

So komm! dass wir das Offene schauen,
dass ein Eigenes wir suchen, so weit es auch ist.

Hölderlin

Marie rennt, keucht und schleppt.
Der Zeiger ruckt auf 14.23 Uhr.
»Einsteigen!«, brüllt der Schaffner, stiefelt auf Marie zu und fragt »Nun, Fräulein, woll'n Sie mit?«
»Nach Radeburg?«
»Nun klar.«
»Mit diesem Ding?«
»Sie sind wohl nicht von hier«, fragt er und mustert sie von der Fellmütze bis zu den Stiefeln, »das ist der Lößnitzdackel, ging achtzehnhundertvierundachtzig in Betrieb, als dritte Schmalspurlinie im Königreiche Sachsen.«
Marie klappt der Unterkiefer herunter. »Wie lange braucht der denn nach Radeburg, der Dackel?«
»Nur fünfzig Minuten«, sagt der Schaffner, reckt sein üppiges Kinn in die Winterluft, streckt den Bauch vor und streichelt seine Uniform. »Sechzehnkommafünfundfünfzig Kilometer.«
»Über eine dreiviertel Stunde, für sechzehn Kilometer?« Sie sieht den Schaffner sprachlos an. »Sind die Wagen innen wenigstens geheizt?«
»Im Dackel ist es mollig warm.« Er hievt ihr den großen, braunen Koffer auf die Plattform, Marie steigt hinterher.
»Nun Fräulein, gute Fahrt!«
14.26 Uhr. »Abfaaahrt!«

Das Ungetüm bahnt sich seinen Weg. Langsam, unbekümmert und unbeirrt nimmt es seinen vorgeschriebenen Lauf, stößt lang gezogene, anhaltende Laute aus und speit winzige Rußpartikel in die klare Winterluft. Links und rechts der Spur schwebt schwarzer Flor auf den unberührten Schnee.
Marie pfeift der eisige Fahrtwind um die Ohren, sie schiebt die schwere Eisentür auf, den Koffer hinein, drinnen schlägt ihr Bullenhitze entgegen. Mollig ist gar kein Ausdruck, denkt sie, reißt Handschuhe und Mütze herunter, wickelt den Schal ab, zieht den Parka aus. Setzt sich auf eine braun lackierte Bank, wischt mit dem Handschuh über die beschlagene Scheibe und sieht hinaus.
Der Zug hält, nach wenigen Minuten Fahrt. Irgendwie müssen die fünfzig Minuten ja zusammenkommen. »Weißes Roß« steht auf einem Schild, von Schneewehen umrahmt, ein altes Gebäude ragt einsam in die Landschaft. Ein Mann mit Kelle und Trillerpfeife steht in Position, der Zeiger auf der Bahnhofsuhr ruckt, ein Pfiff ertönt. Die Kolben bewegen sich, die Lok stößt eine schwarze Wolke aus, stampft an den Weinbergen vorbei, die sich terrassenförmig zur Linken erheben, sie werden mit Schwaden eingedeckt, der Dackel pfeift sich eins, hinein in den Lößnitzgrund. Rundum wölben sich weiße, bewaldete Hänge, ein Bach ist zu buckeligem Eis erfroren, Schneehügel am Ufer. Ich fahre nach Sibirien, zuckt es Marie durch den Kopf, in die Verbannung. Die nächste Haltestelle. »Frie« steht auf einem Schild, der Rest verschwindet unter Eis und Schnee. Der Dackel schnaubt in seiner Spur. Weite Ebenen ziehen vorüber, ein Teich, noch ein Teich, noch einer, auf der Eisfläche liegt Schnee, leicht wie Puderzucker, die Wagen rattern über einen kleinen Damm, Kristalle

glitzern, alte Bäume erheben ihre Zweige, die Sonne brennt in den Augen, Schrebergärten, Häuser, Moritzburg. Ah, denkt Marie, da muss ich unbedingt mal hin, ins Schloss, zum alten Leuchtturm, um die Teiche. Am besten, ich nehme im Frühjahr das Fahrrad mit.
In Moritzburg ist das berühmte Diakonenhaus, in dem fromme Brüder ausgebildet werden. Zur Grundausrüstung gehören Bart, Bibel, Jesuslatschen und Gitarre, auch ein schlichtes Gemüt schadet nicht. Marie hat sich für eine ähnliche Ausbildung entschieden, zur Gemeindehelferin, drei Jahre im Amalie-Sieveking-Haus in Radebeul. Die Eltern waren dagegen, warum Gemeindehelferin, warum nicht Theologie, nein, sie will mit Jugendlichen zu tun haben, beharrte Marie, was soll sie mit Altgriechisch und Exegese, sie will nicht von der Kanzel herab große Reden schwingen, sondern mittendrin sein im Gemeindeleben, am besten in dem der Jungen Gemeinde. Den Ausbildungsplatz hat sie schon lange sicher, als andere in der EOS um ihren Studienplatz bangten, saß sie gelassen in der Bank. Im Frühjahr flatterte ein Brief vom Sieveking-Haus herein, sie stellten Marie ohne Absprache ein Jahr zurück, empfahlen ihr eine praktische Phase zwischen den theoretischen Einheiten Schule und Ausbildung, eine Tätigkeit in der Diakonie, wo und was, blieb ihr überlassen, immerhin regulär bezahlt. Marie war geschockt, jetzt waren alle guten Studienplätze weg. Ein Jahr war eine Ewigkeit. Sie erkundigte sich in der sächsischen Diakonie, sah sich Verschiedenes an und entschied sich für Radeburg, nicht wegen der Anstalt oder dem Städtchen, sondern der Nähe zu Dresden, der barocken sächsischen Hauptstadt mit ihren Theatern, Konzerten, Cafés und Museen.
Die Fahrt geht weiter, durch Wälder und Siedlungen,

Cunnertswalde, Bärnsdorf, Berbisdorf, Radeburg. Das schwarze Gestänge steht mit einem Ruck, die Räder quietschen, das Ungetüm haucht den letzten Schwaden aus. Endstation. Marie hievt den schweren Koffer aus dem Wagen. Kein Mensch zu sehen. Sie fragt den Schaffner, wie weit es bis zur Anstalt ist. »Die Anstalt, aufm Berge? Das ehemalige Rittergut? Mit dem Koffer, Fräuleinchen? Ich ruf Ihnen ein Taxi.«

Das Taxi fährt durch das Städtchen. Viel ist hier nicht zu sehen, ein Kirchlein mit Zwiebelturm und Wetterhahn, ein Rathaus, ein Marktplatz mit Brunnen in der Mitte und Bürgerhäusern drum herum, gelblich, rosa und etwas, was früher mal grün oder blau gewesen sein könnte, zwei, drei Kneipen, Apotheke, HO, Drogerie, Kurzwarenladen, an der Ecke eine Konditorei mit Kuchen, Torten, Cremeschnitten und sächsischem Café. Das Kakaomädchen lächelt von der Wand, was soll es sonst machen. Heinrich Zille wurde hier geboren, Fasching hat hier Tradition, sie feiern mit selbst genähten Kostümen und prämieren die mit den verrücktesten Ideen. Weiter draußen, hinter der Autobahn gibt es einen schmucklosen Stausee, noch weiter draußen eine landwirtschaftliche Produktionsgenossenschaft, in der Hühner Eier legen, die nach Fisch schmecken.

Der Chef der Anstalt, ein hochgewachsener, hagerer Mann mit kantigem Gesicht, begrüßt Marie. »Tach, Schulze.« Er trägt ihr fröhlich den schweren Koffer die lange Holztreppe hinauf, den Flur entlang, durch eine große Wohnung, an deren Ende sie zwei kleine Zimmer bewohnen wird. Direkt darunter liegt die Leichenhalle, das verschweigt er. Auch einige Brüder und Schwestern wohnen auf dem Gelände, erzählt er, im Gebäude

gegenüber mit dem verglasten Eingangsbereich Bruder Ulla mit Frau und Kindern, er ist für die obere Station verantwortlich und wird ihr alles zeigen und erklären, ein sehr vertrauenswürdiger und lieber Bruder. Er selbst wohnt mit Weib und Kindern weiter drüben, über die Wiese. Bruder Fiedler, für die untere Station verantwortlich, wohnt mit Familie am Rosengarten, von dem man jetzt nicht viel sieht; der Koch der Anstalt, kein Bruder, aber auch in Ordnung, wohnt in einem einstöckigen Holzhaus unterhalb des Gestüts. Das Gestüt war mal der Stolz der Anstalt, erzählt der Schulze-Chef weiter, ein Moritzburger Insasse hatte hier eine Zucht Warmblüter weitergeführt, er konnte nicht ohne seine Pferde leben und hatte gestriegelt, gefüttert und ausgemistet, bis zuletzt. Jetzt stehen hier noch ein paar Ponys, mit denen die Kinder des Personals herumreiten. Er fragt, ob sie was von Pferden versteht, sie schüttelt den Kopf und schweigt. In ihrer Freizeit will sie so oft wie möglich nach Dresden ins Theater, ins Museum fahren und nicht im Stall schuften.
Marie nickt, das ist alles neu hier, sie sind wie eine große Familie, sie duzen sich, sie reden sich mit ›Bruder‹ und ›Schwester‹ an, nur der Chef wird gesiezt. Sie dreht die Heizung an und packt den Koffer aus.

Die Insassen der Anstalt werden rund um die Uhr gepflegt, gefüttert und bewacht. Die Tage sind klar strukturiert und geregelt, wer fit ist, kann sich, wenn er will, nützlich machen, das wird mit einem Taschengeld vergolten. Am Sonntag Vormittag gibt es für alle eine hauseigene Andacht, mit einer Ansprache und Predigt vom Chef oder dem diensthabenden Bruder, die über Lautsprecher, die nicht abgedreht werden können, in alle Zimmer übertragen wird, danach wird der Sonn-

tagsbraten mit Nachtisch serviert. Am Nachmittag erklingt Musik aus dem Radio, was Leichtes, Unterhaltsames. Besuche des Restaurants und Ausflüge in ein benachbartes Dorf oder nach Dresden müssen von den Insassen angemeldet werden, die Anstaltsleitung entscheidet, wer fahren darf, wohin und wie lange, Abfahrt und Ankunft sind streng geregelt.
Bei schönem Wetter sehen manche Insassen abends auf einer Bank der Sonne beim Untergehen zu, im Schwarzweiß-Fernseher im Speiseraum läuft die ›Aktuelle Kamera‹, danach ein Film aus alter Zeit. Wer hier eingeliefert wird, bleibt, die Anstalt verlässt man nur mit den Füßen zuerst.

*

Das kleine Zimmer ist rappelvoll, Marie platzt herein. »Guten Morgen, ich bin die Neue, ich heiße Marie, ich komme jetzt öfter«, ruft sie und strahlt in die Runde. Sie schauen erstaunt auf, lächeln, lachen, »Guten Morgen, herzlich Willkommen, na dann«.
Das Zimmer leert sich, sie gehen an die Arbeit. Ein Mann bleibt am Medikamentenschrank stehen, in tannengrünen Hosen mit Schlag, wie aus den Siebzigern, den dunkelblauen Kittel lässig darüber gehängt, darunter strahlt ein feingestreiftes Hemd. Seine braunen Augen erscheinen riesig hinter einer großen Hornbrille. Marie wundert sich über seine Klamotten, irgendwie komisch, altmodisch, so altmodisch, dass sie schon wieder schräg sind, vor allem das Tannengrün und Dunkelblau, irgendwas an diesem Menschen, der eigentlich ganz ernsthaft erscheint, ist lustig, leicht daneben. Sie weiß nicht, was sie von ihm halten soll, er streckt die Hand aus und sagt »Bruder Ulla.« Er führt sie durch

den Tag, zeigt ihr die Zimmer, stellt sie den Insassen vor, »das Fräulein Maler«, erklärt Handgriffe.
»Schönes Hemd«, sagt sie, um irgendwas Freundliches zu sagen. Er sieht sie an, seine Augen werden größer und größer. »Nicht wahr«, sagt er, »es sind großartige Streifen, es ist großartig, einfach großartig gestreift.«
Sie gehen runter, in einem kleinen Raum steht ein langer Tisch, heute gut besetzt. Marie setzt sich neben Bruder Ulla, er hat sie unter seine Fittiche genommen, es macht ihm Spaß, den Mentor zu spielen, den Beschützer, Erklärer, den großen Bruder.
Es gibt gebackenes Schnitzel mit Gemüse und Kartoffeln, danach Vanillepudding mit roter Sauce. Ein Bruder mit krausem schwarzem Bart lacht mit lustigen Äuglein zu Marie herüber, »Bruder Bettelmann«, flüstert ihr Bruder Ulla ganz leise zu, »der bettelt um Liebe, aber keine erhört ihn.« Bruder Ulla kichert in sich hinein und stößt sie mit dem Arm mehrmals leicht von der Seite an. Ein anderer Bruder träumt in sein Schnitzel, streicht sich wieder und wieder über seinen blonden, weichgelockten Bart und richtet die vor Frömmigkeit triefenden Augen in den Schnee, der sich vorm Fenster türmt. »Bruder Licht«, nuschelt es an ihrem Ohr, »wenn der zupacken soll, wird's ganz finster, der hat zwei linke Hände.« Ein kräftiger Mann säbelt energisch auf seinem Teller herum, kaut, lacht und kaut. »Bruder Fiedler, ein ganz Tüchtiger, auch in der Kneipe«, raunen die feuchten Lippen an Maries Seite, dabei funkelt er sie mit seinen braunen Augen hinter der Brille an. Auch der Chef ist da, neben ihm sitzt eine blonde, dralle, rotwangige Frau, ein nordischer Typ, die Chefin, erfährt Marie, »kommt von den Fischköppen, hat auch zu Hause die Hosen an«. Weitere Frauen sitzen am Tisch, kräftige, bäuerliche Typen, rechts hinten der Koch Jür-

gen Koller und sein Gefolge. »Vorsicht«, warnt Bruder Ulla, »ein Staatsfeind.« – »Wieso?«, flüstert Marie. »Der hat einen Antrag laufen, auf Ausreise.« Er sieht sie durchdringend an, seine Augen flackern hinter der Brille wie zwei Lichter, die der Wind gleich ausblasen wird. Eine interessant aussehende Frau in den Dreißigern mit wachen Augen, rabenschwarzen Korkenzieherlocken und einem scharfen, fast südländischen Profil lächelt spöttisch in ihren Vanillepudding. »Gitte«, flüstert er, »auch eine Staatsfeindin, die hat was mit Koller.« Am Ende der Tafel sitzen zwei junge Männer, der eine schlank und hager, das ernste Gesicht von schwarzen Locken umrahmt, ein Theologiestudent, der andere blond, pausbäckig, ein Praktikant aus dem Diakonissenhaus in Dresden. Die jungen Männer kauen schweigend.

Nach dem Mittagessen erklärt Bruder Ulla Marie, welcher Insasse welche Medizin bekommt, er hat sie in kleine, milchweiße Plastebecher verteilt, die auf einem Tablett stehen, mit den Namen der Insassen darunter, viele bekommen etwas. Selbst Medizin setzen darf sie nicht, weil sie nur eine Hilfskraft ist. Bruder Ulla schaut auf sein gestreiftes Hemd und murmelt »großartig«.
Er geht mit Marie in Zimmer neun und zeigt ihr, wie man einen Insassen umbettet, der nicht mehr aufstehen kann. »So lange sie rüstig sind, helfen sie sich allein, aber dann …« Er steht auf der einen Seite des Bettes, Marie auf der anderen. Er rollt den Insassen, einen Herrn Kasimir, vom Rücken auf die Seite, Herr Kasimir stöhnt. Er ist am Rücken wund, Marie schaut entgeistert auf die roten Flecken, die sich schon öffnen, sie fragt, was das ist, »ein beginnender Dekubitus«, sagt Bruder Ulla. Er versorgt die Wunden, zieht auf seiner

Seite ein frisches Laken ein, dreht Herrn Kasimir, der wieder leise stöhnt, vorsichtig auf seine Seite, Marie nimmt auf ihrer Seite das alte Laken heraus, zieht ein frisches ein, Herr Kasimir bekommt ein frisches, weißes, offenes Nachthemd an, sie betten ihn zurück. Er ist leicht wie eine Feder, nur Haut und Knochen. Ein Herr aus dem Bett links röchelt, Marie versteht nur »Brr Brr« und »Frhh Frhh«, Bruder Ulla erklärt und zeigt geduldig. Sie schaffen den Eimer mit den dreckigen Laken ins Waschhaus, es stinkt bestialisch.

Ihr Tag ist zu Ende. Sie starrt aus dem Fenster, große, einzelne Flocken tanzen in der Luft. Was soll ich hier?, fragt sie sich. Mein Ausbildungsplatz war für dieses Jahr fest zugesagt. Sie haben mir ein praktisches Jahr aufs Auge gedrückt, ich hätte es gerne in Leipzig absolviert, in der Sozialfürsorge, denen war ich zu jung. In Zwickau hatte mir das Heim mit den behinderten Kindern gefallen, die Räume waren hell, die Mitarbeiter freundlich, aber Zwickau ist nicht Dresden. Das hier ist die einzige Möglichkeit in der Nähe einer Großstadt, deshalb habe ich mich dafür entschieden, ich muss hier durch.

In Zimmer neun liegen die schweren Fälle. Nur in den beiden angrenzenden, winzigen Kammern wohnen zwei, die gut zu Fuß sind, Horschte und Kalle Bruschke. Der Bruschke ist klein, speckig und verlottert. Mit leicht und stetig zitternder Hand hält er die kalte Zigarre, solange er noch auf dem Flur und den Treppen ist, auf denen er nicht rauchen darf; sobald er unten in der kleinen Glasveranda sitzt, pafft er den dicken Stummel an. Wenn er Marie sieht oder sie an ihm vorübergeht, nuschelt er »Die Rrrothaarige, die rrrothaarige Germania« und verzieht den Mund zu einem schiefen Grinsen, als wüsste er irgendwas, was andere nicht wissen.

»Horschte!« Eine schnarrende Stimme schallt durch den Korridor. Von weit her fragt jemand leise »Rost, bist du's?«. Hanner Rost versucht, sich zu bewegen und klaubt griesgrämig die kaputte Rechte aus dem gelblichen Laken. »Horschte!«

Hinter einer Tür sitzt Horst Sachs, drückt und drückt. »Immer dieser Ärger mit … es will nicht, es muss doch …,« er jammert und jammert »hilf lieber Gott, mach, dass es schnell rauskommt, dass es nicht so lange braucht …«, klatsch, wirft es sich in Klumpen gegen das weiße Porzellan. Horst atmet auf, sieht hinein, da liegt es, nicht rot, kein Blut, nein, Gott sei Dank. Er säubert sich, schnauft erleichtert, die Spülung rauscht, er tänzelt, summt »wenn der weiße Flieder wieder …« seine Finger basteln an den glatten Hosenknöpfen, »wollt ihr wohl zu gehen, ihr Kriepel«, er kichert, wäscht die Hände, trocknet sie, singt weiter, »eene meene muh, die Tür mach zu«, tänzelt die drei Stufen hoch zur Naziburg, erste Tür rechts. Er horcht angestrengt, ob er drinnen was hört, aber er hört nichts. Seufzt, denkt, was soll ich machen, er wird doch wohl zu Hause sein, er hat mich ja gerufen. Klopft leise. Die Rippen knirschen in seinem engen Leibchen, er steht und horcht.

Gottlieb rennt durch den Flur, grüßt zackig ins Dienstzimmer, wirft sich mit fliegenden Händen den Parka über, schreit »ich muss« und springt die Treppen runter. Marie schießt aus dem Dienstzimmer und ruft »Wohin?« Die Glastür kracht ins Schloss.

Draußen ist es lausig kalt, ihr Parka hängt im Spind im Umkleideraum, sie schnappt sich die Wolldecke vom Sofa. Er rennt den Kiesweg hinunter. Marie schmeißt

sich die Decke um und schlittert hinterher, die Plastesohlen der dünnen Stoffschuhe rutschen fast so gut wie Gleitschuhe. Die Hospitalstraße entlang. Ach du Scheiße, denkt sie, er will zum Bahnhof. Auf gerader Strecke macht sie keinen Schritt gut, im Gegenteil. Gottlieb federt mit seinen langen Beinen auf den Bahnhof zu, durch die Vorhalle, die Trillerpfeife hüpft ihm um den Hals, er stößt mit dem Fuß die Schwingtür auf, zu den Gleisen. Der Dackel dampft. Ein Mann steht daneben, die Pfeife im Mund, die Kelle in der Hand, Gottlieb stellt sich keuchend neben ihn, schaut auf die Bahnhofsuhr, der Zeiger ruckt, der Körper des Mannes strafft sich, Gottliebs Körper strafft sich, der Mann stößt in die Trillerpfeife, Gottlieb stößt in die Trillerpfeife, der Mann reißt die Kelle hoch, Gottlieb reißt den rechten Arm hoch und schreit »Abfaaahrt!«.
Der Lößnitzdackel donnert ins Freie, Gottlieb rafft den Parka über der Brust zusammen und verschwindet in den Nebelschwaden. Marie steht in der Schwingtür, mit offenem Mund.
»Ehm«, wendet sie sich frierend an den Schaffner. »Wissen Sie, wo der hin ist?« Der Schaffner mustert ihre Wolldecke, es ist derselbe wie bei ihrer Ankunft, er erkennt sie nicht. »Wahrscheinlich wieder in die Anstalt aufm Berge. Kommen Sie auch da her?«
»Aber was …«
»Der ist nicht ganz richtig im Kopf«, sagt er und streichelt lächelnd seine Uniform. »Aber immer pünktlich. Ich tue hier schon seit sieben Jahren Dienst, kein Dackel fährt ohne sein Signal.«
»Kein Dackel?«
»Keiner«, sagt er genüsslich und spielt mit einem rotgoldenen Knopf über seinem Bauch. »Von 6.11 Uhr bis 18.23 Uhr.«

»Können Sie mir vielleicht ein Taxi rufen?«, fragt sie, vor Kälte zitternd.
»Wohin denn, Fräuleinchen?«
»Zur Anstalt.«

Horst seufzt, nimmt allen Mut zusammen und pocht laut an die Naziburg. Er drückt die Klinke, es schnarrt von drinnen »Na, da bist du ja endlich, Horschte, brauchst doch nicht anzuklopfen.« Horst schiebt den Kopf vor, reißt seine blauen Augen auf, erspäht in Lauerstellung jeden Winkel. Der Rostnazi liegt ausgestreckt auf seinem Lager, geradeaus die Beine, geradeaus der Blick.
»Ja nun, ich war doch, ich musste doch ...«, stottert Horst und nickt ein paar Mal mit dem Kopf. Die Luft ist rein. Kein frommer Bruder zu sehen. Erfreut schleicht er ins Zimmer, wirft die Tür hinter sich zu und schlurft ans Bett. Der Rostnazi rappelt sich hoch. Horst schiebt das gelbliche Kissen hinter seinen Rücken, klopft es zurecht, zupft am Laken, streicht es glatt, legt Rosts lahme Rechte ordentlich auf die gesunde Linke und sieht ihn fragend an. Rost nickt und sagt »nun stelle dich an deinen Stuhl, Horschte, so wie du es bei mir gelernt hast, und stehe gerade«.
Horst stellt sich so nah wie möglich neben den geschnitzten, hölzernen Stuhl am Fenster. Minuten vergehen. Er steht leicht gebeugt, er versucht, sich aufrecht zu halten, aber er kann es nicht. Der Rostnazi wollte es nicht einsehen, »der Mensch soll aufrecht stehen«, rief er, »er kann, wenn er will, er muss nur wollen, der Wille ist alles!«. Aber Horst hat diese tückischen Knochen, die Rippen sind nun mal weich, deswegen trägt er das Leibchen mit den Streben, das stützt ihn.
Der Rostnazi macht eine fast unmerkliche Bewegung mit dem Kopf. »Setz dich, Horschte, brauchst doch nicht

zu stehen.« Horst setzt sich auf den geschnitzten Stuhl und atmet, so tief er in seinem Leibchen atmen kann. Sie schweigen. Nach einer Weile schaukelt Horst seinen Oberkörper sachte auf und nieder, schnurrt vor sich hin, guckt aus dem Fenster.

Draußen fahren die strohblonden Jungs vom Chef dick eingemummt mit Skiern über das tief verschneite Feld, die Chefin kommt aus ihrem Einfamilienhaus, mit roten Backen, blond, drall und blühend wie Brünhilde, Horst lächelt, schiebt die Gardine beiseite, ein Taxi fährt vor, jemand steigt aus, in eine Wolldecke gewickelt, das ist ja die Marie, denkt Horst, mein Goldmariele. Er tappt einen Dreivierteltakt und tänzelt mit den Fingern auf dem Fensterrahmen. Ein Überschall-Flugzeug rauscht durch den Himmel, es gibt einen fürchterlichen Knall.

Horst schrickt zusammen, springt auf, starrt aus dem Fenster, fuchtelt mit den Händen, schüttelt die Fäuste gegen die Scheibe und schreit: »Macht, dass ihr wegkommt, ihr Kriepel, gottverdammten Hunde, wollt ihr wohl weggehn, ihr Knilche, gemeines Aas, ihr elenden Rabauken, Hundsfotte, gottverfluchten Schweine, haut ab, Saubeutel ihr, ihr Viecher, lasst euch hier nie mehr blicken!«

Marie will zurück ins Haupthaus, hört es krachen, schallen, hoch oben düst ein winzig kleines Flugzeug, dann Stille, ein leises Trommeln, sie sieht wie Horst hinter einem Fenster im Erdgeschoss auf und nieder springt, ein aufgeregtes, buckliges Männlein, geht ein paar Schritte auf das Haus zu, sieht ihn toben, gestikulieren, rennt los, stößt die Tür zur Glasveranda auf, ruft in die untere Station »Bruder Fiedler, Bruder Licht, schnell, es ist was mit Horschte, irgendwas stimmt da nicht, er ist beim Rost«, sie reißt die Tür auf, der Rostnazi sitzt steif, mit aufgerissenen Augen in seinem Bett und zeigt auf

Horst, der gegen die Scheibe brüllt, er, fromm bis auf die weichen Knochen, flucht den Himmel an, verdreht die Augen und sackt vor Marie zusammen.

Sie versucht, ihn aufzufangen, er reißt sie mit zu Boden, liegt wie ein Käfer auf seinem krummen Rücken, atmet stoßweise und strampelt mit Armen und Beinen, sie muss aufpassen, dass sie keine gewischt bekommt. Der massige Bruder Fiedler kommt herein und stößt sie zur Seite. »Weg, Mädel.« Er beugt sich über ihn, ruft »Horschte, Horschte, hörst du mich? Ich bin's, der Bruder Fiedler, erkennst du mich?« Horst liegt, die Augen nach oben verdreht, dass man nur noch das Weiße sieht, der linke Arm biegt sich, wie von Geisterhand geführt, nach hinten, der rechte zuckt durch die Luft, sein Körper verdreht sich schräg nach innen, als ob ein unsichtbarer Riese ihn in seinen Fäusten hielte, ihm jeden Knochen einzeln brechen und zerquetschen wollte, er krampft und krampft. Vor seinem Mund steht weißer Schaum.

Marie schaut fassungslos auf das sich windende Bündel Mensch. »Steh nicht so blöde rum, hol ein Handtuch!«, ruft Fiedler. Sie reißt sich zusammen. »Sterile Kompresse, ein frisches Handtuch oder ein gebrauchtes?« – »Stoff brauch ich, Stoff!«, brüllt Fiedler, »im Schrank, im Schrank!« Sie reißt die weißgelackte Schranktür auf, zerrt etwas Weißes hervor, hält es ihm hin. »Halte ihn fest, so fest, wie du kannst. Der hat'n Anfall, drück ihn runter!« Marie drückt sich auf Horst, er schmeißt sie zur Seite, wie ein Stück Papier. »Weg«, sagt Fiedler und presst ihn auf den Boden. Der Schaum läuft Horst zum Mund hinaus. Der Bruder greift ihm mit seiner rechten Pranke unter die Oberkieferknochen, wie einem Tier, drückt ihm den Kiefer auseinander, drückt Stoff dazwischen. »Damit der sich nicht die Zunge abbeißt und sie

nicht verschluckt«, keucht er. Marie hockt blass daneben.
Nach ein paar Minuten wird Horst ruhiger, macht die Augen auf und starrt ins Nichts. Das Handtuch hängt ihm aus dem Mund, Blut sickert.
»Was hat er denn?«, fragt Marie zögernd. Fiedler nimmt vorsichtig das Tuch heraus und untersucht den Mund. »Da hast du aber Glück gehabt, mein Gutster«, und zu Marie: »Der war ein junger Bäckermeister, die Eltern hatten ein schönes Geschäft am Dresdner Hauptbahnhof. In einer Bombennacht, halb Dresden stand in Flammen, ist er verschüttet worden. Drei Tage lag er drunter. Ein Wunder, dass er überhaupt noch Akkordeon spielt. Die Eltern sind umgekommen, alle beide, Geschwister hat er keine. Seitdem ist er, na ja.«
»Er ist doch aber sonst, warum denn jetzt der Anfall?«
»Der Knall, das Flugzeug. Von Klotzsche, vom Militärflughafen. Überschall. Das erinnert ihn an die Bomber, das löst das bei ihm aus, das nennt man Trigger. Hol einen kräftigen Mann, den Bettelmann oder den Chef, bloß nicht den Bruder Licht, den Hänfling. Wir müssen den hochschaffen, in seine Kammer, in sein Bett. Und sag der Chefin Bescheid, falls die ihm noch was geben will.«
»Was geben?«, fragt Marie.
Nun weißt schon, was ich meine, verabreichen, Tabletten, ruhigstellen. Ich bin dagegen. Aber hier … die sehn das … da ist es … ist gut. Und nichts für ungut, Mädel, wenn ich ein bissel ruppig zu dir war, ich meins nicht so.«

*

Das Dresdner Diakonissenkrankenhaus schickt regelmäßig junge Krankenpfleger zur Ausbildung in die Anstalt, auch Theologiestudenten machen hier ein Praktikum. Ein Neuer aus dem Diakonissenkrankenhaus kommt an, er nennt sich Bastian. Er ist schlank, eher klein, hat graue Augen, Fusselhaare, trägt quittegelbe Hosen zum Fleischerhemd und eine blau-grün gebatikte Windel um den Hals. Er ist weder auf den Kopf noch auf den Mund gefallen. Ein lustiger Knabe, denkt Marie. Jetzt wird's heiter.

Marie hat Spätdienst. Sie bringt Herrn Gerlach zu Bett, der seit Kurzem ein bisschen wacklig ist, nicht mehr so gut zu Fuß. Er trägt einen Herzschrittmacher, einen kleinen Kasten, der sich unter seiner Brust abzeichnet und innen tack, tack, tack macht.
»Fräulein«, sagt er, »kennen Sie Frankreich?«
Sie sieht auf. »Frankreich? Leider nicht. Ich bin doch erst Ende der Sechziger geboren.«
»Fräulein, ich war zehn Jahre da!«
Sie reicht ihm den Schlafanzug. »Zehn Jahre? Ist ja schau. Wo denn?« Sie hilft ihm, das rechte Bein, das linke Bein.
»Bei Bordeaux, ich war dort Kriegsgefangener und bin geblieben.«
»Erzählen Sie mal!« Sie setzt sich auf die Bettkante.
»Ich hab mich an einen Wanderzirkus angeschlossen und hab die Tiere gepflegt, zehn Jahre lang.«
»Ist ja toll, Sie waren Tierpfleger, im Wanderzirkus!«, freut sich Marie.
»Wir sind durch ganz Frankreich gezogen, die Leute haben zugesehen und geklatscht … da hab ich meine Frau gefunden!«
»Ihre Frau, das ist ja schön!« Sie hält ihm die Jacke hin.
»Sie war rotblond, wie Sie, nur etwas heller! Und wissen Sie was?«

»Nein, was denn?«
»Die Rothaarigen haben das Feuer, die Blonden die zarte Haut.«
»Aha.«
»Meine Frau war rotblond, die hatte beides! Sie war Krankenschwester, genau wie Sie!«
Ich bin keine Krankenschwester, ich bin nur Praktikantin, will Marie einwerfen und verschluckt den Satz.
»Gute Nacht, und träumen Sie schön von Ihrer rotblonden Frau!«
Sie wendet sich zum Gehen. »Fräulein«, ruft er hinter ihr her. »Ja, Herr Gerlach?«
»Machen Sie mal den Schrank auf«, bittet er.
Was will er?, fragt sie sich.
»Fräulein, im oberen Fach«, sagt Herr Gerlach. »Schauen Sie doch nach, Fräulein.«
Sie öffnet den Schrank. »Da liegt ein Strick, sonst nichts.«
»Nehmen Sie ihn heraus, Fräulein, bitte.«
Sie nimmt ihn aus dem Fach und hält ihn unschlüssig in der Hand. Er ist kurz und kräftig, fast wie ein Schiffsseil. Will er sich heimlich abseilen? Damit kommt er nicht mal bis zur unteren Etage.
Herr Gerlach richtet sich auf und greift nach Maries Hand mit dem Strick. Er hält sie wie in einem Schraubstock fest und sieht ihr in die Augen. »Fräulein, wenn ich mal nicht mehr kann, wenn ich da mal nicht mehr hinlangen kann, dann nehmen Sie den, Fräulein, ich bitt Sie.«
»Was soll ich tun, Herr Gerlach?«
»Dann machen Sie ein Ende mit mir, ich bitt Sie. ... Sie sehen mich so an, Fräulein ... Sie sind noch jung ... und so schöne Haare, wie meine ...«
Marie reißt die Hand weg.

»Tun Sie es für mich, Fräulein, versprechen Sie es mir!«
»Ich … darf das nicht … nicht mal versprechen …«, stottert sie.
»Wenn ich hier lieg und nicht mehr aufstehn kann! Fräulein! Ich bitte Sie inständig!«
»Nein, nein!«, ruft Marie und rennt hinaus.

»Haste Bock«, fragt Bastian, »brauch neue Klamotten.«
»Hm«, erwidert Marie, »nach Dresden reinzufahren hab ich keine Lust mehr, morgen Frühdienst.«
»Wer sagt denn was von Dresden«, murmelt er.
»Wo willste denn in Radeburg Klamotten kaufen, hier gibt's doch nichts.«
»Hab 'nen Schlüssel zur Schatzkammer«, sagt er und greift sich in den Schritt.
»Haha«, erwidert Marie betont gelangweilt.
»Kommste mit?«
»Wohin?«
»Wirste schon sehn.«
»Wenn du dich nicht anständig benimmst, schrei ich.«
»Dort wo wir hingehn, hört dich eh keiner.« Er nimmt sie an der Hand und rennt los, den Kiesweg hinunter. Auf halbem Weg bleibt er stehen, vor der großen Garage, in der sie die Fahrzeuge für die Anstalt parken. Einen Kleinlaster, einen Wartburg-Kombi, einen Trabi, zwei alte Motorräder. Von unten, aus dem Stall, wiehern die Ponys.
»Was willst'n hier, Trabi klauen?«
»Ich klau den Spießern doch nicht ihren Trabi, grenzt ja an Mord.« Er zieht einen kleinen Schlüssel aus der Hosentasche, sieht sich um, sperrt auf und zieht Marie in die Garage. Die Türe kracht ins Schloss.
In der Garage ist es finster. Bin ich bescheuert?, fragt sie sich. Ich bin dem hier hilflos ausgeliefert, der kann

hier mit mir machen, was er will. Und wenn? Will ich oder nicht?
Bastian tastet sich durchs Dunkel. »Verdammte Scheiße.« Neonröhren flackern. Marie atmet auf.
»Wem gehören die Autos denn«, fragt sie.
»Der Diakonie, dem lieben Gott, was weiß ich.«
Hinten an der Wand stehen mehrere prall gefüllte Säcke. Er schnürt einen auf, nimmt ihn bei den Ohren und schüttelt ihn.
»Boah, was ist das denn!«, schreit sie. Er schüttet den zweiten aus, den dritten und vierten. Auf einem Berg liegen alte Klamotten, aus den zwanziger, dreißiger, vierziger und fünfziger Jahren. Hemden, Hosen, Jacken, Mäntel, Hüte.
Marie kommt näher. »Ist ja irre. *Mont Klamott*, wie aus dem Lied von Silly.« Sie zieht an etwas Weißem, das aus dem Stapel guckt. Ein Männerhemd mit schmalen, gesteppten Biesen und steifen Manschetten am Ärmel. »Das fetzt. Fehlen nur noch goldene Knöpfe. Wie von Marat. Vive la France!«, schreit sie und schwenkt den edlen Fetzen. »Und hier«, ruft sie begeistert und hält es in die Luft, »eins zum Schnüren.« Sie zieht und zerrt. Bastian schlüpft in Hut und Mantel, hüpft herum, schmeißt die Beine und spielt den wilden Mann.
»Spinner«, lacht sie. »Ist ja urst.«
»Hör mal, wem gehören denn die Sachen?«
»Niemand«, schreit er, »das ist es doch!«
»Irgendwo kommen die doch her. Hat die jemand abgegeben?«
»Ausm Nachlass«, sagt er.
»Nachlass … was für Nachlass?«
»Ich denk, du hast Abi?«
»Hm. Das Potsdamer Abkommen, *Ein Menschenschicksal*, Kernspaltung, Mikrobiologie, Integral- und Dif-

ferentialrechnung … Nachlässe haben wir nicht behandelt. Heißt das, ich kann mir was raussuchen und behalten?«
»Das sind die Klamotten von Männern, die hier gestorben sind. Die zieht keiner mehr an, außer uns zwei Bekloppten.«
»Uff.« Vor ihrem inneren Auge steigen Berge von Brillen auf, Berge von abgelegten Kleidern von Juden, die sie ausziehen mussten, bevor sie in die Gaskammern oder zum Erschießen getrieben wurden.
»Nein, dann nicht.« Sie lässt fallen, was sie in der Hand hält. »Bastian … such alleine weiter.«
»Warum denn?«, fragt er erstaunt. »Braucht keiner mehr.«
»Warum … kann ich dir nicht sagen.«
Das sind keine Sachen von Juden, denkt sie. Die alten Männer sind nicht ermordet worden. Die sind eines natürlichen Todes gestorben. »Kommen die Verwandten nicht, die Sachen holen?«
»Was die haben wollten, haben die sich längst ausgesucht. Man bist du pingelig. Mach einmal was in deinem Leben, was sich nicht gehört.«
Naja, denkt sie, warum denn nicht. Gestickte Hemden mit Schnüren und Schleifen aus Satin, leider viel zu groß. »Kannste dich reinwickeln«, lacht er.
»Was ist das denn? Karierte Beinkleider, wie die von Settembrini.« – »Von wem?«, fragt Bastian. »Settembrini.« – »Haben sie den frisch eingeliefert?« – »Das ist der Säulenheilige von Hans Castorp, du Depp, ausm *Zauberberg*.« – »Russisches Volksmärchen oder was?« – »Eher ein deutsches. Roman von Thomas Mann. Nie gehört?« – »Wen interessiert denn so was«, murmelt er.
»Was ist das denn?«
»Wo?«
»Da!« Sie zieht an etwas Schwarzem.

Eine Herrenweste, vielleicht aus den Dreißigern, oder noch früher. Aus pechschwarzem, weichem Anzugstoff, mit kleinen, weiß unterfütterten Uhrentaschen, innen glänzt zart gestreiftes Seidenfutter, weiß-grau. Sie reißt die Weste hoch und schwenkt sie in der Luft, wie weiland Mutter das grüne Dirndl. »Ist ja schau.« Sie untersucht sie. »Noch nichts zerrissen, nichts abgeschabt.« Sie gräbt in den winzigen Taschen, damit sich nichts versteckt, was geheckt hat und ans Licht will.
Sie wühlen die Haufen um und um. »Die Baumwollunterhemden sind urst«, freut er sich. »Kannste batiken, in der Waschmaschine. Grün, gelb, blau. Vorher machste Knoten in die Wäsche, gibt schöne Muster.«
»Meine Mutter lässt mich nicht an ihre Maschine«, sagt Marie.
»Ich mach das hier«, erwidert er. »Wenn ich Nachtschicht habe, kommste runter, batiken wir zusammen.«
»In den Waschmaschinen, wo die blutigen Laken und die eingesaute Wäsche der Insassen gewaschen wird? Kriegste doch die Krätze.«
»Wir nehmen die Maschine von Katje, die ist sauber. Darin wäscht sie die Wäsche für das Personal.«
»Die steht aber auch in diesem versifften Waschhaus.«
»Baumwollwäsche kannste kochen. Neunzig Grad. Beruhigt?«
»Und die anderen Sachen, sind die ... ist da ... fliegt da was?«
»Siehste was fliegen?«
Er hat's mit den dicken Baumwollunterhemden. »Wozu brauchst'n die?«
»Im Winter«, sagt er, »sieht schau aus. Halb Pulli, halb Hemd. Mit meinen gelben Hosen ...«
»Du mit deinen gelben Hosen, wie'n geschlüpftes Kücken«, frotzelt Marie.

»Määäh!«
»Kücken!«, schreit sie. »Kücken, nicht Schaf!«
»Mähhh!«, macht Bastian. »Määähhh!«
»Ü-ühhh ü-ühhh!«, ruft Marie.
»Das soll'n Kücken sein?«, lästert er. »Soll ich dir mal zeigen, wie'n Kücken macht?«
»Tu dir keinen Zwang an.«
Er stellt sich vor sie hin, beugt den Rücken und krümmt die Arme nach hinten. »Tschiep tschiep tschiep.« Sein Gesicht ist ganz nah an ihrem, ihre Lippen berühren sich fast. Jetzt bloß nicht schwach werden.
»Und Kücken«, fragt sie betont gelangweilt, »biste fündig geworden?«
Er wendet sich ab, packt einsilbig die Säcke zusammen und stellt sie zurück. Marie hat sich einen weichen, schwarzen Herrenmantel ausgesucht, an dem es nichts zu meckern gibt, nicht mal für Mutter, er hat keine Löcher, keine zerfransten Nähte, keinen losen Knopf; dazu mehrere gestickte weiße Herrenhemden, zwei dicke Männerunterhemden und die Herrenweste.
»Guck mal, zu dem Mantel passt mein schwarzer Schlapphut dufte. Der pure Existenzialismus.« Bastian schweigt, schließt die Garagentüre auf, ringt sich ein trockenes »Tschüss« ab und geht seiner Wege.
Hm, denkt Marie. Ist der jetzt sauer? Sein Problem.

*

Wenn sie Frühdienst hat, fährt Marie so oft wie möglich nach Dresden, meistens mit dem Bus, weil der schneller ist, als das schwarz keuchende Vieh, obwohl er auch eine dreiviertel Stunde braucht, bis mitten in die Stadt. So oft sie kann, geht sie ins Museum, vor allem in die Gemäldegalerien im Zwinger, der in seinem barocken Ausmaß an sich schon ein Erlebnis ist, auch wenn die Steine schwarz sind, vor Dreck oder noch aus Kriegszeiten, wer weiß. In der Galerie der Alten Meister bringt sie Tage zu, bewundert die Meisterwerke der italienischen Renaissance, Raffael mit seiner berühmten Madonna.

Auch der mathematisch-physikalische Salon hat es ihr angetan, hier stehen Uhren, fast fünfhundert Jahre alt, es tickt, zappelt, zuckt, ruckt und pendelt. In Vitrinen und auf Sockeln thronen Globen des Himmels und der Erde, die vergoldete Planetenlaufuhr von Baldewein, um den prallen Leib des arabischen Himmelsglobus spannen sich haarfeine Risse.

Die Bilder der Neuen Meister hängen im Albertinum. Die sind mindestens so spannend wie die Alten, wenn nicht noch spannender, findet Marie. Toulouse-Lautrec mit seinen verrückten Huren und Tanzweibern, Vincent van Gogh, den sie abgöttisch liebt, der wundersame Paul Klee, mit seinen Bildern aus Zartheit und Raffinesse, mit Farben, die an geschlagene Gesichter erinnern, gezeichnet, voller Schrammen und Flecke, über die weint, wer sie kennt.

Ein Porträt hängt da, ein Mann wie eine Marionette, die Schädeldecke aufgesägt, sodass man hineintun kann, was man will. Füllt man Liebe in den Schädel, ist die Puppe sanft und freundlich, schüttet man Hass hinein, wird sie zum Mörder, nimmt man eine Schippe Intelligenz, schwätzt sie klug, ohne zu verstehen, was sie sagt, kippt man Dummheit, wird sie dreist und toll. Hat dieser Mensch nichts Eigenes? Die Kappe seines Schädels schwebt wie ein gefallener Mond über ihm, das rechte Auge blind, das linke sehend, er lächelt, fletscht die Zähne, winkelt den rechten Arm an, fehlen nur die Fäden, an denen einer zieht, damit er aufmarschiert, gespenstig, in einem brennenden Hemd. Wer ist das, Iwan der Schreckliche, Stalin, der junge Hitler? Marie schaut hin. »Schauspieler, Öl auf Papier«, steht da, von Paul Klee.

Neulich war sie im Staatsschauspiel in der »Dreigroschenoper«, der Saal war rappelvoll. Am Ende sprangen die Leute vor Begeisterung von ihren Sitzen. Marie schrie sich die Lunge aus dem Hals und klatschte sich die Hände wund.
Nach solchen Erlebnissen ist sie wie betäubt von der Musik und Sprache, niedergestreckt von den wilden und gierigen Göttern der Kunst. Wenn auf etwas der kräftige vogtländische Ausspruch ihrer Mutter zutrifft, dass Marie irgendjemand ›in ihr Gehirn gespuckt‹ hat, dann dafür. Sie säuseln, spucken und kotzen ihre herrliche Sprache, ihre aufwieglerischen Ansichten, ihre Töne, Gefühl und Rhythmus in sie hinein, mit Sophokles'schen Wehklagen, Shakespear'schen Schlachtrufen, Goethe'schen Seufzern, Schiller'scher Rebellion, Kleist'scher Sehnsucht, Brecht'scher Drauf-, Drüber-, Drunter- und Durchsicht.

Horst zupft Marie am Ärmel. »Du, äh, hi hi ...« Er steigt von einem Fuß auf den anderen und zieht sie in Zimmer neun, in seine Kammer. Auf der Kommode liegt die große Bilderbibel, in der er jeden Tag liest. »Hilf mir mal«, bittet er und schiebt das Buch an die Kante.
»Wo willste denn damit hin?«
»Runter, zum Rostnaz'.«
»Zum Herrn Rost, bist du sicher?«, wundert sich Marie.
»Ich hab's versprochen«, beteuert er.
Marie schleppt das dicke, in Gold und Grün gebundene Buch die Treppen hinunter, Horst tänzelt neben ihr her und summt seine Lieblingsmelodie aus dem Radetzky-

marsch. Sie klopft und drückt die Klinke. Er ist nicht da. »Eene meene muh, die Tür mach zu«, trällert Horst und schüttelt Rosts Kissen auf.
»Wohin?« – »Da ... runter.« Er zeigt unter den dunklen Eichentisch.
Marie streicht über die alte, eisenbeschlagene Truhe, die in der Ecke steht. Sie rüttelt am Deckel. Verschlossen. Horst hüpft aufgeregt hin und her. »Nicht, Mariele, der schimpft, der ...«
»Hast du da schon mal reingeguckt?«, will sie wissen.
»Nein, nein, der schimpft, das sind seine Sachen, die darf niemand sehn ...«
»Tschüss, Horschte, ich hab zu tun.«

Zu Mittag gab es weiche Buchteln mit warmen Heidelbeeren in süßer Sauce, die alten Männer haben reingehauen, wie verrückt. Sie schmatzten und leckten sich die Lippen, sie drängten mit glänzenden Augen und blank geputzten Tellern in die kleine Küche und fragten hoffnungsvoll, ob sie noch was kriegen können, bis der Koller, der schon die doppelte Portion für alle zubereitet hatte, schrie »Schluss, Aus, Ende! Alle Töppe leer!« Danach Götterspeise mit Vanillesauce.
Das Personal isst nach den Insassen, sie hauen etwas weniger begeistert rein, heute sind sie fast vollständig am langen Tisch versammelt, mittags treffen sich hier beide Schichten. Marie beißt in eine Dampfnudel. »Phu«, ruft sie angeekelt, beherrscht sich und schluckt den Bissen runter. Der großartig Gestreifte kaut mit vollen Backen. Marie widmet sich der Götterspeise. Nachtisch kann der Koller besonders gut. Oder macht den seine Frau? Oder Gitte, die rassische Küchenhilfe mit den schwarzen Locken?
Marie fragt, was eigentlich in der eisenbeschlagenen

Truhe drin ist, die beim Rostnazi im Zimmer steht. »Hat da schon mal jemand reingeguckt? Gibt es für die überhaupt einen Schlüssel?«

»Heil dir im Siegeskranz, Kartoffeln mit Heringsschwanz«, murmelt Bettelmann und grinst in seinen schwarzen, krausen Bart. Der Chef sieht ihn strafend von der Seite an.

»Und wieso heißt der Mann eigentlich Rostnazi?«, will sie wissen.

»Er heißt Herr Rost«, sagt der Chef. »So wird er auch angesprochen.«

»Das weiß ich«, sagt Marie, »ich spreche ihn auch so an, aber alle hier nennen ihn Rostnazi, auch die Insassen. Das muss doch einen Grund haben.«

Der Bettelmann grinst immer noch, auch Bruder Fiedler lächelt.

»War er ein Nazi?«, fragt Marie. »Und wenn ja, wieso liegt er dann in einem schönen, großen Einzelzimmer in dieser evangelischen Anstalt der Inneren Mission der Landeskirche Sachsen? Kein anderer Insasse bewohnt ein Einzelzimmer. Das, wo Horschte, Verzeihung, Horst und Herr Bruschke wohnen, kann man ja nicht als Zimmer bezeichnen. Eher als Besenkammer.«

Bruder Licht schaut mit frommen Augen auf die weiß getünchte Wand und streicht nachdenklich über seinen weich gelockten Bart. Der großartig Gestreifte mustert seine Götterspeise. »Nicht kalt werden lassen, Bruder!«, ruft Marie. Er reagiert nicht.

»Was ist in der Kiste drin?«, will sie wissen. »Oder ist die noch nie geöffnet worden?«

Sie schweigen und löffeln ihre Grütze.

»Also, was ist jetzt mit dem Schlüssel zur Truhe?«

»Da tickt eine Bombe drin, tik tak tik tak. Und wenn du weiter fragst, explodiert sie«, sagt Bettelmann.

Der großartig Gestreifte sieht Marie an, die rot und röter wird.
»Ja, liebe Brüder und Schwestern, wir müssen«, sagt Bruder Fiedler und klatscht entschlossen in die Hände.

Im Staatsschauspiel Dresden spielen sie die »Sieben Todsünden« von Brecht/Weill in einer Inszenierung von Peter Konwitschny und Arila Siegert, einer Primaballerina der Staatsoper, die auch die Anna tanzt. Sie ist eine Königin des Balletts, sie kommt vom Ausdruckstanz der Wigman und der Palucca.
Das Haus ist fast ausverkauft, eine lange Schlange hat sich im Foyer gebildet, Marie ergattert eine der Restkarten an der Abendkasse.
Die Siegert entspricht nicht dem Klischee einer Primaballerina, sie ist groß, knochig, eckig, mit eindrucksvollen Ohren, sie ist ungeheuer ausdrucksstark. Sie springt und zuckt, sie ordnet sich unter und bricht aus, sie windet sich, wälzt und quält sich, zugerichtet von der verführerisch säuselnden und im gleichen Atemzug brutalen Stimme der singenden, vernünftigen Anna. Marie ist wie mit tausend Stricken gefesselt. Die eine Anna, das sind die mit ihren ständigen Forderungen, Eltern, Kirche, Schule, Staat, die andere Anna, die sich zertanzende, ist sie. Das sind ihre Ängste, von denen diese dunkelhaarige Frau geschüttelt wird, das ist ihr Schmerz zwischen Ich und Anpassung, ihr Aufbegehren, das sie über die Bretter peitscht.
Das Publikum sitzt gebannt, am Ende rasen die Leute vor Begeisterung. Die Akteure werden wieder und wieder aus der Gasse herausgerufen und -geklatscht, sie verbeugen sich, lächeln sich an, als ob sie es selbst nicht glauben können. Die Leute wollen einfach nicht nach Hause gehn.

Ein paar Tage nach Neujahr, Herr Kerner in Zimmer neun hat Besuch. An seinem Bett stehen ein Mann im mittleren Alter, eine brünette, hochgewachsene, grell geschminkte Frau und ein properer Junge, vielleicht elf, zwölf Jahre. Auf dem Nachttisch prangt ein großes Glas mit eingeweckten Pflaumen.
Der Mann verstaut mehrere Geldscheine in der Innentasche seiner Jacke und setzt sich unschlüssig an den Bettrand. Die Frau wartet ungeduldig, der Junge kräht »Tschüss Opi, wir müssen dann!«.
»Ach«, sagt Herr Kerner, »ihr müsst schon wieder? Ihr seid doch gerade erst gekommen.« Die Frau wendet sich zu ihm. »Mein Sohn muss noch Hausaufgaben erledigen, mein Mann muss früh raus, unser Hund muss Gassi und ich muss morgen früh eine Klassenarbeit leiten. Schwiegervater. Wir haben dir hier einen ruhigen Platz besorgt, im Sommer blühen im Garten die Rosen, wie mir der Herr Anstaltsleiter vorhin verraten hat, du darfst sie sogar pflegen und neue anbauen, was willst du noch?«
»Aber ihr wohnt doch nur ein paar Dörfer weiter, und mit dem Auto ...?«, fragt Herr Kerner zögernd.
Der Mann auf dem Bettrand sieht aus dem Fenster.
»Herbert? Bis zum nächsten Mal, Schwiegervater, auf Wiedersehen.«
Die weiße Wintersonne hängt schräg am Wiesenrand.
»Herbert!«
Marie öffnet die Tür, schaut kritisch zu Herrn Kerners Besuch herüber, geht zum Bett von Herrn Gerlach und streicht ihm das dünne Haar aus dem Gesicht. Hat er schon wieder eingenässt? Gott sei Dank, nicht. Sonst werden sie ihm auch bald einen gelben Schlauch durch den Penis ziehen. »Herr Gerlach?« Er röchelt, Schleim liegt auf seinen rissigen Lippen. Sie tupft ihn ab, tupft Kamillentee darauf, wie der großartig Gestreifte es ihr

gezeigt hat. Der Mann tut ihr leid. Ist das das Sterben? Der Tod? Der so dramatisch beschrieben wird, in all den Stücken, Erzählungen und Romanen, mit Theaterdonner, *mehr Licht* und *mein Gott, mein Gott, warum hast du mich verlassen?* Vielleicht wäre er längst hinüber, wenn sie ihm früher nicht diesen Kasten in die Brust gebaut hätten, der seinem Herzen den Rhythmus vorgibt. Marie streicht über seinen Kopf. Er atmet mit offenem Mund. Der Kasten zeichnet sich klar gegen seine kräftigen Rippen ab. Sie öffnet den Schrank. Der Strick liegt in der obersten Schublade. Sie macht den Schrank wieder zu, richtet sich so hoch und straff auf, wie sie kann und wendet sich an die Frau an Herrn Kerners Bett.
»Entschuldigen Sie, dieser Mensch liegt im Sterben. Wenn Sie mit Ihrem Besuch fertig sind, verlassen Sie bitte das Zimmer.« Sie holt Luft. »Und nehmen Sie die eingeweckten Pflaumen am besten wieder mit.«
Gottlieb federt herein, er sucht seine Trillerpfeife. »Fast vergessen!«, schreit er und stürmt hinaus. Marie sieht auf die Uhr, er rennt zum Bahnhof.
»Die Pflaumen?«, ruft die Frau, einige Töne höher als vorher. »Warum denn? Die isst er doch so gerne! Meine Mutter weckt sie ihm doch persönlich ein, mit extra viel Zucker! Das mag er doch so gerne! Die einzige Freude, die er noch hat, seit …« Sie mustert die Einrichtung mit einem abschätzenden Blick, sie mustert Marie, wie ein Möbel, das dazugehört.
Eine Freude wäre, wenn Sie ihn öfter mal besuchen würden, denkt Marie, nicht nur, wenn Rentenzahltag war. Wahrscheinlich weiß ich mehr über ihn als Sie, Sie blöde Schwiegertochtergans, auch, dass er Ihnen Ihr schickes Klinkerhäuschen in Friedewald finanziert hat, in der Hoffnung, dass er ein Zimmerchen im Erdgeschoss abkriegt, in dem er bescheiden leben kann, mit

separatem Eingang, damit er niemand stört, solange, bis er übern Jordan geht. Er hätte sich mit dem kleinen Jonathan über das Aussetzen und Pfropfen von Rosen unterhalten, er hätte ihm was beigebracht.
»Weil er die«, sagt Marie laut, »kaum dass Sie weg sind … er verträgt sie nicht.«
»Na und?«, fragt die Frau pikiert. »Was geht Sie das an?«
»Ich pflege ihn. Bin gewissermaßen für ihn mitverantwortlich.«
»Dafür werden Sie bezahlt«, tönt die Lehrerin. Sie mustert Marie wie einen verschnittenen Klinker.
»Herbert, kommst du endlich?« Sie zerrt mit der Linken Jonathan vom Fußboden, mit der Rechten ihren Mann vom Bett, stampft mit krachenden Absätzen an Marie vorüber, ruft »Das hat ein Nachspiel!«, wackelt mit ihrem Hintern und wirft die Tür hinter sich zu.
Marie atmet auf. »Gut gemacht, Fräulein«, lässt Herr König sich vernehmen. »Gut gemacht«, flötet Herr Wrangel aus seinem Flickenbett. »Ghut … ghut«, haucht der bucklige Herr Berger und strahlt aus seinem Kopfkissen. Kalle Bruschke schlurft aus seiner Kammer, einen kalten Stumpen zwischen den Lippen, wirft Marie undefinierbare Blicke zu und murmelt »Die Rrrothaarige, die rrrothaarige Germania …«
Kaum sind sie weg und Marie aus dem Zimmer, löffelt Herr Kerner gierig die Pflaumen in sich hinein und scheißt sie ohne Federlesens wieder aus. Der Gestank verbreitet sich, legt sich über den Flur und zieht ins Dienstzimmer. Dort sitzt der Herr Großartig Gestreifte, der liebe, fürsorgliche Bruder im blauen Kittel, der Schlag seiner absonderlichen grünen Hosen schlackert ihm um die Knöchel, eine geschlagene Stunde lang in seinem Ich-bin-Chef-Zimmer und setzt medizinische

Highlights, für die er sonst zwanzig Minuten braucht. Er sieht nicht auf, als Marie hereinkommt, ist sehr beschäftigt, als sie die grüne Flasche mit dem Fichtennadelextrakt holt, den Franzbranntwein vom Schränkchen nimmt, lässt akribisch die milchweißen, himmelblauen und grasgrünen Tabletten in ihre durchsichtigen Plastenäpfe springen, zählt Tropfen für Tropfen in höchster Konzentration, schraubt die Fläschchen mit einer inneren Anspannung auf und zu, als wäre er James Bond und müsste in zehn Sekunden den Draht finden, der zur Entschärfung einer weltvernichtenden Bombe führt, er schreibt schwungvoll ins Dienstheft, als entwürfe er ein Libretto für die Semperoper, im Auftrag des Herrn Staatsratsvorsitzenden persönlich, und setzt seinen Namen unter die kostbaren Aufzeichnungen, mindestens ein Mozart oder ein van Gogh.
Marie entfernt Herrn Kerners schwere Hose, verdrängt den Ekel, wechselt das Wasser, schüttet doppelt so viel Fichtennadelextrakt wie sonst in die Emailleschüssel, legt ihm trockene Kleider an, steht auf. Er nimmt ihre Hand.
»Fräulein, tausend Dank.«
»Nichts zu danken, Herr Kerner.«
Sie geht hinaus, betäubt vom Geruch der weichen, warmen Scheiße, vom Anblick der sich ringelnden, weißen Würmer, und trifft im Flur auf den Gestreiften, der gelassen die Treppen runterschlendert und gemächlich beginnt, in der Küche die Schnitten fürs Abendbrot zu schmieren, eine viertel Stunde früher als sonst.

Am nächsten Abend hat die blonde Chefin Dienst, was selten ist. Sie setzt Tabletten. Marie tritt in das Dienstzimmer und fragt schüchtern, ob sie sich was holen kann, wenn sie den Herrn da säubert, ob das ansteckend ist mit seinen Würmern, ob sie die Hände danach extra noch mal desinfizieren soll, mit was und wie lange, das möchte sie gern wissen. Die Chefin schweigt. Ob ich mir was holen kann, verdammt noch mal, ich will nicht auch Würmer scheißen, denkt Marie. Die Chefin sieht etwas im Arzneibuch nach, blättert vor und zurück, in aller Seelenruhe. Verdammt noch mal, denkt Marie, ich bin noch nicht so alt wie ihr, ihr seid schon alle über Dreißig, wenn ihr hier krank werdet und sterbt, dann ist das nicht so schlimm, aber ich will noch was vom Leben haben, ich will hier nicht verrecken!

»Ich höre abends gerne Violinmusik«, sagt die Chefin.

Marie beißt sich auf die Zunge. Halt die Klappe, sagt sie sich, die Chefin spricht.

»Ich heule Rotz und Wasser dabei.«

»Bei Violinmusik?«, fragt Marie erstaunt.

»Kaum mache ich die Platte an, Rotz und Wasser.« Sie sieht Marie an, mit strahlend grünen Augen und einem spitzbübischen Blick. Marie lächelt unsicher zurück und weiß nicht, was sie sagen soll. Die Chefin klappt das Buch zu und zählt 20 braune Tropfen in das kleine, durchsichtige Gefäß. Sie grient Marie an, mit einem fetten Lächeln. »Eine Schwester, die sich was holt, ist eine Sau.«

*

Bastian hat ein Taschenbuch von Alice Miller mitgebracht, *Am Anfang war Erziehung*. Der Titel klingt vielversprechend.

Maries Vater vertraute seine Kinder nur zähneknirschend den roten Paukern an, wie er sie nannte, weil es zwar eine allgemeine Schulpflicht, aber keine ihm genehmen Schulen gab.

Mal sehen, was die im Westen darüber schreiben, denkt Marie.
Miller beschreibt die »Schwarze Pädagogik« als eine Methode zur Kinderdressur, als Instrument zum Herstellen von demütigen, willigen Untertanen, wie Diederich Heßling in Heinrich Manns Roman. Sie schreibt über die Kindheit von Adolf Hitler, über einen Kindermörder und eine Christiane F., diese Beispiele sind provokant, aber für Marie nicht wirklich interessant. Sie kann genügend Beispiele aus ihrem gutbürgerlichen, evangelischen Elternhaus beisteuern, da braucht es keinen Hitler.
Sie setzt sich mit dem Buch aufs Bett. Hier wird ihre Familie beschrieben. Nicht in allen Denkhaltungen und Handlungen, aber in einigen, grundlegenden. Hier wird das erklärt, an dem sie schon seit Jahren kaut, was sie seit Jahren nicht kapiert. Sie sieht ihre Mutter vor sich.
»Achtung vor meinen eigenen Kindern? Dass ich nicht lach.«
»Glaubst du, deine Kinder sind dein Eigentum?«, hatte Marie irritiert gefragt.
»Nun freilich«, hatte die Mutter treuherzig geantwortet, »es sind doch meine Kinder. Ich hab sie geboren, mit denen kann ich machen, was ich will.«
»Bin ich dein Leibeigener, dein Sklave?«, hatte Marie sich empört. »Habe ich mich eurem Willen zu unterwerfen, mich anzupassen?«
»Ja, das hast du.«
»Warum?«
»Weil wir es so wollen.«
»Wie kommst du darauf?«
»Das steht schon in der Bibel«, antwortete die Mutter, »und was da drin steht, stimmt.«

Der Streit eskalierte.
»Du bist ein Stück Mist, nichts weiter! Ein unnützes, unverschämtes Stück Dreck bist du, du bist nichts wert! Du kannst nichts, du wirst nie was können, und eines Tages wirst du es bereuen, du wirst auf Knien angekrochen kommen, doch dann ist es zu spät!«, hatte die Mutter gerufen.
»Wollt ihr itzt gleich zu Kreuze kriechen ...«, hatte Marie gedacht.
Statt endlich unterwürfig und demütig zu werden, wie die Eltern es erwarteten und forderten, wurde sie immer rebellischer und aggressiver, suchte die direkte Konfrontation und schloss sich zuletzt in einen inneren Panzer aus Eis, Spott und Hohn ein, um nicht durchzudrehen. Sie suchte und fand erst eine Zuflucht im Theater, dann in der Kirche, begeisterte sich für die missionarische Jugendarbeit und setzte sich mit ihrer Berufswahl durch, aber die Hiebe, Beschimpfungen und Schuldgefühle saßen.
Eigentlich, geht es ihr durch den Kopf, bin ich aus diesem Elternhaus geflüchtet. Hauptsache, weg.

Es ist spät geworden. Marie liest noch ein paar Seiten im Bett, im Schein der kleinen Lampe. Das Buch rutscht ihr aus der Hand, die Augen fallen zu.
Mutter hat Stoff gekauft, sie trägt ihn ins Schlafzimmer, auf beiden Armen, wie ein Kind. Marie folgt ihr, sie breiten ihn aus. Es ist ein Seidenstoff, zart, leicht und schwer zugleich, dunkelblau, nachtblau, wenn Licht drauf fällt, fast himmelblau, edel, leicht knisternd.
»Wie schön«, ruft Marie, »der ist ja schau, und gar nicht kitschig, wo hast du den denn her?«
Mutter sagt, halb verlegen, halb stolz: »Hab lange danach gesucht, in der Stadt kenne ich eine Verkäuferin,

von früher, aus meiner Jungmädelzeit, der hab ich beschrieben, was ich meine, es hat gedauert, nun hatte sie was reingekriegt und mir zurückgelegt.«
Marie lobt Mutter für ihre gute Wahl, versucht, sich aus der Jeans zu schälen, es dauert, weil sie die Beine zu eng abgesteppt hat, zieht sich das blaugrüngrau gefärbte Männerunterhemd aus dicker Baumwolle über den Kopf, wickelt die Batik-Windel ab, die leicht verschlissen ist, streift die warmen Socken runter, behält nur BH und Höschen an. Sie stellt sich vor den großen, dreiteiligen Ankleidespiegel, Mutter hält ihr den Stoff an, Maries lange, rote Haare fallen in weichen Wellen über das tiefe, dunkle Blau.
»Wie Milva«, staunt Mutter, »die kennste doch.«
»Na klar«, sagt Marie. »Die singt sogar Lieder von Brecht, nicht nur Schlager. Sogar richtig gut, ich hab 'ne Platte. Kann ich mal mitbringen, dann hör'n wir die uns an.«
»Aber so einen schönen Goldton in den Haaren, wie du, den hat sie nicht.«
»Die hat das Gold mehr in der Kehle«, witzelt Marie.
Mutter nimmt Maß, vorsichtig, aufmerksam und bedacht, mit ihrem alten, gelben Bandmaß und der kleinen, eisernen Schneiderschere.
»Ohne Ärmel bitte, weißt du.«
»Ohne Ärmel, ist schon recht«, sagt Mutter.
»Mit rundem Ausschnitt, mit Spielraum, bloß nicht so brav, aber auch nicht bis zum Bauchnabel, sonst sieht man nur die Rippen, ich hab ja nicht so viel. Modern soll es schon sein, ich will es in der Semperoper tragen.«
Mutter holt den Beistelltisch aus der Kammer, zieht ihn aus, befestigt ihn, zeichnet mit gelber Schneiderkreide lange, gerade und gebogene Linien in das dunkle Blau und schneidet zu. »Nur grob erst mal«, sagt sie, »dann

kann man immer noch korrigieren. Es soll dir ja gefallen, mein Mariele. Du wirst schon sehen, wirst ganz zufrieden sein.«
Marie wundert sich, hat die über Nacht Kreide gefressen, hat sie mit Vater guten Sex gehabt, haste da Töne. Mutter steckt die Stoffbahnen aneinander, hält sie Marie an, korrigiert die Länge. Das Kleid wird schön, schlicht, edel, es fließt in weichen Bahnen bis zum Boden.
»Wenn ich hohe Schuhe darunter trage, darf es kein Hochwasser haben«, moniert Marie.
»Das kriegen wir schon hin«, sagt Mutter fröhlich. Sie läuft hin und her, holt die Schachtel mit den Stecknadeln, prüft mit geschickten Händen und steckt. Flink, fleißig, wie ein junges Mädchen.
»Eine Schleife im Rücken, ein Band?«
Marie überlegt. »Nein, keine Schleife. Aber ein Band? Ist das nicht zu verspielt? Zu jungmädchenhaft? Ich bin ja keine sechzehn mehr. Nein, es soll zeitlos sein, ich will es auch noch später tragen können, wenn ich ein paar Jahre älter bin.«
»Das kann man immer noch einarbeiten, wenn es fertig ist«, erklärt Mutter. Marie schüttelt innerlich den Kopf. Sonst steht sie am Herd, rührt quälend langsam in ihren Töpfen, bewegt sich wie ein Trauma von A nach B, hier flitzt sie hin und her, blüht auf, es macht ihr richtig Spaß.
»Die Nadeln sind lang, dünn und besonders spitz, aber unbiegsam«, sagt Mutter, »es sind besonders starke Nadeln, aus Stahl. Sie gehen durch ganz festen und ganz zarten Stoff, sie hinterlassen keine Löcher, die könnte man ja später sehn.«
Es sind sehr viele drin, mit kleinen, bunten Köpfen aus Glas, rot, grün, blau, gelb, meistens kreisrund, manchmal leicht unförmig, mit einer kleinen Ausbuchtung, sie

klirren leise in der Schachtel in Maries Hand. Manche Köpfe sind pastellfarben, fast durchsichtig, die sind besonders schön. Rosa, hellgrün und milchig weiß. Ganz wenige schwarze sind darunter. Keine aus nicht gefärbtem Glas, man muss sie ja sehen und finden können, wenn man sie mit spitzen Fingern aus dem zarten, feinen Gewebe ziehen will, auch wenn sie sich im schmiegsamen Saum des Stoffes verstecken, wenn alles an der Maschine genäht wird.

»Wo hast du die denn her, die sind ja noch von früher«, wundert sich Marie.

»Die hab ich noch von meiner Arbeit als Näherin. Das war mein Abschiedsgeschenk, von meiner Direktrice, mit der hab ich mich gut verstanden. Ich durfte ihr zur Hand gehen, wir mochten uns, ich konnte mehr, als die anderen.«

»Wie lange warst du denn dort, als Näherin?«, will Marie wissen und reicht ihr die Nadeln, eine nach der anderen. Erst die mit den roten Köpfen, dann hellblau, grün.

»Nun, ein paar Jahre. Bis Gerda kam, dann bin ich zu Haus geblieben und hab Heimarbeit gemacht.«

»Warum bist du nicht wieder eingestiegen? Nicht gleich, aber später, nach ein paar Jahren?«, fragt Marie. Jetzt die mit den dunkelblauen Köpfen.

»Nun, dann kamst du doch, und da hatte ich wieder ein Kleines, e' Buschele«, sagt Mutter.

Marie schluckt ihren Kommentar herunter. Bloß keinen Streit anfangen, die Harmonie nicht stören, die so selten ist. Die Nadeln mit den pastellfarbenen Köpfen.

Mutter winkelt das rechte Knie an, nimmt sich das Hüftteil vor. Als sie zur Hälfte rum ist, ist die Schachtel mit den Glaskopfnadeln leer. Sie nimmt eine andere Schachtel vom Beistelltisch, ›Extra super feine Stahl-

stecknadeln‹, steht darauf, gehärtet vernickelt, über 500 Stück.
»Noch so 'ne Rarität«, freut sich Marie. »Das reinste Antiquitätenkabinett.«
Sie haben, statt eines Glaskopfes, ein kurzes, klar begrenztes Ende aus Stahl, damit sie nicht durch den glatten, geschmeidigen Stoff rutschen und zu Boden fallen, wo man sie mühsam suchen muss und selten findet.
»Deine kleine Schere ist aber auch irre, wenn ich das sagen darf. Wie kannst du mit dem Ding überhaupt schneiden?«
»Die?«, fragt Mutter. »Die ist die beste, die ich hab. Mit der schneid ich fast alles.«
»Außer Karpfenflossen und Geflügel«, lacht Marie.
Mutter kniet auf dem Teppichboden. Sie stellt die Nadelschachtel ab und steckt den Saum des Kleides fest.
»Früher hatte ich noch Diamantkopfstecknadeln, aber die sind verloren gegangen, mit der Zeit.« Sie prüft die Länge. »Wenn dir was nicht gefällt, so sag's, mein Kind. Es ist ja dein Kleid, sollst lange deine Freude daran haben.«
Mutter ist fertig mit Stecken. Sie dreht Marie zur Seite, vor und zurück. Sie nickt zufrieden.
»Ich finde es wunderschön«, sagt Marie.
»Du darfst dich nicht bewegen, wegen der Nadeln«, warnt Mutter. »Bin gleich wieder da.«
»Aber atmen darf ich?«
»Nun freilich, mein Mädchen, sonst gehste mir doch ein.«
Es klopft an die Zimmertür. »Herein, wenn's kein Schneider ist.«
Vater steckt den Kopf zur Tür herein, tritt näher, bleibt stehen und betrachtet sie.
»Gefällt's dir? Oder etwa nicht?«, fragt Marie forsch.

»Doch, doch«, sagt er nachdenklich. »Ein schönes Kleid.« Er steht und schaut. »Und eine schöne junge Frau.«
»Ja, deine Tochter«, lacht Mutter, die in der Türe steht. »Da versteckt sie sich in Männerunterwäsche von anno dazumal, dabei ist sie ein wunderschönes Mädchen. Guck nur die Haare an, die glänzen in der Sonne, wie Gold.«
Marie steht, das Gesicht blutübergossen.
Vater verlässt das Zimmer auf leisen Sohlen, zieht die Tür hinter sich zu.
»So«, sagt Mutter, »jetzt bin ich fertig.«
»Jetzt musst du es nur noch nähen. Ach ist das toll, ich danke dir. Du, was ich dir die ganze Zeit schon sagen wollte ... lass uns doch wie vernünftige, erwachsene Menschen reden. Mutter und Tochter. Wenn du andere Ansichten hast, will ich sie akzeptieren. Und um das Gleiche bitte ich dich auch.«
Mutter schweigt.
»Mutter? Mutti? Ich meine es ernst, wirklich. Lass uns doch unseren Streit begraben. Du bist doch meine ... bist du noch da?«
Marie dreht sich vorsichtig um.
Wo ist die denn? Wahrscheinlich rausgegangen. Sie holt schon die Nähmaschine aus der Versenkung, in der Küche. Schade. Na, denkt sie, dann ziehe ich es mal aus. Sie hebt das Kleid hoch, um es über den Kopf zu ziehen. Vorsichtig wenden, von unten nach oben. Es hängt irgendwo fest. Sie atmet aus, hält die Luft an, versucht es noch einmal, mit Fingerspitzen. Bloß nicht den zarten Stoff zerreißen, nichts kaputtmachen, was Mutter so sorgfältig gearbeitet hat. Aufpassen, dass keine Nadeln herausfallen. Es geht immer noch nicht. Sie zieht das Kleid bis zur Taille hoch und sieht nach, wo es hängt. Vielleicht hat sich was verhakt, am Höschen. Was ist das

denn? Jede Nadel fasst ein Stück Stoff und ein Stück weiße Haut. Das Kleid ist an ihrer Haut festgesteckt.
Marie lässt die Arme sinken. Sie sieht in ihren Ausschnitt. Der Stoff des Ausschnitts ist dreifach festgesteckt, jede Nadel geht durch ein Stück Stoff und ein Stück Haut. Es sind drei Reihen, dicht untereinander. Dünne, starke Nadeln. Die Glasköpfe blinken, rot, blau, grün. Marie bricht der Schweiß aus.
Sie wankt. Ich darf nicht umfallen, denkt sie. Ich muss die Nadeln aus mir herauskriegen, das Kleid herunter. Vorsichtig fasst sie einen roten Glaskopf und zieht ihn heraus, Millimeter für Millimeter. Einen blauen. Grünen. Rosafarbenen. Komisch, dass es nicht wehtut, denkt sie. Um an den Rücken zu kommen, muss sie sich verrenken. Sie tastet nach den Glasköpfen und zieht die Nadeln aus ihrer Haut, eine nach der anderen.
Der Schweiß rinnt wie Wasser über ihren Körper. Sie schlägt die Decke weg, die Augen auf. Tastet nach ihrem Hals. Nach dem Wecker. Gleich sechs. Wo bin ich denn, denkt sie. In Radeburg. Was will ich denn in Radeburg! Ach so. Gleich sechs? Verschlafen, ach du Scheiße.
Sie springt auf. Noch alles dunkel draußen. Die kleine Lampe ist noch an, das Buch liegt daneben. Nein, nein, ich habe Spätdienst, schießt es ihr durch den Kopf. Ich kann mich wieder hinlegen.

*

Der Kaffee an die Insassen ist verteilt. Marie setzt sich an das Klavier im Speisesaal, klappt den Deckel auf und spielt einen Walzer. Horst steckt den Kopf zur Tür herein, tippt mit den Fingern am Türrahmen, kommt näher, wippt in seinem Leibchen auf und nieder und

lächelt Marie an, die jetzt langsamer spielt, nur ein paar Tasten anschlägt und fragt »was denn, Horschte?«. Seine Finger tänzeln über den matten, zerplatzenden Lack.
»Spiel was von der Marlene«, bittet er, »vom blonden Marlenchen.«
»Marlene Dietrich?«, fragt Marie erstaunt. »Du kennst ihre Lieder?«
»Nun freilich«, sagt Horst, »die haben wir gesungen, als ich jung war.«
»*Vor der Kaserne, vor dem großen Tor, stand eine Laterne, und steht sie noch davor …*«, singt sie.
»Spiel was anderes«, bittet er, »sonst kann ich nachher nichts essen, beim Abendbrot.«
»Schlag du was vor.« Horst fängt an zu singen. »*Später, später, bleibt vom Wagen nicht einmal die Wagenspur, niemand, niemand wird dann sagen, wer in diesem Wagen fuhr …*, kennste das?«
»Nein, aber sing nur, ich suche mir die Harmonien zusammen.«
»*Alle Worte, die wir sagen, rauschen dann die Bäume nur, / und das Lied, das uns erklungen auf der Mundharmonika, / wird dereinst vom Wind gesungen und heißt nur noch lalala.*«
»Ich will noch mal Luft schnappen, vorm Essen.« Er reißt sich los und schlurft nach draußen. Marie improvisiert noch ein bisschen vor sich hin »*und der Haifisch, der hat Zähne, und die trägt er im Gesicht, und Macheath*« – sie reißt die Finger von den Tasten. Der Klavierdeckel kracht ins Schloss.
Sie sieht erschrocken auf. Neben ihr steht der lange, hagere Student der Theologie, das bleiche Gesicht von schwarzen Locken umrahmt, im weißen, offenen Kittel und schreit »Das ist eine Anstalt und kein Kabarett!«. Er dreht sich um, rennt hinaus und knallt die Tür zu.

Marie sieht ihre Finger an. Die könnten jetzt Matsch sein. Er studiert Gott, nicht Menschen.

Nach der Lulu-Vorstellung im Schauspielhaus geht Marie schnell am Zwinger vorüber. Sie dreht den Kopf bei jedem Schritt. Nicht, dass hinter den orange angeleuchteten, barocken Mauern Lustmörder lauern, die auf ein junges Mädchen warten, das nichts ahnend dahergeschlendert kommt.
Der Platz vor der Semperoper ist hell erleuchtet, die alten Gaslaternen prangen in voller Schönheit, der bronzene Reiter springt durch die Nacht. Auch von innen strahlt es gleißend, die Vorhänge hinter den Rundbögen zeichnen sich ab wie bei einem Märchenschloss. Nach ihrer Zerstörung wurde die Oper nach Sempers Plänen wieder aufgebaut und vor einigen Jahren mit Glanz und Gloria neu eröffnet.
Wer eine Karte für die heiligen Hallen der Semperoper ergattern will, muss Beziehungen haben, Bonze oder Westdeutscher sein. Die karren sie mit Bussen her. Wagenladungen voller Hessen, Bayern, Baden-Württemberger, Rheinländer und Schleswig-Holsteiner ergießen sich in die vergoldeten und blank geputzten Säle, sie besitzen das samtbezogene Parkett, die ersten Reihen der Ränge und die königlich-sächsischen Logen, sie schreiten gefällig durch die freskenverzierten Gänge und führen ihre raschelnden Kleider, ihre Patina und leise bimmelnden Klunker aus, sie lassen ihre Geschmeide unter den geschliffenen Gehängen der Kronleuchter erstrahlen, sie drehen und wenden ihre wohlgenährten, gepflegten und rosigen Wangen, durch die Hände geschickter Kosmetikerinnen von jeder Unreinheit befreit, in den fein verschnörkelten Spiegeln.
Abend für Abend bilden sich lange Schlangen auf dem

Opernplatz, auf dem die aus der DDR anstehen, die Parole noch im Ohr »Was des Volkes Hände schaffen, ist des Volkes eigen«. Sie warten auf gut Glück oder ergattern Schwarzkarten für den vierten Rang, Stehplätze, wenn zufällig noch was frei ist.
Die Vorstellung ist beendet, Taxis fahren vor. Marie mischt sich unters Volk. Frauen flanieren, ihre Gesichter sind stark geschminkt, weiche, edle Pelzmäntel schmiegen sich um ihre Körper, sie stöckeln in engen, schwarzen Pumps und hochhackigen Stiefeln durch den mit Kies bestreuten Schnee, wie auf Eiern. Marie wünscht Hals- und Beinbruch. Eine Frau sieht sie an, ihre Augen sind hohl und kalt, wie Glasklicker. Männer gehen hinter den Frauen, in langen, warmen Mänteln, was ist das, fragt sie sich, Kamelhaar, Kaschmir, sie haben weiche Schals um den Hals geschlungen, feine Herrenhüte auf, die Beine stecken in dunklen, eleganten Anzughosen, die Schuhe sind gewichst.
Die sitzen da drin auf den besten Plätzen, denkt sie, bei uns ist für die ja alles spottbillig, anschließend gehen sie üppig essen und besaufen sich im Operncafé. Na dann, beschließt Marie, lieber zu den Brühlschen Terrassen, bei Rotwein und Orangensaft.

Nach dem Frühdienst steigt Marie in den Lößnitzdackel. Gottlieb steht am Bahnhof, stößt in die Trillerpfeife, reißt den Arm hoch und schreit »Abfaaahrt!«. In Moritzburg steigt sie aus und wandert zum Schloss hinunter, das mit seinen Rundtürmen knapp über der Eisfläche zu schweben scheint.
Sie fragt sich, was sie eigentlich hier macht. Wer Abitur hat, studiert. Das ist der Sinn des Abiturs. Wer Abitur hat und nicht studiert, hat sie nicht alle. Viele wollen Abitur machen und dürfen nicht. Entweder reichen

die Leistungen in der Schule nicht, oder die politische Einstellung der Eltern. »Du wischst alten Leuten den A ab«, hatte sich ihre Mutter erbost, »obwohl du alle Anlagen, alle Chancen hattest. Du wühlst im Dreck, du bist Dreck.«

Marie marschiert durch den Park. Der Wind pfeift eisig. Meine Familie war eine in sich geschlossene Gesellschaft, mit einer Mauer ringsum, geht es ihr durch den Kopf. Der einzige Ausweg in ein bisschen mehr Freiheit, in ein Zusammensein mit anderen Jugendlichen waren für mich die Junge Gemeinde, die Jugendveranstaltungen in der Kirche. Ich rannte von einem offenen Abend zum nächsten, und irgendwann konsumierte ich diese Veranstaltungen wie eine Süchtige, die Atmosphäre, die Freunde, den Gitarrensound. Die hatten eine Botschaft, sie hatten eine lebendige, persönliche Beziehung zu Jesus Christus, so sagten sie es, und ich glaubte das. Ich war high von den Predigern mit Bart und Klampfe, von den Kirchenhippies mit den langen Haaren, Jesuslatschen und Parkas, einfach nur glücklich. Ich dachte, Jesus macht mich glücklich, aber es war nicht Jesus, es war die Musik, die Stimmung, das lockere Zusammensein.

Was die Diakone und Jugendwarte machten, wollte ich auch machen, so wie die waren, wollte ich auch sein. Es gab eine Diakonen-Ausbildung für Mädchen, alles andere war mir egal. Ich war auf Droge. Das Sieveking-Haus hat mich ein Jahr zurückgestuft. Jetzt bin ich auf Entzug.

Die Eisfläche glitzert. Ich wollte doch immer was Künstlerisches machen, sagt sie sich, was mit Musik, Theater, Literatur, Dramatik, Tanz. Am besten was, wo alles vorkommt. Am besten praktisch, dass ich selbst mitmachen kann, nicht theoretisch, kein Dramaturgiestudium oder so, die sitzen nur am Rand und gucken zu. Ich hatte doch

schon meine Welt gefunden, mit fünfzehn, sechzehn, in der Singakademie im Plauener Stadttheater, als wir Beethoven, Brahms und Strauss gesungen hatten, als Straßenjunge in »La Boheme«. Warum habe ich das aufgegeben? Weil es bei den pietistischen Kirchenhippies hieß, wer zum Theater geht, der ist für Gott verloren. Ich bin bei denen reingerutscht, fast wie in eine Sekte.
Die Sonne taucht die mächtigen runden Türme in ein orangefarbenes Licht. Kinder schlittern über den Weg. Was will ich?, fragt sie sich. Was Künstlerisches. Was, wo ich mitmischen, gestalten kann. Ich will es wenigstens versuchen. Wenn ich diesen Herbst im Sieveking-Haus anfange, vergeude ich drei Jahre. Ich sage ab.

*

Bastian, Marie und Bruder Fiedler gehen den Weg nach Radeburg hinunter. Der Schnee ist von Reifenspuren durchzogen, in denen sich Steinchen vom Streugut sammeln. Der Abend ist kalt, aber nicht frostig. An den Häusern ist der Schnee der letzten Wochen zu hohen Haufen aufgetürmt, die einfach nicht schmelzen wollen. Dreckiger Matsch säumt die Straße und die Ränder des Marktplatzes. Marie bleibt stehn.
»Ihr Bürger von Burg, ihr Bürger von Beul, ihr Bürger von Dresden! Ihr Bürger der DDR! Ihr, die ihr stolz seid auf euer Geschaffenes, euer Errungenes, euer Organisiertes, die ihr stolz seid auf die Kraft eurer rechtschaffenen, rechten Hände, ihr Rechtehändler, die ihr stolz seid auf eure starken Arbeiterarme, eure stämmigen Arbeiterkörper, auf die Sicherheit eurer Arbeiterhirne, die Sicherheit eurer Arbeitsplätze, die Biederkeit eurer geblümten Wohnzimmer, auf Schmalz, Bier, Datsche und Kartoffelsalat! Ihr Völker der Welt, Völker der Welt,

schaut auf diesen Platz! Schaut auf den wackeren lustigen Bruder! Schaut auf den tapferen Bastian! Schaut auf die leuchtende Marie!«
Bastian grinst. »Geht's noch?«
»*Ich soll mein Schwanenlied am Grabe singen, wo ihr so gern lebendig uns begräbt? O schonet mein!*«
Bruder Fiedler zieht sie am Ärmel. »Mädel, das versteht doch keiner.«
»*Das Leben ist zum Tode nicht erkoren, zum Schlafe nicht der Gott, der uns entflammt …*«
»Hör auf«, sagt Bruder Fiedler, »mir zieht's die Schuhe aus.«
»*… zum Joch ist nicht der Herrliche geboren, der Genius …*«
Ein Fenster öffnet sich. »Ruhe!«, brüllt jemand.
»*… der aus dem Äther stammt; er kommt herab …*«
»Ich komm auch gleich herab, mit'm Knüppel, wenn du nicht Ruhe gibst, du dämliche Göre«, ruft es aus dem Fenster.
»*Er taucht sich, wie zum Bade …*«
Weitere Fenster öffnen sich. »Was ist denn das für'n Krach hier?«
»*Und könnt ihr ja das Schöne nicht ertragen, so führt den Krieg mit offner Kraft und Tat!*«, schreit Marie über den hell erleuchteten Marktplatz.
»Wir rufen den ABV! Ist dir das Tat und Kraft genug?«
Bruder Fiedler fasst sie am Arm. »Komm weg hier, Mädel, gleich kommt der Genosse Abschnittsbevollmächtigter, den kenn ich, der fackelt nicht lange. Sei nicht so störrisch, Mädel, willste die Nacht auf der Wache verbringen?« Er versucht, sie mit Gewalt wegzuzerren.
»*… Sonst ward der Schwärmer doch ans Kreuz geschlagen …*«
Marie reißt sich los und brüllt »*jetzt mordet ihn der*

sanfte kluge Rat ... Wie manchen habt ihr herrlich zubereitet – fürs Reich der Not!«

Bastian hält ihr den Mund zu, sie gurgelt. »*... wie oft auf euern Sand ... den hoffnungsfrohen Steuermann ...*«

Zwei warme Lippen pressen sich auf ihre.

»Hast du noch alle? *Umsonst!*«, schreit sie und reißt die linke Faust hoch. »*Mich hält die dürre Zeit vergebens ...*«

»Das Mädel ist störrisch wie ein junger Esel«, seufzt Bruder Fiedler. »Komm, Bastian.« Er wendet sich an Marie. »Wenn du uns suchst, wir sind im ›Deutschen Eck‹.«

»*Ich sehne mich ins grüne Feld des Lebens und in den Himmel der Begeisterung!*«

Von der anderen Seite des Platzes läuft ein Mann mit festen Schritten auf Marie zu.

»Bin gleich fertig!«, ruft sie. »Gleich ist Ruhe! *Begrabt sie nur, ihr Toten, eure Toten! Und preist das Menschenwerk und scheltet nur!*«

»Bürger der Deutschen Demokratischen Republik, weisen Sie sich bitte aus«, sagt der ABV.

»*Doch reift in mir, so wie mein Herz geboten ...*«

»Ausweis bitte.«

»*Die schöne, die ...*«

Jemand reißt sie nach hinten weg. Marie zappelt. »Fast fertig!«, schreit sie. »*Die schöne, die lebendige ...* Aihhhh!« Bruder Fiedler stellt sie in einer Seitenstraße auf die Füße. Bastian lacht sich scheckig. Marie wankt.

»*Natur*, wollt ich noch sagen«, keucht sie.

»Ja, die Natur«, lacht Bruder Fiedler. »Na, Mädel, du hast es nötig.«

»Was hab ich nötig, Bruder Fiedler?«

»Bier!«, schreit er. »Alkohol steigert die Leistung! Die der Poeten sowieso!«

Er hakt sie unter, Bastian links, Marie rechts.
Sie sieht nach oben. Der Mond lächelt. »*Euch alten Freunde droben, unsterbliches Gestirn, euch frag ich, Helden!*«, ruft sie.
»So, nun ist Schluss mit dem Palaver, jetzt woll'n wir einen heben, sonst erfrier'n wir hier noch. Komm, mein Mädel. Und du auch, mein Junge.«
Der Laden ist rappelvoll und verräuchert. Sie finden einen kleinen freien Tisch am Fenster.
»Wie ist es denn mit euch?«, fragt er beiläufig, als sie sitzen.
»Och«, sagt Bastian, und seine Ohren beginnen zu glühen, als ob ein Schmied sie in die Zange genommen hätte. »Ehm«, macht Marie und kramt in ihrer Jacke. Sie blicken aneinander vorbei, wie zwei scheue Tiere.
»Toller Laden hier«, flötet Marie, »und noch so viel los, hab gedacht, die sind schon alle in der Heia.«
»Wo soll'n die denn sonst hin«, sagt Fiedler, »zu Hause sitzt die Frau vor der Glotze und guckt irgendeinen Schmarrn, gehen sie halt in die Kneipe. Nun, was wollt ihr denn trinken?«
Nur trinken, denkt Marie, das ist nicht gut. »Haben Sie noch was zu Essen?«, fragt sie die Kellnerin, eine Brünette heute. »Bratkartoffeln mit Sülze oder Bauernfrühstück.«
»Hm, Bauernfrühstück. Hilfste mir, Bastian, wenn ich's nicht schaffe?«
»Hm«, sagt er. Seine Ohren kommen aus dem Glühen nicht heraus.
»Ich hätte auch gern eins«, sagt Fiedler. »Was«, fragt die Brünette. »Ein Bauernfrühstück. Krieg Mordshunger, wenn ich nur dran denke.«
»Bruder Fiedler?«, sagt Marie. »Ich find Sie knorke.«
»Was findste mich?«

»Schau! Knorke!«
»Kannste das auch auf Deutsch?«, fragt er. Bastian grinst.
»Toll halt, in Ordnung, dufte!« Sie strahlt ihn an.
»Na, Prost, auf uns drei Hübschen«, sagt er und hebt sein Glas.

Die kalte Nachtluft schlägt ihnen ins Gesicht. Sie gehen über den stillen Marktplatz. Die verblassenden Farben der Häuser schimmern matt im Laternenlicht. Bastian geht dicht neben ihr. Sie spürt seinen Atem an ihrer Seite. Sie bleiben stehen. Unter ihnen murmelt der Bach über die rinnenden Schneeränder, springt über die Steine, schwarz und schnell.
»*Still in dämmriger Luft ertönen geläutete Glocken, und der Stunden gedenk rufet ein Wächter die Zahl. Jetzt auch kommet ein Wehn und regt die Gipfel des Hains auf,*« zitiert Fiedler,
»*Sieh! und das Schattenbild unserer Erde, der Mond, kommet geheim nun auch*«, ergänzt Marie.
Sie schauen sich an. Sie lächeln.
»Wo musst du hin, mein Junge?«, fragt Fiedler.
»Ich schlaf heute in der freien Kammer, hab Frühdienst.« Fiedler nickt.
»In der Kammer der Knechte«, feixt Marie.
Fiedler blickt nach oben. »Schau mal, wie die Sterne glänzen. So klar, das siehste selten. Die Natur ist doch schön, wie unser Herrgott sie geschaffen hat.«
»*Oder es blickt auch gern ein treuer Mann in die Nacht hin, es ziemet sich, ihr Kränze zu weihn und Gesang,*« sinnt Marie,
»Ja«, bestätigt Fiedler, »*weil den Irrenden sie geheiliget ist und den Toten, selbst aber besteht, ewig, in frei-es-tem Geist.*«

Sie sind angelangt. Bruder Licht wacht über die Männer in der Anstalt, über der Anstalt wacht der Mond.
»Gute Nacht, lieber Bruder. Danke für den schönen Abend. Nacht, Bastian.«
Sie zögert. Er steht unschlüssig herum.
»Na dann.«
Marie geht nach links, zur Holztür, die Holzstufen in ihr Zimmer hoch, Fiedler in seinen Familien-Bungalow, Bastian ins Haupthaus, in die Kammer der Knechte.
Sie schließt ihre Zimmertür ab und öffnet das Fenster. Die Sterne funkeln.

Es ist kurz nach sechs. Bruder Licht steht bleich im Flur. Bruder Fiedler rennt auf und ab, auch der Chef ist da. Gegen sieben geht Marie wie immer in die kleine Küche, das Frühstück für die Insassen bereiten. Bastian werkelt vor sich hin, der großartig Gestreifte, mit dem sie auf der oberen Station Dienst hat, löffelt still den Vanillepudding in die bunten Plastetassen. »Was ist denn los?«, fragt Marie.
»Herr Gerlach hat sich erhängt«, sagt Bruder Ulla, »an seinem Bettstrick.«
Marie sieht ihn erschrocken an. Seine Augen wirken wie Asche hinter der Brille. »Bruder Licht hat ihn gefunden, als er den Rundgang machte, gegen drei.«

Meister Ohle ist verschwunden. Der Chef sagt den Insassen Bescheid, die sonst noch gut zu Fuß sind, in Küche, Keller, im Gestüt und beim Schneeschippen helfen, er alarmiert die Brüder und Schwestern, Rettungsstelle und Feuerwehr. Am späten Nachmittag bringen sie ihn, ein junger Mann vom Rettungsdienst führt ihn am Arm. Marie springt die Treppen runter und nimmt ihn in Empfang. »Wo war er denn?«

Der junge Sanitäter hat Ähnlichkeit mit ihrem kleinen Bruder Klaus, er grinst. »Er spazierte gemächlich die Dresdner Straße lang, Richtung Berbisdorf.«
»Bei Neuschnee, in der Kälte?«, staunt Marie.
»Ein zäher Bursche, mit gut Freiheitsdrang, ein echter Sachse«, grient der Sanitäter. »Na, nun ist er ja wieder da. Passt schön auf ihn auf, bis zum nächsten Mal.«

Bruder Fiedler, der großartig Gestreifte und Marie beraten im oberen Dienstzimmer. Es ist nicht das erste Mal, dass Meister Ohle ausgebüchst ist.
»Was machen wir denn mit ihm?«, fragt Bruder Fiedler. »Der haut uns doch wieder ab, und festbinden können wir ihn nicht.«
»Warum denn nicht?«, fragt der großartig Gestreifte und mustert den weißlackierten Medikamentenschrank.
»Lieber Bruder«, sagt Fiedler ruhig, aber bestimmt, »der Meister gehört auf meine Station. Ich red dir nicht in dein Revier hinein, du nicht in meins.«
Bruder Ulla studiert seine gepflegten Hände.
»Kann man ihn nicht einfach laufen lassen?«, fragt Marie. »Er wird doch sowieso wieder eingefangen.«
»Wenn ihm nun was passiert«, sagt Bruder Fiedler. »Wir tragen doch die Verantwortung.«
»Auch für Herrn Gerlach?«, rutscht es ihr heraus. Bruder Ulla schenkt ihr einen giftigen Blick.
»Das war seine eigene Entscheidung, die müssen wir respektieren, auch wenn es uns schwerfällt«, sagt Bruder Fiedler nachdenklich. »Der Meister geht zu Fuß. Die Anstalt ist in der Gegend bekannt. Man könnte den anderen zeigen, wo er hingehört …«
»Wie denn?«, überlegt Marie. »Mit einem Zettel? Was umhängen? Ich bin Meister Ohle, bitte wieder einliefern, oder so?«

Bruder Ulla zählt emsig die Haare auf seinem rechten Arm. Ab und zu schweift sein Blick zum Medikamentenschrank.
»Den Zettel könnte er verlieren. Es muss was sein, was er immer ... wir sticken dem seinen Namen auf seine Jacken, in großen Buchstaben. Damit jeder, der ihn aufliest, weiß, wer das ist.«
»Dann musst du auch drauf sticken, wo er herkommt«, erwidert Marie.
»Damit jeder, der ihn auffischt, sieht, wo er hingehört«, ergänzt Bruder Fiedler langsam.
»Ja, das ist gut. Oder doch nicht?« Sie sieht den Bruder zweifelnd an. »Stell dir mal vor, der Erich würde das mit uns machen. Marie Maler DDR.« – »Dafür haste doch deinen Ausweis«, seufzt Bruder Fiedler. Er schielt zu Bruder Ulla hinüber. »Es ist ja zu seinem Besten.« – »Das denkt der Erich auch«, spottet Marie. Fiedler sieht sie warnend an. »Die Arbeit wartet. Na dann.«
Am nächsten Tag stickt Marie mit dicker, roter Wolle in großen Buchstaben ›Ohle Radeburg‹ auf seine Jacken.
»Die Hemden auch?«
»Nein, ohne Jacke geht er nie«, weiß Bruder Fiedler. Er freut sich. »So, mein Gutster, jetzt kannste los. Wir finden dich, verlass dich drauf.«

Marie kommt zum Spätdienst. Die Tür zum Dienstzimmer ist geschlossen. Sie öffnet sie. Bruder Fiedler sitzt auf dem Sofa und weint. Neben ihm hockt der großartig Gestreifte auf einem Stuhl, seine Augen blicken ratlos. Marie starrt die beiden an und will wieder gehen.
»Bleib nur da, du musst ja an die Arbeit«, schluchzt Fiedler. Bruder Ulla steht langsam auf, schüttelt nachdenklich den Kopf und geht hinaus.

Marie bleibt in der Tür stehn, sieht Bruder Fiedler an, weiß nicht, was sie sagen soll und setzt sich neben ihn aufs Sofa. Er rührt sich nicht, er seufzt nur ab und zu. Nach einer Weile flüstert sie »kann ich … wenn ich was helfen kann …«.
»Lass nur«, sagt er mit erstickter Stimme. Es bricht stoßweise aus ihm heraus. »Ich hab ihr das Nest schön gemacht, ich hab alles für sie gemacht, jedes Jahr hab ich den Sommer durch gehämmert und gepocht …« Sein Körper bebt. »Ich hab die Ausbildung gemacht und gut bestanden, weil sie es wollte, ich bin Stationsleiter geworden, weil sie es wollte … ich hab doch nur für sie … für sie und für die Kinder … die Kleine, die Frizzi ist erst fünf, die braucht doch ihren Vater … das Nest hab ich ihr schön gemacht …« Die Stimme bricht ihm weg, den kantigen Oberkörper schüttelt es, wie die mächtige Eiche draußen auf dem Feld vom Novembersturm geschüttelt wird, sein gemeißeltes Kinn zittert. »Und sie … sie setzt sich ins gemachte Nest und schmeißt mich raus.« Seine zupackenden Hände rudern hilflos durch die Luft, aus seinen hellen blauen Augen rinnt das Wasser. »… sie schmeißt mich einfach raus.«
Du meine Scheiße, denkt Marie. Die mit den braunen Locken, den braunen Augen, dem runden Hintern, den spießigen braunen Klamotten, die konnte ich noch nie leiden. Ich geh rüber und hau der Kuh eine runter.
Sie sitzen stumm.
»Bruder Fiedler, wenn ich irgendwie …«
»Da kannste nichts machen, mein Mädel«, schnauft er und zieht den Rotz durch die Nase. »Mach nur, du musst ja an die Arbeit.« Marie zögert. »Nun geh.«
Sie nickt und geht die Treppen runter, Schnitten mit Schmelzkäse und Leberwurst fürs Abendbrot schmieren.

Der großartig Gestreifte steht schon in der Küche. »In Meißen beginnt ab März ein neuer Ausbildungsgang für Krankenpfleger, berufsbegleitend«, sagt er beiläufig.
Na und?, denkt Marie.
»Musst doch eine Berufsausbildung machen«, murmelt er.
»Ich habe Abitur.«
»Musst einen Beruf erlernen ...«
»Wieso.«
»Einen Beruf, musst doch einen Beruf ...«
»Wie lange insgesamt?«, fragt sie nach einer Weile.
»Ein Jahr. Hast einen Tag Schule in der Woche. Eigentlich sind sie schon voll, ich hab mich starkgemacht für dich. Bist für die Dauer der Ausbildung allerdings an unsere Einrichtung gebunden«, sagt er und blinkert durch die Brille.
Warum eigentlich nicht, überlegt Marie. Parallel bewerbe ich mich für ein künstlerisches Studium. Muss ich dem ja nicht auf die Brille binden. Wenn es mit der Kunst nichts wird, habe ich Abi, einen Berufsabschluss und kann drauf aufbauen.

Einige Tage später schallt die Stimme von Bruder Fiedler durch die geschlossene Tür des oberen Dienstzimmers. Marie sortiert im Flur frische Wäsche in den Schrank.
»Sie hat mir doch verboten, das Kind abzuholen!«, ruft er verzweifelt. »Ich wollte die Frizzi abholen, vom Kindergarten, die Frau hat's mir verboten! Das Mädel geht alleine den Weg hoch ... wir haben doch wieder Eis ... sie wollte spielen ... rutscht im Schnee aus, rutscht in den Bach ...« Er schluchzt. »Das Eis ist noch nicht fest, gestern hat's doch getaut ... und heute ... die Frau hat

gesagt, der andere … der, mit dem sie jetzt … holt das Mädel ab … der ist aber nicht hingegangen, er war nicht da, da ist sie alleine los … sie ist doch erst fünf, und ich … bin doch ihr Vater …« Seine Stimme zittert. »Das Mädel ist fast ertrunken … ein Mann ging zufällig vorbei und hat sie rausgezogen, ein Fremder, sonst … ich hätt sie doch abgeholt … und die verbietet es mir …«
Marie starrt in den Wäscheschrank.

*

Auf den Probe- und Werkstattbühnen des Dresdner Staatsschauspiels findet ein offenes Schauspielwochenende statt. Laiengruppen stellen sich mit ihren aktuellen Programmen vor, das Dresdner Brettl liefert Kabinettstückchen ab, Kabaretts geben anzügliche, politische Sketche und freche Gesangsnummern zum Besten. Die Zuschauer biegen sich vor Lachen, bis es ihnen im Hals stecken bleibt. Kurse für Improvisation, szenisches Spiel, Chanson, Pantomime und Akrobatik laden zum Mitmachen ein. Professionelle Schauspieler spielen eine Szene, an der sie gerade arbeiten, erzählen was über ihren Beruf, zur Probenarbeit, schmettern Songs von Brecht, Tucholsky, Hollaender und Eisler zum Klavier. Die Stimmung ist ausgelassen, es gibt Brötchen, Teigtaschen, Kuchen, Saft, Sekt und Selters, Wein und Bier.
Am Abend stellen die Studenten des vierten Studienjahrs der Schauspielschule Rostock ihre Abschlussinszenierung vor, *Philoktet* von Heiner Müller. Der Saal wird voll, immer mehr Leute drängen durch die Tür. Marie ergattert einen der guten Plätze. Die Wände sind ringsum mit schwarzen Tüchern ausgekleidet, aus

Scheinwerfern knallt starkes, helles Licht. Die Schauspielstudenten sind von Kopf bis Fuß in weiße Binden und Laken gewickelt, mit künstlichem Blut, Dreck und Exkrementen verschmiert, sie spielen sich die Seele aus dem Leib. Kraftvoll, voller Hingabe an ihre Figuren und die Situation. Das Stück spielt in der Spätphase des Trojanischen Krieges, was Müller mit seiner modernen Adaption des antiken Stoffes sagen will, ist Marie nicht ganz klar, aber die jungen Darsteller sind umwerfend. Ein Mann mit rotem Rauschebart erläutert im Anschluss Spiel und Inszenierung. Zuschauer stellen Fragen, er beantwortet sie. Die Studenten wirken erschöpft vom intensiven Spiel, aber glücklich. Marie sitzt wie betrunken, die Bilder rauschen durch ihren Kopf.

*

Bastian sieht sie nicht an, seine Fusselhaare kringeln sich um die Ohren, die Enden seiner grün-gelb gebatikten Windel wippen bei jedem Schritt auf seine Jeansjacke, und er hat Schritte drauf, fast noch schneller als Marie. An der Jugendmode vorbei, dem Goldenen Reiter vorbei, links die Läden, rechts die Straßenbäume voller Frühlingsknospen, sie sieht verstohlen rüber, einen niedlichen kleinen Arsch hat er, nicht zu viel, auch nicht zu wenig, auch vorne, ein hübscher Bengel.
»Komm, wir kratzen die Kurve«, sagt er, »runter zu den Elbwiesen, in die Abendsonne.« Vor den Elbwiesen bleiben sie stehen, keuchen, sehen sich an und lachen. »Bisschen weiter zum Fluss«, sagt er und zerrt sie fort. Sie gehen durch das hohe, saftige Gras, das die Knöchel streichelt. Die Sonne scheint ihnen schräg in die Gesichter, die Wellen kräuseln sich. »Dresden ist schön«, sagt Marie. »Hm.« Er setzt sich ins Gras, sie setzt sich

daneben. Sie schauen auf den Fluss. »Müsste man öfter machen«, sagt er. »In eurer Anstalt kriegt man ja 'nen Knall.«
»Macht der Beruf dir Spaß?«
»Ja schon, aber manchmal ist es ätzend. Hab das dritte Lehrjahr vor mir. Die sind streng, ora et labora. Nächstes Jahr wird's lustig. Prüfungen und so.« Er dreht sich vorsichtig nach allen Seiten um, kneift die Augen zusammen und schaut angestrengt zur Elbbrücke rüber.
»Suchste jemanden?«
»Im Gegenteil.« Er fummelt eine winzige Tüte aus der Tasche, mit gehäckselten Blättern und Stängeln darin, die aussehen, wie Heu. Dazu loses, leicht gelbliches Papier, eine Art Zigarettenpapier. »Ist guter Stoff«, sagt er. »Von 'nem Prager Kumpel ... Kommunisten-Speed zum Spezial-Tarif.« Er grinst Marie an, seine grauen Augen funkeln. »Darfst dich auf keinen Fall damit erwischen lassen. Wenn du 'ne Faustan dabei hast, ist das wurscht. Aber das hier ... schwer verboten.«
»Woher hast du's dann?«
»Hab ich doch gesagt«, murmelt er, »Beziehungen.«
»Wie ist das, wie Zigaretten?«
»Tut gut, entspannt, ich komm damit runter, ist besser als Faustan und Bier, auch gesünder.«
»Witzig«, findet Marie. »Lass mich mal riechen.«
»Das ist Kraut zum Rauchen, nicht zum Schnüffeln«, sagt Bastian. »Finger weg.« Er bastelt Gras in das Papier, einen kleinen Filter ans Ende und dreht es zu einer Tüte. »Im Diakonissenkrankenhaus kommste an alles ran, wenn du erst mal Medizin setzen darfst, kriegst du die Schlüssel zu den Schränken. Nur an den Schrank mit den ganz starken Geschützen, Morphium und so, an den dürfen nur Ärzte und bestimmte Schwestern. Ich hab da so den einen und anderen Verdacht ... darfst

dich nicht erwischen lassen. Musst clever sein, kleine Mengen abzweigen, in regelmäßigen Abständen.«
Abzweigen nennt man das, denkt Marie. »Kleine Mengen, von was denn so«, fragt sie, betont naiv.
»Faustan, Haloperidol. Rudotel eher nicht. Nimmste immer mal ein, zwei Tabletten raus, pro Woche. Es darf nicht auffallen, falls die mal nachzählen. Muss wie zufällig aussehen. Musst es immer erklären können. Ist dir mal eine runtergefallen, haste nicht mehr gefunden. Ins Waschbecken gerollt. Pech, halt. Und immer schön entschuldigen, das hören die gern. Besonders dieser ... wie heißt der? Bruder Ulla. Ist das ein Heini. Den Bettelmann und den Licht kannste auch knicken. Aufpassen musste beim Fiedler. Der guckt genau hin.«
»Ich find den schon in Ordnung«, sagt Marie.
»Ich auch, aber aufpassen musste. Der ist sozusagen ... unbestechlich. Bei der Chefin musste auch aufpassen. Vor allem, was du sagst. Die und ihr Alter, mir sind da Sachen zu Ohren gekommen, mein lieber Scholli ...«
»Hm.«
»Was machst'n du da eigentlich, hab gehört, hast Abi.«
Marie schweigt.
»War als praktisches Jahr gedacht«, sagt sie. »Hatte 'nen Ausbildungsplatz als Gemeindehelferin, für drei Jahre in Radebeul.«
»Hatte«, sagt Bastian tonlos. Er leckt und fummelt hingebungsvoll an seiner Tüte.
Marie sieht auf das Wasser. »Hab abgesagt. Und du? Wie kommst du denn zum Diakonissenkrankenhaus, das ist doch ein frommer Laden?«
»Dagegen ist eure Anstalt in Radeburg ein Puff«, kichert er. »War die Idee von meiner Mutter.«
»Hab inzwischen meine Probleme mit der Kirche«, sagt

Marie. »Mit dem Glauben. Früher ... war ich total begeistert.« Der Fluss färbt sich orange.
»Früher«, sagt Bastian und dreht die Tüte in seinen Händen. Er hat schöne Hände, schmal, mit langen Fingern, der Handrücken ist dunkel und zart behaart. Er legt sich ins Gras und verschränkt die Hände hinter dem Kopf.
»Langweilt's dich?«, fragt sie.
»Nein, erzähl ruhig, bin nur müde. Bin gerade auf der Intensiv, da siehste Sachen ... und jetzt glaubste nicht mehr, was du früher geglaubt hast?«
»Bin so erzogen worden. Reingewachsen. Hatte auch 'ne komische Kindheit, so'n komisches Elternhaus.«
»Wer nicht«, murmelt er. »Und, was glaubste jetzt?«
»Weiß nicht«, sagt sie. »Bin gerade dabei, mir alles abzugewöhnen, was ich bisher geglaubt habe.«
»Willste Krankenschwester bleiben?«
»Auf keinen Fall.«
»Was dann?«
»Zum Theater, will Schauspielerin werden«, sagt sie und wundert sich über ihre eigenen Worte.
»Hm.« Er raucht vorsichtig die Tüte an. »Ist schwer, da ranzukommen. Ich kenne eine, die hatte den Test bestanden, aber die Prüfung nicht geschafft. Die sind da echt heftig drauf. Willste an 'ne staatliche Schule?«
»Klar«, sagt Marie »anders geht's nicht. Das ist ein Hochschulstudium, erst musst du einen Aufnahmetest machen, und wenn sie danach immer noch der Meinung sind, dass du begabt bist, eine Prüfung.«
»An ein künstlerisches Studium zu kommen, ist 'ne harte Sache. Ich kenne welche, die versuchen schon seit Jahren, hier in Dresden an der Hochschule für Bildende Kunst zu landen. Die zeichnen eine Mappe nach der

anderen, jobben nebenbei auf Nachtschicht im Krankenhaus, die schaffen es einfach nicht. Ich hab ein paar Sachen von denen gesehen, Wahnsinn. Fand ich echt gut, urste Sachen. Kann ich nicht. Weiß nicht, warum sie die nicht nehmen. Im Westen ist es viel einfacher, haben mir welche erzählt. Wenn du es dort nicht auf eine staatliche Schule schaffst, schreibst du dich an einer privaten ein. Kunst kann dort jeder studieren, der zahlt. Wie du dann auf ihrem Markt zurechtkommst, ist deine Sache.«

»Auch nicht das Gelbe vom Ei«, erwidert Marie.

»Wie bist'n drauf gekommen?«, will er wissen.

»Klingt vielleicht komisch. Wollte schon früher zum Theater. War dabei, erste Schritte eben, in Plauen. Zuerst im Tanzstudio, dann im Chor, hab einen Lausbub in ›La Boheme‹ gespielt, in einer Oper.«

»Oper ... wird ja immer schlimmer.«

»Dann Gesangsunterricht, Klavier, Gitarre. Theater, das ist 'ne Berufung. Da musst du mit Herz und Seele dabei sein, oder du lässt es. Alles oder nichts. Da lässt du nicht nach Feierabend den Löffel fallen, dafür musst du leben. Atmen. Da musst du eins mit sein, mit Haut und Haar. Alles opfern.«

»Willste mal ziehen«, fragt er, »das beruhigt.«

Na, wenn's beruhigt, denkt Marie und zieht.

»Nicht so heftig!«, ruft er.

Sie hustet, spuckt. »Was'n das ... puh, was'n das für'n Kraut? Schlimmer als Karo ...«

»Marihuana«, sagt er, »Gras. Nix für Jungfrauen. Leg dich hin.«

»Na klar, der Junge raucht 'nen Joint und sagt zum Mädel ›leg dich hin‹.«

»Willste noch mal?«

»Nein danke. Mir ist schon schlecht.«

Er legt sich wieder zurück und saugt ab und zu vorsichtig an der Tüte. Sie legt sich neben ihn, mit Abstand.
»Wie wirkt'n das?«, will sie wissen und rückt näher.
»Entspannend«, murmelt er, »biste breit, halt.«
»Breit?«
»Fühlst dich fünf Meter breit, mindestens. Fühlst dich lässig, ruhig ... stark. Keiner kann dir was. Hast Farben vor den Augen, Linien, die verfließen ... erlebst alles intensiver, vergisst alles um dich herum ... die ganze Scheiße.«
Hm, denkt Marie. Mach die Augen auf, dann siehste auch Farben.
»Kannst frei denken«, murmelt er. »Freier Geist. Kannst stundenlang über Müll nachdenken, totalen Müll.«
Sie beugt sich über ihn und sieht ihn an.
Bastian grinst, von einem Mundwinkel zum anderen.
»Was grinst'n so, denkste über Müll nach?«
Sein Grinsen wirkt wie festgefroren. Als ob es hinter den Ohren festgenagelt wäre. Wie beim Kölner Karneval.
»Ich ...«, er fängt an zu lachen. »Ich ...«
»Was lachst'n so«, fragt sie. »Blödmann.«
Er kullert sich über sie.
»Lass mich, blöder Kiffer. Mit 'nem Bekifften will ich nicht. Nimm deine Pfoten weg.«
»Kiffer, Pfoten, hahaha.« Er lacht und lacht.
Sie windet sich heraus, steht auf und geht über die Wiese. Kaut an einem Stängel Sauerampfer, kommt zurück.
»Ich muss dir was erzählen. Was, das niemand weiß. Mein Großvater ... war ein übler ... Nazi. Ich ... ich weiß nicht, was ich machen soll ... das waren Juden. Ich sehe mich heute noch, wie ich am Radio saß ... wir sollten für den Englischunterricht News hören und übersetzen. Die Stimme aus dem Radio sprach von einem

Fall Hartmut Albert Maler. Erst dachte ich, das ist ein Witz. Dann dachte ich, er meint jemand anderen. Dann verstand ich die Zahl 1941 und Kaunas, Litauen. Da dachte ich, das gibt's doch nicht, der erzählt was über meinen Großvater, Grandyddy, wie ich ihn immer für mich genannt hatte, den deutsch-kanadischen Grizzly, über den ich bisher nichts Genaues wusste, außer, dass er irgendwo im Krieg dabei gewesen sein sollte, wie Millionen andere auch, dass er nach Kriegsende in Hessen in einem Lager der Amis interniert war, dass sie ihn dort als Mitläufer eingestuft und freigelassen hatten, worauf er nach Kanada ausgereist war, weil es da so schöne grüne Tannen, blaue Seen und gute Arbeit für gute Dollar gab, ich wusste auch, dass ich mir ein Beispiel an ihm nehmen sollte, weil er ein guter Mann war und es zu etwas gebracht hatte, wie meine Mutter uns Kindern eingetrichtert hatte, und dann wusste ich noch, dass er, damals vor etwa einem halben Jahr, aus unerfindlichen Gründen an die BRD ausgeliefert worden war und seitdem dort in U-Haft saß, obwohl seine kanadischen Anwälte, die ziemlich teuer gewesen sein müssen, für seine Freilassung kämpften. Der Sprecher hatte eine markante Stimme, mit einem metallischen Unterton, mal klang er bedauernd, mal ironisch, dann auffordernd. Ich werde diese Stimme nie vergessen. Der Mann hieß Sol Berry, er war Reporter bei der BBC. Er wusste nicht, dass die Enkelin des Massenmörders, über den er gerade berichtete, in einer kleinen Stadt in der sowjetischen Besatzungszone für den Unterricht in der sozialistischen Schule englische News auf Kurzwelle hört und gerade den Schock ihres Lebens kriegt. Wenn ein Schriftsteller so was erfinden würde, würde man sagen, der spinnt. ... Bastian?«

Er liegt im Gras und reagiert nicht.

»Das weiß ich jetzt seit dreieinhalb Jahren. Ich versuche es mir immer vorzustellen … nein, nein, ich muss es mir vorstellen, ob ich will oder nicht. Eine lange, tiefe Grube voller nackter, frierender Menschen, Männer, Frauen und Kinder, die schreien und weinen, oder still liegen, den Himmel über sich sehen, die Mündung des Gewehrs, aus dem es Feuer und Tod speit, die Menschen in Uniformen, die das Gewehr halten, breitbeinig und leicht vorgebeugt zielend, dabei mein Großvater, oder im Hintergrund? Und überall der süßliche Geruch von Blut, offenes Fleisch, zerfetzte Gliedmaßen, Stöhnen, Röcheln und Schreien … was würde ich in so einem Moment machen? Beten. Bastian, ich versuche, Menschen zu helfen, die alt sind und krank und bald sterben werden, und warum sagt mir dann meine christliche Mutter ins Gesicht, dass ich im Dreck wühle und selbst Dreck bin, nur weil ich keine Karriere mache? Warum sagt sie nicht, dass mein Großvater Dreck war?«
Bastian bewegt sich. »Mit wem redst'n da«, will er wissen.
»Na mit dir«, erwidert Marie.
»Hm.«
»Mein Großvater hatte sie selektiert, hatte sie an den Erschießungsort bringen lassen, hatte die Erschießungen befohlen, vielleicht hat er auch selbst geschossen, ich weiß es nicht. Über zehntausend Menschen, darunter über viertausend Kinder, das kann man sich gar nicht vorstellen, ins Dresdner Schauspielhaus gehen vielleicht tausend Menschen … ich bin die Enkelin eines Massenmörders.«
»Wieso bist'n du die Enkelin eines Massenmörders«, wirft Bastian müde ein.
»Hab ich dir doch die ganze Zeit erzählt«, sagt Marie. »Haste nicht zugehört?«

»Doch, doch«, murmelt er. »Muss wohl ... hm.« Er streckt sich.
Die Sonne hängt wie ein Feuerball über den Wiesen.
»Was würdest du denn machen, wenn du so einen Großvater hättest?«
»Echt?«, murmelt er und überlegt. »Ich würde mich irgendwie schämen, mich schuldig fühlen.«
»Denkst du?«, fragt sie. »Er hatte meinem Vater aus der U-Haft einen Brief geschrieben: ›Ich habe der Familie keine Schande gemacht.‹ Er hatte diese Taten begangen und schämte sich offensichtlich nicht dafür. Vielleicht haben die sich damals im Recht gesehen, und so sah er sich bis zuletzt. Sonst hätte er doch so was nicht geschrieben. Ich finde seine Taten entsetzlich, habe diese Taten aber nicht begangen. Soll ich mich stellvertretend für ihn schämen, weil ich seine Enkelin bin?«
»Weiß nicht«, sagt Bastian.
»Meine Generation kann nichts dafür. Ich bin vor ein paar Wochen neunzehn geworden.«
»Glückwunsch.«
»Danke.«
»In meiner Familie tun jetzt alle so, als wäre nichts gewesen. Der Großvater ist tot, das Thema ist tabu. Mich beschäftigen diese Dinge ... glaubst du, dass sich solche Taten vererben?«
»Gene vererben sich«, meint Bastian.
»Man spricht doch auch von Veranlagung.«
»Biste wie ein Mörder veranlagt?«, fragt Bastian. »Kann schon sein. Jetzt, wo du's sagst ...«
»Wie meinst'n das?«
»Naja, hast manchmal so einen Ton drauf. So'n KZ-Ton. Wie ein Feldwebel.«
»Mein Großvater war Hauptscharführer. SS-Hauptscharführer, kein Feldwebel.«

»Das ist ungefähr das Gleiche.«
»Ein SS-Hauptscharführer ist kein Feldwebel.«
»Doch, so ungefähr.«
»Woher weißt'n das?«
»Weiß ich eben.«
»Du spinnst.«
»Siehste, doch Vererbung.«
»Meinste, dass sich das mit dem Blut vererbt, wie eine Krankheit?«
»Quatsch. Blut besteht aus Erythrozyten, Leukozyten und Thrombozyten, hatten wir neulich erst wieder in Innere Medizin. Erbschuld ist im Blut nicht enthalten.«
»Du kannst Denkweisen und Verhalten durch Erziehung weitergeben«, überlegt Marie. »Denke mal an das Buch, das du mir geliehen hast. Wie hieß das?«
»*Am Anfang war Erziehung.*«
»Siehste. … Letztlich ist jeder Mensch für seine Gedanken, Worte und Werke, wie es in der Bibel heißt, selbst verantwortlich, und nicht für die von jemand anderem, auch nicht für Bruder, Schwester, Mutter, Vater oder Großvater. Warum soll ich mich für etwas schämen oder schuldig fühlen, was ich nicht getan habe? … Da fällt mir ein, mir wurde schon oft vorgehalten, dass ich nicht so empfindlich sein soll. Ob das mit der DDR zusammenhängt?«
»Wie meinst'n das?«
»Ich finde, die Menschen gehen hier besonders ruppig miteinander um. ›Reiß dich zusammen, so schlimm wird's schon nicht sein, daran stirbst du nicht.‹ – ›Gelobt sei, was hart macht.‹ Der Einzelne ist nicht wichtig, sondern das Kollektiv.«
»Das kommt vom Faschismus«, murmelt Bastian. »Erziehung zur Härte.«
»Warum werden empfindsame Menschen verlacht und

abgewertet, als Pflänzchen rühr mich nicht an oder Jammerlappen? Warum hat mich die Sportlehrerin in der zweiten Klasse ins tiefe Wasser geschmissen, obwohl ich vor Angst die ganze Schwimmhalle zusammengeschrien hatte?«

»Willste nicht mal zum Psychiater gehen?«, fragt Bastian. »Der kann dir solche Fragen wahrscheinlich beantworten.«

Marie schweigt.

»Guck dir das Land doch mal an«, sagt er. »Scheiße auf der ganzen Linie. Überleg manchmal, ob ich abhaue.«

»Hm«, macht Marie.

»Du nicht?«

»Ich versuch's erst mal mit dem Schauspielstudium. Wenn das nicht klappt ... einfach abhauen, weiß nicht, ist auch keine Lösung.«

»Was ist'n nach dem Krieg aus deinem Großvater geworden«, fragt Bastian.

»Er ist 1948 von Plauen aus erst in den Westsektor, dann nach Kanada ausgewandert. Er lebte dort unter seinem eigenen Namen, über dreißig Jahre lang unbehelligt und unentdeckt, das musst du dir mal vorstellen, er arbeitete und reiste in der Welt herum, Spanien, Mexiko, USA, Schweiz; Länder, die ich nur mit dem Finger auf der Landkarte besuchen darf.«

»Gibt's nicht«, wirft er ein.

»Ich weiß nicht, warum sie ihn so lange nicht gefunden hatten, wenn ich es richtig verstanden habe, gab es schon 1961 einen westdeutschen Haftbefehl, konnten oder wollten die ihn nicht finden? Er hatte ja Kontakt zu meinem Vater, sie haben Briefe und Fotos ausgetauscht, wir haben Schecks von ihm bekommen, er soll sogar unseren Lada bezahlt haben, vielleicht hat mein Vater deshalb so einen Hass auf unsere Kommunisten, weil sein Vater sie auch gehasst hat. Ich kann mir auch nicht vorstellen, dass Horch, Guck und Greif nichts von der Sache wussten, obwohl bei uns offiziell nichts berichtet wurde. Hatte Großvater Beschützer in Kanada oder in USA, aber wen und warum?«

»Bestimmte Nazis haben die sich rausgesucht«, sagt Bastian. »Welche, an denen sie Interesse hatten. Ingenieure für das Raketenprogramm, Atombombenbau …«

»Mein Großvater war kein Ingenieur. Der war vorher ein einfacher Polizist.«

»Hm.«

»Wozu sollen die ihn denn gebraucht haben?«

»Keine Ahnung.«

»Naja, als sie ihn dann doch gefunden haben, Mitte der Achtziger, sollen wahltaktische Gründe eine Rolle gespielt haben, ich hatte irgendwas von jüdischen Einwanderern und kanadischen Politikern verstanden. Wenn es um Moral, um Gerechtigkeit gegangen wäre, hätten sie ihn dann nicht schon viel früher finden müssen?«

»Öhm«, macht Bastian aus dem Gras. Es klingt wie ein friedliches Grunzen.

»Wie komme ich an weitere Informationen, wem kann ich trauen? Ich müsste den Reporter von der BBC fragen. Sol Berry. Wie komme ich an den? Einen Journalisten vom Feindsender? Die, die etwas wissen könnten, meine Eltern und Verwandten, sagen es mir nicht. ›Der Hitler hat dem Volk Arbeit und Brot gegeben, und nachher hat er's bissel übertrieben‹, sagte meine Mutter. Wenn sie an die Plauener Bombennächte denkt, weint sie, die hatte sie als Kind erlebt. Mein Vater weicht aus. Wenn die Rede auf Nazis, KZ und Juden kommt, sagt er ›nun ja‹, schnauft durch die Nase und verlässt das Zimmer. Du, ich kann mich nicht einfach auf eine Wiese legen, was rauchen und entspannen. Bastian …?«

Er rührt sich nicht. Sie beugt sich über ihn. Er schläft. Sein Mund steht leicht offen. Sie berührt ihn vorsichtig mit den Lippen, er schmeckt leicht bitter.

*

Manuel, der neue Praktikant aus dem Diakonissenkrankenhaus in Dresden nimmt sich eine Auszeit vom Spätdienst. Marie hat beobachtet, dass er ein Auge auf die Mädels hat. Mit der neuen, jungen Köchin Ramona hatte er was angefangen, Marie überraschte sie in der kleinen Küche, als sie knutschten und sich gegenseitig lustvoll die Finger in den Hintern krallten. Nach einer Woche war wieder Schluss. Vor ein paar Tagen sah sie, wie er der blonden Tochter der Chefin wie wild im Garten hinterhersprang. Der macht hier einen auf Casanova, so toll ist der nun wirklich nicht, denkt sie. Schwarze, lockige Haare, braune Dackelaugen, halb gierig, halb unterwürfig.
Sie sitzen nebeneinander auf der Bank vor der Leichenhalle, der Kiesweg leuchtet golden in der Abendsonne. Marie hat Zeit, Feierabend. Irgendwann wandert seine rechte Hand zu ihrer linken. Aha, denkt sie. Seine Finger spielen leicht an ihren. Erst am kleinen Finger, dann am Mittelfinger. Dann an der ganzen Hand. Hm, denkt sie, ziehe ich die Finger weg oder lasse ich sie liegen? Ich lasse sie liegen. Mal sehen, was als nächstes kommt. Er rückt näher. Was will der?, fragt sie sich. Denkt er, dass ich ein Objekt bin, eine, die sein Bedürfnis befriedigt? Seine Finger spielen. Sein rechtes Bein berührt ihr linkes. Sie sitzt, als wäre sie in Gips gegossen. Eine Leiche, aus Versehen auf der Bank vor der Tür abgesetzt und dann vergessen. Nach einer Weile rückt er ab und sagt ehrlich

entrüstet »Du bist ja frigide.« – »Na, wenn du meinst«, sagt sie, steht auf und wendet sich zum Gehen.
»Ich bin bei der Stasi«, hört sie ihn leise sagen. Sie bleibt stehen, wie vom Donner gerührt. Setzt sich wieder hin, freundschaftlich, aber nicht zu nah, wie ein liebevoller Beichtvater zu seinem Schäfchen.
»Hm.«
»Weißte, wie ich dazu gekommen bin?«
Der großartig Gestreifte geht über den Hof und sieht aufmerksam zu ihnen herüber.
Marie schüttelt den Kopf. »Nö, weiß ich nicht.« Gott, denkt sie. Der ist erst Anfang zwanzig.
»Hatte geklaut, in der Kaufhalle.«
»Und wegen Klauen …?«
»Sie haben mich erwischt, ein paar Mal.«
Er spielt jetzt mit seinen eigenen Fingern und schaut auf seinen großen Zeh, der aus der Sandale guckt. »Die haben mich vor die Wahl gestellt, entweder dein Leben ist im Arsch, oder du unterschreibst. Wenn du unterschreibst, kannst du eine Ausbildung machen, sogar Fachschule. Sonst bleibst du Hilfsarbeiter und wanderst ein paar Jahre in den Knast.«
Meint der das ernst oder ist das nur Anmache?, fragt sie sich.
Der großartig Gestreifte ist in seiner Wohnung angekommen. Er sieht immer wieder aus seinem großen, verglasten Flur in den Hof hinunter. Dabei tut er, als ob er Schuhe putzt.
Guck weg!, denkt Marie. Ich bin nicht deine Tochter! Kümmere dich um deinen eigenen Kram!
»Ich muss«, sagt Manuel.
»Ich auch.«
Der Kiesweg liegt im Dunkeln.

*

Bastian arbeitet wieder in Dresden. Sie treffen sich im Café an der Elbe. Es ist ein kühler Juniabend, aber wenn man sich warm anzieht, kann man schon draußen sitzen. Bastian hat ein halbvolles Glas Bier vor sich. Marie bestellt sich ein Glas Müller-Thurgau.
»Wie geht's?«, fragt er.
»Ganz gut. Was machst'n«, will sie wissen.
»Wie immer«, sagt er. »Nix Neues.« Er schweigt ein Weilchen. »Alles Scheiße. Null Bock.«
»Komm doch mal mit ins Schauspielhaus«, bittet sie. »Oder in die Gemäldegalerie ...«
»Gemälde«, spottet er. »Alte Schinken kann ich mir auch im Schlachthaus angucken.«
»Irgendwas muss dich doch interessieren. Kultur, Geschichte, Politik?«
»Boah«, stöhnt er, legt die Arme auf den Gartentisch und sieht auf die Elbe.
»Ich hab dir doch neulich von meinem Großvater erzählt. Da gibt's 'ne Sonderausstellung im historischen Museum, über die Invasion Barbarossa ...«
»Lass mich mit deinem Nazischeiß in Ruhe.«
»Interessiert dich überhaupt was anderes als deine hippe, kleine Szenewelt?«, fragt Marie aufgebracht.
»Hm«, mault Bastian.
»Du tust so alternativ, mit deinen gelben Hosen und deiner gefärbten Windel um den Hals. Dabei bist du ein ganz gewöhnlicher Junge.«
»So, glaubste? Und was bist du? 'ne alte Jungfer.«
»Geht's noch? Ich bin gerade erst neunzehn geworden!«
»Einmal muss man doch, Mariechen«, murmelt er, nicht mal unfreundlich.
Marie sieht auf die Elbe.

»Das ist altmodisch, verstehste nicht?« Er hebt den Kopf von den Armen.
»Wo ziehst du die Grenze? Bei zwölf? Vierzehn? Achtzehn?«
»Allerhöchstens bei achtzehn, da biste schon spät dran. Vorher ist natürlich besser.«
»Warum ist das besser? Warum darf ich das nicht selbst entscheiden?«
»Warum, warum … wer das nicht weiß, ist von gestern«, sagt Bastian genervt.
»Von gestern … wer bestimmt, was von heute und von gestern ist? Du und deine Kumpels, wenn ihr beim Joint absackt?«
»So was weiß man«, stöhnt er, »kannste in der ganzen DDR rumfragen, kein Mädel über achtzehn, das nicht schon hat. Gilt auch für Nazienkel.«
»Man, bist du blöd. Klaust Psychopharmaka, entspannst dich mit geschmuggeltem Kraut und bumst blutjunge Mädels. Toller Kerl.«
»Alte Jungfer.«
Ich war schon ein Rotkopf, Streichholz, eine Kupferplatte und ein Feuermelder, denkt Marie. Meine Mutter hat mich mit einem bayerischen Dirndl, mit Strickhosen, Rock darüber und Glockenhut in die Schule geschickt. Als ich dreizehn war, hatte ich noch keinen Busen, zwischen all den drallen Sachsenmädels. Dafür mit vierzehn eine Zahnspange. Mit sechzehn haben mir die Jungs auf der Straße »Baa wie Skistöck« hinterhergerufen. Wenn ich einen breitkrempigen Hut aufhatte, nannten sie mich Assi. Wenn ich keinen aufhatte, war ich die Rote Zora. Sagte ich meine Meinung, hieß es, sei nicht so frech. Blieb ich still, hieß es, das Mauerblümchen. Fand ich eine Meinung und Handlung des Staates richtig, hieß es zu Hause, dir haben die Roten

ins Gehirn gespuckt. Engagierte ich mich in der kirchlichen Jugendarbeit, zog der Vater über die langhaarigen Diakone und frommen Penner her. Als ich über ein Theologiestudium nachdachte, warnte der Jugendwart: Da verlierst du deinen Glauben. Als ich Gemeindehelferin werden wollte, geiferte die Mutter: Du kippst dein Leben in den Müll. Und statt Dresdner Jungs liebe ich Hölderlin.

Sie betrachten ihre Getränke.

Marie sieht auf. »Bastian, willst du mit mir schlafen? Willst du mal mit einer Jungfrau? Einmal der Erste sein? Der, den ein Mädchen nie vergisst, wie man so sagt?«

»Ich?«, fragt er verblüfft. »Hätte nie gedacht, dass du dich traust, mich das zu fragen.«

Seine Ohren beginnen zu glühen.

»Rauchen wir hinterher ein bisschen Gras oder trinken ein Gläschen selbst gebrannten Reiswein, zur Entspannung?«

Bastian sieht auf.

»Hey, komm mal rüber. Renn nicht immer weg.«

Marie rückt ihren Stuhl durch den Kies. »Ganz schön frisch noch, abends.«

Er legt seinen Pullover um sie.

»Besser?«

»Hm.«

»Jetzt sei mal nicht bockig, nicht frech und auch nicht intelligent«, sagt er. »Denk und frag nicht so viel. Halt einfach mal die Klappe.«

Seine Augen sind grau, wie der Fluss. Er umschlingt sie mit den Armen und berührt ihre Lippen mit seinen. Er öffnet ihren Mund und taucht seine Zunge in sie hinein. Ihre Hände verschränken sich.

»Kannst zu mir kommen, wenn du so weit bist.«

»Ja.«

*

Ein paar Abende später sitzt Marie mit den anderen im Mädchenzimmer von Bruder Fiedlers Tochter Magdalena, auf dem Dachboden der Anstalt. Die Fete neigt sich dem Ende zu. Der Bettelmann unterhält sich angeregt mit Bruder Fiedler, er muss gleich wieder runter, hat Nachtschicht. Bruder Bernhard, der neue Pfleger, sitzt neben Magdalena, seine Hand klebt an ihrem Bein, sein Mund atmet in ihrem Haar, seine Augen versinken in ihrer Bluse. Bruder Licht lächelt versonnen und krault sich seinen Bart. Marie tun die Knochen vom langen Sitzen weh, tanzen kann sie nicht in dieser winzigen, stickigen Kammer, hockt sie halt rum und trinkt was.
»Will noch jemand?«, fragt sie in die Runde. Sie zucken mit den Schultern. »Ach, gern«, sagt Bruder Fiedler, »wenn noch was da wäre.«
»Einen Schluck noch, warum nicht«, lässt Bernhard hören. »Magdalena?«, flüstert er an ihrem Ohr. Sie schüttelt die Locken und sieht ihn an. Sein Gesicht taucht in Rot, wie in einen Sonnenuntergang. Steht ihm, denkt Marie. Kaum da, schon wird er fündig. Sie passen gut zusammen. Sind irgendwie aus gleichem Holz geschnitzt. Er ist wie ein Ahornbaum, biegsam und stämmig, weinrot mit tiefem Ocker, sie wie eine Kastanie, zart, üppig, lichtgelb und grün.
»Bruder Licht?« – »Weiß nicht«, sagt er und streichelt seinen Bart.
Ein bisschen frische Luft wäre nicht schlecht, denkt sie, ruft »ich geh mal Nachschub holen« und springt auf. Zieht die Jacke über die weiße Bluse mit der Lochstickerei, es muss so halb, dreiviertel elf sein. Das »Deutsche Eck« hat bis zwölf auf, da wird sie noch was kriegen. Der Weg ist schwach beleuchtet, mit gelbem Laternenlicht,

auf halbem Weg wohnt Koller, der Koch der Anstalt, in seinem Holzblockhaus, an der Biegung steht ein massives Einfamilienhaus, fast eine Villa, von der niemand weiß, ob sie bewohnt ist und von wem. Ein Dresdner Bonze, munkelt man hinter vorgehaltener Hand. Marie pfeift sich eins, springt über den Kies, spuckt in den Promnitzbach, der murmelt, schnell weiter, die haben Durst. Sie flitzt über den erleuchteten Marktplatz, öffnet die Kneipentür, schlüpft zwischen dem dicken schwarzen Vorhang durch. Lärm schlägt ihr entgegen und dichter Qualm. Sie schnappt nach Luft, versucht, im Tabaknebel Umrisse auszumachen, am Tisch neben dem Eingang sitzen welche beim Bier, dreschen Karten, sehen neugierig auf, »kleines Fräulein noch so spät«, murmelt einer verwundert, ein anderer fragt mit lauter, frecher Stimme »Na, wäre das nicht was, wir zwei?« – »Nein danke, da gibt es welche, die haben's nötiger«, kontert sie, die Männer lachen. »Vom Wickeltisch gefallen ist die nicht«, sagt einer, sie dreschen weiter.
Ah, da ist die Theke, »eine Flasche Wermut, weißen bitte«, verlangt sie, die Kellnerin guckt kritisch, fehlt nur noch, dass sie fragt, ob sie schon achtzehn ist. Sie rückt die Flasche raus, den Guten von Gotano. »Zu lassen bitte.« – »Achtfünfzig.« – »Rest ist für Sie.« – »Danke.«
Raus aus dem Qualm, über den Markt, gelbe Häuser und die rosa Apotheke, gelbgrün beleuchtet. Die Nacht ist kühl, die Rathausuhr schlägt elf, gerade kommt der letzte Bus aus Dresden an, mit dem sie auch schon oft gekommen ist. Einige Leute steigen aus, verlaufen sich in alle Richtungen.
Marie geht schnell, sie ist schon an der Brücke, übern Bach. Läuft jemand hinter ihr? Vielleicht ein Bekannter, ein Kollege? Sie dreht sich um, sieht niemanden. Soll sie zur Sicherheit den großen Bogen nehmen, den Kies-

weg, ab elf sind aber alle Lampen unten aus, oder den Trampelpfad an der Villa, direkt am Gatter lang? Folgt ihr doch jemand. Sie kann nicht mehr zurück, am Bach ist es stockfinster und unbewohnt, da ist es noch gefährlicher, sie muss jetzt weitergehen, den Pfad an der massiven Villa hoch. Ein Zweig knackt. Eine Sekunde überlegt sie, ob sie rennen soll, aber der Pfad ist schmal, ansteigend, holprig, mit Gras und Wurzeln übersät. Jemand läuft hinter ihr, fast lautlos. Ihr Herz schlägt bis zum Hals. Nicht umdrehen, denkt sie. Eine Hand hält sie am Handgelenk fest. Knorrige Finger, dünn. Einfach eine Hand, die drückt und nicht loslässt. Ruhig, denkt Marie. Ich darf die Kontrolle nicht verlieren. »Lassen Sie meine Hand los«, sagt sie mit fester Stimme, sieht ihn nicht an und geht weiter. Nur nicht stehen bleiben. Er sagt nichts, geht neben ihr den Pfad hoch, umklammert ihr Handgelenk. »Loslassen«, sagt sie, »was soll denn das.«

Sie ist am Gatter vor dem massiven Haus, niemand zu Hause, gleich kommt das Haus vom Koller, der breite Kiesweg, die Laterne. Das Herz jagt, bloß keine Panik, denkt sie, was mach ich jetzt, hab irgendwo gelesen, man soll reden, damit sie einen Menschen in einem sehen.

»Lassen Sie die Hand los, wo wollen Sie denn hin, hier gibt es nichts, außer dem Polizeirevier.« Von ihm kommt keine Reaktion. »Da oben sind Polizisten, die haben Nachtschicht, das wissen Sie wohl nicht?« Er schweigt und krallt die Hand noch fester.

Marie dreht unmerklich den Kopf, schielt rüber, ist er groß?, nicht besonders, hat schmale Schultern, atmet kaum hörbar, tritt leise, riecht nach nichts, kein Männerdunst, als ob er gar nicht da wäre, ein Neutrum, nur seine Knochenhand klammert, er könnte zwanzig sein,

eher dreißig, dünne Haare, so zwischen kurz und halblang, runde Brille, schmales Gesicht, eher verkniffen, was ist das für einer?
»Lassen Sie meine Hand los, sein Sie vernünftig, Mensch, was soll denn das.« Sie muss versuchen, wegzukommen, keine Gefühle zeigen, nicht aggressiv machen, sachlich und nüchtern klingen.
Der schmale Weg ist zu Ende, endlich die Laterne, ein schwaches Gelb, das massive Haus liegt jetzt unterhalb. Links, weiter zum Feld hin, wohnen Kollers. Er klammert auch die zweite Hand. Um Gottes willen, denkt sie, nur das nicht. Bitte nicht. Er hält sie fest, zieht sie unter die Laterne, den mickrigen Birkenbaum, er greift an die Bluse nach ihren Brüsten, reibt ihre Rippen mit seinen knochigen Fingern, greift ihr an die Hose, zwischen die Beine, krallt, krampft und reibt. Sie versucht panisch, loszukommen, die Flasche rutscht ihr aus der Hand.
Bei Kollers ist ein gedämpfter Lichtschein, zum Feld, nach hinten hin, Marie schreit »Hilfe, Hallooo!«. Vielleicht hört sie jemand, sie schreit mit aller Kraft »Helft Leute, helft, Hallooo!« Er hält ihr den Mund zu, sie biegt seine Hände weg »Hallooo, Hilfe, Hilfeeee!«, er umklammert ihren Hals, drückt mit seinen dünnen Knochenfingern zu, will ihr Schreien abwürgen. Sie versucht, seine Finger vom Hals wegzubiegen, sie kämpfen, die Flasche, schießt es ihr durch den Kopf, die muss im Gras liegen, hau sie ihm über den Schädel, greif die Flasche Marie, und wenn er tot ist, ist es Notwehr. »Hiiilfe, Herr Jesus, Jesuuus!« Sie kommt nicht runter, kommt nicht an die Flasche ran, wenn sie sich bückt, verliert sie den Halt, dann hat er leichtes Spiel, sie muss stehen bleiben, sie schreit wie irre, er drückt zu, drückt immer weiter, »ich sterbe«, gurgelt sie und versucht wieder, seine Finger vom Hals weg zu biegen,

»hilf mir Jesus, ich sterbe ... sterbe ... sterb ... Jesus ... Je ..., Herr Je ...«

»Ist ja gut«, sagt er, »du stirbst nicht«, er lockert den Griff um ihren Hals, »du stirbst ja nicht. Jesus, ist das dein Freund«, fragt er mit leiser Stimme.

Marie ringt nach Luft.

»Jesus, ist das dein Freund, ist das der Junge, mit dem du gehst«, fragt er noch mal.

Was fragt der, denkt sie. Jetzt bloß nichts Falsches sagen, er hat immer noch die Finger am Hals. »Jesus ist Gottes Sohn.«

»Gott«, sagt er und nimmt langsam die Hände von ihrem Hals, »wer ist das?«

Schnell weg, schießt es ihr durch den Kopf, weglaufen, den Berg zur Anstalt hoch. Füße rennt, Beine tragt, weg, weg, gleich kommt er angerannt, ich muss es schaffen, sagt sie sich, linker Fuß, rechter Fuß, nicht umsehen, linkes Bein, rechtes Bein, Knie, knickt nicht ein, Füße, tragt, linker Fuß, rechter Fuß, schnell umsehen, kommt er nach, nein, komisch, dass er nicht nachkommt, vielleicht läuft er rechts durch den Garten und springt aus dem Gebüsch, schnell weiter, weiter, gleich da, Licht, Glasveranda, Tür, Türe auf, Türe zu, zweite Türe auf, Türe zu, Stufen, Stufen, Geländer, Geländer, Stäbe.

Die Knie sacken ihr weg, es schüttelt sie. Der Bettelmann kommt die Treppe runter, fragt, ruft, sie kauert am Geländer, umklammert die Stäbe, er ruft nach oben »es ist was passiert, was Ernstes«, sie kommen runter, gucken, nach einer Weile kommt die Chefin, fragt, Marie schluchzt, stottert, die Chefin geht ins Dienstzimmer, kommt zurück, hält Marie ihre rosige, fleischige Hand hin, sagt »schlucken Sie das, dann geht es Ihnen besser«. Marie sieht eine weiße, runde Tablette in der Hand der Chefin liegen. »Was ist das?« – »Was zum

Schlafen, nehmen Sie die, dann geht es Ihnen besser.« Marie schüttelt den Kopf unter Tränen, was soll das, denkt sie, eine Tablette ändert nichts, die macht nur müde. Die Chefin legt die Tablette irgendwohin, redet mit dem Bettelmann, geht heim.

Am nächsten Morgen hat Marie Frühdienst. Der Chef winkt sie in das untere, kleine Dienstzimmer und schließt die Tür hinter ihr. Sie sind allein, der Raum ist eng, die Situation ist peinlich. Sein Gesicht verrät keine Regung, es ist wie aus Stein, hager, scharf, geschliffen. Er will wissen, was vorgefallen ist. Was denn, denkt Marie, soll ich dem das jetzt erzählen? Diesem fremden Mann?
Er fragt klar und eindeutig, er erwartet Antworten. Wenn sie nicht antwortet, stellt er die Frage noch mal, so lange, bis sie etwas dazu sagt. Er geht in die Details. Wo sie langgegangen sei. Wo sie ihn getroffen habe. Wie der Mann ausgesehen habe. Wo er sie angefasst habe. Ob er in sie eingedrungen sei. Marie windet sich. Sie möchte ihm ins Gesicht schreien, rausrennen, sie traut sich nicht. Sie beschließt, ihm nichts weiter zu sagen, und stottert »weiß nicht« auf alles, was er noch fragt. Endlich öffnet er die Tür.
Sie will nach oben. Der großartig Gestreifte steht an der Treppe, sie muss an ihm vorbei. Er sieht sie nachdenklich an und sagt »Na, hoffentlich kommst du jetzt mal runter von deinem hohen Ross«.
Sie geht wortlos die Treppen hoch. Horst kommt ihr entgegen. Er tappt um sie herum, zupft sie am Ärmel, sieht zu ihr hoch und sagt »Na, du?«. Er tippt ihr zögernd mit dem Finger auf die Hand. »Was haste denn … was …?«, flüstert er.

Nach dem Mittagessen teilt sie die Eierschecke auf den Blechen in mundgerechte Stücke ein. Auf dem Hof steht der Chef und unterhält sich mit jemandem. Er hält etwas in der Hand. Marie lauscht. »Es scheint zu stimmen«, sagt er. »Ich habe eine zerbrochene Brille gefunden und eine Flasche Wermut, noch nicht angebrochen.«

Marie greift sich an den Kopf. Die Flasche, denkt sie, die hab ich glatt vergessen.

»Es scheint ein Kampf … das Gras an der Stelle … der Biegung … ist zertrampelt.«

Bruder Fiedler fasst sie vorsichtig am Arm. »Marie … du musst zur Polizei gehn«, sagt er. »Zur Polizei?«, fragt sie erschrocken.

»Du musst Anzeige erstatten. Du kannst das nicht auf sich beruhen lassen.«

»Es ist doch … am Ende … es ist doch nichts passiert.«

Er sieht sie an. »Du musst den Vorfall zur Anzeige bringen.«

»Aber …« – »Kein Aber. Du gehst jetzt runter auf die Wache und erzählst denen, was vorgefallen ist.«

»Ich … will aber nicht«, sagt Marie kleinlaut.

»Mädel, hörste nicht, verstehste mich nicht, du kannst die Sache nicht auf sich beruhen lassen! Das ist ein Überfall gewesen! Der Kerl wollte dich … er hat dir Gewalt angetan!«

»Ja«, weint Marie, »aber …«

»Der hatte dich in seiner Gewalt! Ihr habt gekämpft, auch wenn du dann …«

Marie sieht ihn an. »Ich hab gedacht …«

»Was?«

»Ich hab gedacht, ich sterbe.«

Bruder Fiedler macht eine hilflose Bewegung. »Soll ich

mitgehn?«, fragt er. »Ich komm gleich mit, ich lass mich hier entschuldigen.«
»Nein ... danke«, stottert Marie. »Aber ... der ist doch weg, wer weiß, ob der überhaupt aus dieser Gegend stammt ... er ist wahrscheinlich mit dem Bus ... der kann von sonst wo kommen, auf Reisen, zu Besuch ...«
»Wie willste denn das rauskriegen, Mädel, wenn du keine Anzeige erstattest! Geh auf die Wache, geh.«

Marie geht den Kiesweg hinunter, öffnet die Tür zur Wache und geht hinein. Drinnen sitzen drei Polizisten.
»Ich möchte Anzeige erstatten.«
Sie wird in einen Raum gebeten. Ein langer Tisch steht drin, mit Stühlen dran, sonst ist er karg und leer. Zwei Polizisten setzen sich ihr gegenüber, junge, sympathische Männer mit roten Pausbacken, einer hat Sommersprossen auf der Nase. Sie nehmen ihre Personalien auf, dann fragen sie. Sie wollen genau wissen, wo und wann, wie er aussah, was er anhatte, sagte, wie seine Stimme klang, ob er nach Bier oder Schnaps gerochen hatte. Marie versucht, sich zu erinnern, obwohl sie sich nicht erinnern will. Der Polizei muss sie es doch erzählen. Die Polizisten fragen freundlich, sachlich. Sie müssen ihr jedes Wort aus der Nase ziehen, sie ziehen es, mit Engelsgeduld.
»Er hat mir die ganze Zeit den Hals zugedrückt, er hat versucht ... er wollte mich erwürgen.«
Sie machen sich Notizen. Sie wollen genau wissen, ob er ihr an oder unter die Bluse gegriffen hat. »An«, sagen sie, ist ein milderer Straftatbestand, das wäre sexuelle Belästigung. »Unter« ist eine schlimmere Straftat, das wäre sexuelle Nötigung. Das könnte anders verfolgt und bestraft werden.
»An, vor allem ...«, quetscht sie heraus.

Sie soll es mit Bestimmtheit sagen. Sie wollen ihr doch helfen, sagen sie eindringlich. Der Mann soll gefunden und bestraft werden.
»Vielleicht auch unter … es kann schon sein …«
»Sind Sie ganz sicher?«
»Er wollte mich vergewaltigen … er hat die ganze Zeit meinen Hals zugedrückt. Ich weiß nicht mehr genau. … Die Brille …«, fällt ihr ein.
»Die haben wir hier, die Flasche auch«, sagen die Polizisten. Sie schließen das Protokoll ab, sie wirken nicht zufrieden.

*

Bruder Licht hat ein neues Domizil gefunden, er räumt seine Kammer in der Schulgasse, im Städtchen. Die Chefin legt Marie unter vier Augen nahe, freiwillig dort einzuziehen, damit das junge Glück, Bernhard und Magdalena, eine Wohnung für sich hat, die beiden kleinen Zimmer, in denen Marie jetzt wohnt, werden sie bald brauchen. Marie wundert sich, wieso das Paar so eine riesige Wohnung braucht, Bernhard bewohnt doch bereits fast die gesamte Etage, auch das Badezimmer teilen sie sich freundschaftlich, neuerdings aalt sich Magdalena stundenlang in der Wanne. Die Chefin lächelt wissend. Aha. In diesem Land kommst du am besten mit schieben, denunzieren oder gebären vorwärts, denkt Marie. Als Bernhard vor ein paar Monaten hier ankam, war er ein schlanker, junger Mann mit Sinn für Architektur, Pflanzen und die schönen Künste, mit einem guten Schuss Humor. Seit er mit Magdalena zusammen ist, mutiert er immer mehr zum Spießer. Sie bäckt für ihn, an jedem Wochenende, und offensichtlich bäckt sie gut. Er kriegt schon Bauch, und sie hat auch bald einen.

Marie fragt die Chefin, ob es eine Alternative gibt. Wenn sie direkt ins Städtchen zieht, muss sie jeden Tag den Kiesweg rauf- und runterlaufen, wer weiß, wer sie dabei verfolgt. Die Chefin sieht durch sie hindurch. »Sie können auch in eine der Bodenkammern über dem Haupthaus ziehen.«
»In eine dieser Kammern?« Dann muss sie immer an den Betten aus Zimmer neun vorbei, die über dem Geländer hängen. Dann kriegt sie den Gestank nach Pisse nie mehr los.

Die Schulgasse liegt zentral in Radeburg, verwinkelt und abgeschieden. Hierhin verirrt sich niemand freiwillig. Marie öffnet ein großes Tor, mit einem groben, geschmiedeten Eisengriff. Innen zeigt sich ein Hof, rechts eine Werkstatt, links ein altes Fachwerkhaus. Sie geht in die Werkstatt, ein blonder Mann im mittleren Alter hämmert und drischt auf ein Eisen ein, zwei junge, kräftige, naiv aussehende Burschen laufen mit großen, derben Schürzen und langen, schwarzen Zangen in der Werkstatt hin und her. Marie bittet um den Schlüssel für die Kammer, die er verwaltet. Er geht zur Wand, nimmt einen eisernen Schlüssel vom Haken, dreimal so groß wie ein normaler Schlüssel, am Rund verschnörkelt.
Ist ja urst, denkt sie und wiegt das Teil in ihrer Linken. Ein Schlüssel wie für eine Burg im Märchen und wenn schon keine Burg, dann wenigstens ein Zimmer in einem Fachwerkhaus.
Sie geht die drei Schritte über den Hof, an der Hausmauer rankt sich ein Fliederbaum nach oben. Der Eingang ist schmal, die Treppe windet sich schief hinauf, die Holzstufen knarren, sie streicht an der Wand entlang, unter dem rauen Putz wölben sich Buckel und Dellen. Das Haus hat nur eine Etage, die Tür ist eisenbeschla-

gen, mit fingerdicken, schwarzen Nägeln. Marie dreht den Schmiedeschlüssel, es knirscht. Das Zimmer ist klein und leer, bis auf einen einfachen Kleiderschrank und eine Kommode aus Sperrholz. Möbel kann sie hier keine reinstellen, sie hat auch keine, nur eine alte Holzbank und einen großen Spiegel ohne Fassung. Eine Matratze wird sich auftreiben lassen. In der Ecke steht ein uralter, schlecht fahrbarer Heizkörper. Funktioniert dieses Ding überhaupt? Im Winter wird es bitterkalt, bis minus zwanzig Grad. Bruder Licht ist auch nicht erfroren. Bruder Licht ist auch extrem anspruchslos. Der isst nur Quark mit Leinöl und trinkt, wenn überhaupt, am Weihnachtsabend mal ein Viertel Cabernet. Wird schon gehen, sagt sie sich, zur Not sind die Kneipen gut geheizt, bis in die tiefe Nacht. Zur Not ziehe ich einen dicken Pulli an und wickle mich in eine warme Decke. Sie streicht über die schiefen, gelblich verputzten Wände. Wie alt ist das, sechzehntes, siebzehntes Jahrhundert? Sie öffnet das Fenster. Der Zweig des Fliederbaums schlägt ihr ins Gesicht. Dornröschenschloss. Dem Blick des großartig Gestreiften entzogen, wer weiß, welchen Insektenaugen noch. Karg, aber idyllisch. Was braucht sie? Wasser. Wo ist Wasser? Auf dem winzigen Flur gibt es ein altes, rundes Emaillewaschbecken. Sie dreht, es quietscht. Eiskalt. Kaltes Wasser ist gesund. Auch im Winter? Kann man es irgendwo warm machen? Für einen Kaffee oder Tee? Essen kochen muss sie nicht, in der Anstalt wird sie gut gefüttert. Und wenn sie frei hat? Von hier aus sind es drei Schritte zum ›Deutschen Haus‹, zum Café, zur Kneipe am Eck, etwas weiter zum modernen Restaurant am Stadtrand, in dem sie sich jeden Abend dicke Schnitzel und mit Käse überbackene Steaks bestellen kann, dazu einen Schoppen Müller Thurgau vom Elbhang, falls ausnahmsweise vorrätig, sonst »Lindenblättriger« oder »Grauer Mönch«. Nebenan scheint noch ein Zimmer zu sein, es ist verschlossen. Mensch, die Toilette. Sie sieht sich um. Gegenüber ist noch eine Tür, vielleicht ist sie das. Sie klopft, man weiß ja nie.

Eine Frau macht auf, gebeugt, verhutzelt, in einer bunten Kittelschürze, ihre linke Wange ist schwer entstellt. Marie erschrickt. Bleich, bläulich, blassrosa ziehen sich Narben durch Gesicht und Hals. Die andere Wange ist frisch und rot, ein Apfelbäckchen. Das Auge über der verletzten Wange ist halb mit Narbengewebe zugewachsen, aber offensichtlich noch quicklebendig. Das andere blickt offen und ohne Scheu. Marie stellt sich vor und versucht, der Frau nicht direkt auf ihre riesige Narbe zu starren.

»Herzlich willkommen, Fräulein, ich bin die Frau Buschalke.« Sie bittet Marie freundlich herein. »Bescheiden lebe ich, kleines Fräulein, aber für mich ist es genug«, sagt sie mit heller Stimme.

Sie klingt fröhlich, fast noch jung, obwohl sie sicher über siebzig ist. In ihrem Zimmer ist es warm, es riecht nach Gebackenem. Links steht ein Herd mit einer großen eisernen Platte, eine bauchige, blau geblümte Kanne darauf, dabei ein Topf aus Messing, mit schwarzem Knauf und Henkeln. Weiter hinten zwei bequeme Sessel, weißes Strickzeug drin, blitzende Nadeln ragen aus dem Knäuel. Auf einem mittelgroßen, runden Tisch mit heller Häkeldecke liegen eine dicke Brille und eine Zeitung. Dahinter ein altes Radio. Genauso, wie man sich's bei Oma vorstellt, denkt Marie. Die Frau huscht durch das Zimmer und fragt, ob das Fräuleinchen ein Schälchen Heeßen möchte, sie hat frisch aufgebrüht. Marie freut sich und dankt. »Auch ein Stück Apfelkuchen?« – »Oh ja, gerne.«

Der Kuchen duftet, Frau Buschalke schenkt ein. Der Kaffee ist stark und gut. C-a-f-f-e-e. Marie schlürft und singt in Gedanken dreistimmig.

»Ich wohne seit über dreißig Jahren hier«, sagt Frau Buschalke.

»Seit dreißig Jahren!«, ruft Marie. Wenn sie sich eins nicht vorstellen kann, dann, dreißig Jahre am selben Ort, in derselben Wohnung zu leben.

»Ich bin zufrieden«, sagt Frau Buschalke und nickt.

»Ich wollte es mir überlegen, aber wenn ich Sie hier so fröhlich sitzen sehe, ziehe ich gern ein. Was ich noch fragen wollte ... die Toilette? Ich hab sie nicht gefunden.«

»Die ist über den Hof«, sagt Frau Buschalke.

»Über den Hof?« Marie bleibt der Mund offen stehn. Das Ärgste, was sie kennt, sind die Plumpsklos in den alten Plauener Mietshäusern aus den zwanziger Jahren, in denen Omi Gretl und Tante Nelli wohnten, ihre Großelterngeneration. Aus der Wohnung raus, die halbe Treppe runter. Schnell scheißen und Deckel drauf.

»Da, schaun Sie aus dem Fenster, direkt gegenüber.«

»Das Häuschen mit der Lattentür? Im Sommer ist das vielleicht romantisch. Aber im Winter?«

»Sie wollen da drin ja nicht übernachten«, lacht Frau Buschalke. Da hat sie auch wieder recht, sagt sich Marie. Grenzwertig ist das hier schon, aber besser als eine Bodenkammer in der Anstalt.

»Bambule mach ich nicht, und wenn Ihnen meine Musik mal zu laut ist, sagen Sie's.«

»Mich stört das nicht«, erwidert Frau Buschalke freundlich. »Machen Sie nur, Sie sind nur einmal jung.«

Marie lobt den Kaffee, den Kuchen, das schöne Zimmer und schaut fragend auf die lang gezogene Haut an ihrer Wange. Als Dresden in Flammen stand, war sie

eine junge Frau. Ist sie auch mit dem nassen Bettlaken über dem Kopf durch die Flammen gerannt, wie Mutter als Kind in Plauen, hatte das Feuer sie erwischt? Und dann? Trümmerfrau, Arbeit in der Fabrik, in der Genossenschaft?
»Ich bin als kleines Mädchen auf die heiße Herdplatte gefallen«, sagt Frau Buschalke.

Marie kauft rote Plakatfarbe und eine Flasche Müller-Thurgau. Sie köpft die Flasche, öffnet die Farbe, taucht den Finger hinein und schreibt an die linke bucklige Lehmwand in ihrem neuen Zimmer.
O schonet mein!
Sie nimmt einen kräftigen Schluck Müller-Thurgau und widmet sich der Mittelseite. Ihr Lieblingsspruch.
Spottet ja nicht des Kinds, wenn es mit Peitsch' und Sporn / auf dem Rosse von Holz mutig und groß sich dünkt.
Rechts, unter dem Fenster neben dem Fliederbaum ist noch eine freie Fläche.
Ich baue meinem Herzen ein Grab, damit es ruhen möge.
Geschafft. Sie trinkt noch einen Schluck. Der Wein löst die Gedanken auf. Sie packt die Farbe ein und versucht, das Rot von den Händen zu kriegen. Es klebt wie Ast.

Nach ein paar Wochen zieht Ramona in das zweite Zimmer der Schmiede, sie sind ungefähr gleichaltrig. Marie kommt auf einen Tee vorbei. Dieses Zimmer ist größer, ein bequemes Sofa steht drin, ein Elektrokocher mit zwei Platten, ein robuster Ofen. Warum bekomme ich das schlechtere, fragt sich Marie und pflanzt sich aufs Sofa. Ramona kommt mit dem Tee, setzt sich dazu und weint. »Ich muss dir was erzählen.«

»Dann schieß mal los.«
»Du darfst es niemandem sagen. Du musst es versprechen.«
Hilfe, denkt Marie, ich bin doch nicht ihr Pfarrer. »O. k.«
Ramona weint und weint. »Ich versprech's, ehrlich«, versichert Marie und seufzt in ihren Tee.
»Mein Freund, der Steffen …«
Was wird jetzt kommen, denkt sie, der Nächste, der Schluss gemacht hat. Und sie sitzt da und heult.
»… der sitzt in Plauen«, vollendet Ramona.
Wer in Plauen sitzt, tut das nicht freiwillig. Außer, man ist im Vuchelbeerbaamland geboren und will nicht weg. Es kann nicht anders sein, Steffen sitzt hinter den Glaszinnen.
»Du darfst es niemandem sagen«, schluchzt Ramona. »Sie haben ihn geschnappt.«
»Wo denn?«
»Er wollte bei Plauen über die Grenze.«
Marie greift sich an den Kopf. Bei Plauen kommt fast keiner durch. »Wo genau?«, fragt sie. »Ich kenn mich aus, bin da geboren.«
Ramona schüttelt den Kopf. »Er hat's mir erzählt, vor drei Tagen, dass er abhaun will, er wollte rüber, unbedingt. Ich hab's heut Nacht erfahren, von seinen Eltern …« Sie schluchzt herzzerreißend. »Wie soll es denn jetzt weitergehn …«
Marie legt den Arm um sie. Sie sitzen zusammen, bis es dunkel wird.

*

Wochenlang bereitet Marie Szenen vor, Tage und Nächte probt sie im Wäschetrockenraum der Anstalt. Sie stellt sich bei der Leipziger Spielgemeinde vor, einer professionellen kirchlichen Theatertruppe. Die sehen sich an, was sie vorspielt und empfehlen ihr, privaten Schauspielunterricht zu nehmen, damit sie die Grundlagen kennenlernt, Körperspannung, Atmung, Sprechen, Stimme. Der Einzige, den sie in Dresden kennen, ist André Winzig. Seit ein paar Wochen nimmt sie bei ihm Unterricht.

Winzigs Frau lehnt an der Wand ihres Wohnzimmers. Rose Kühn ist ungefähr Mitte dreißig, studierte Maskenbildnerin.
»Oh«, fragt Marie bewundernd, »an welchem Theater?«
Wo sie angefragt wird, antwortet Rose. »Mal an der Semperoper, beim Ballett, am Dresdner Schauspielhaus, zwischendurch in Berlin und Babelsberg.«
»Oh«, fragt Marie, »beim Film auch? Babelsberg! Geht das, da und dort arbeiten? Lässt sich das mit dem Theater, an dem man fest angestellt ist, vereinbaren?«
»Ich bin freischaffend«, sagt Rose selbstbewusst, »da geht das. Ich kann mir aussuchen, wo ich arbeite und wie lange.«
»Da sind Sie sicher gut gebucht?«, fragt Marie neidisch.
»Ich kann mich nicht beklagen«, erwidert sie fröhlich.
Freischaffende Maskenbildnerin!, wundert sich Marie. Es ist also doch nicht alles so streng reglementiert, man muss nur die Nischen kennen. Hätte nicht gedacht, dass es so was bei uns gibt.
Rose hat ihre hochhackigen Schuhe ausgezogen und reibt die Füße in den hellen Seidenstrümpfen aneinander. »Ich weiß nicht, ob Sie's wissen, ob mein Mann es Ihnen gesagt hat.« – »Was denn?« – »Wir haben einen Antrag auf Ausreise gestellt.«
Marie sieht sie erstaunt an. Rose schaut aus dem Fenster. Sie ist eine schöne Frau, ihr Kleid fällt in weichen Falten

bis zum Knie. Die halblangen dunkelblonden Haare hat sie zu einem Zopf gebunden, sie ist dezent geschminkt. Sie leben in einer geräumigen Altbauwohnung mit hohen Fenstern, im Wohnzimmer stehen schöne Möbel, auf dem runden Holztisch in der Mitte liegt eine weiße Spitzendecke mit langen Fransen, in der Glasvitrine stehen Tassen, Gläser, Nippes aus Porzellan. Die Wände im Bad sind geschmackvoll tapeziert, vor der Wanne liegt ein weicher Läufer, auf dem langen Bord über der Waschmaschine stehen Deos, Eau de Toilette und Badeschaum, verschiedene Parfums, sogar ein Kinderparfum, nach was duftet das, fragte sich Marie, wie hat ein Kind zu riechen? Nach Limonade, Orangensaft, nach Milch? Da stehen Rasierwasser, exquisite Marken aus Ost und West, eine Schale voller Kosmetik, Wimperntusche, Lidschatten in allen Farben, Puder, Lidstrich, Lippenglanz, rot, rosa, transparent, Lippenstifte in verschiedenen Schattierungen, daneben eine große Schale mit Klemmen und Zopfteilen, mit und ohne Schleife, Haarbänder aus dickem, schwarzem Samt, aus brokatfarbenem Satin, elfenbeinfarbenem Baumwollstoff, Schmuckkämme, besetzt mit Strass und Perlmutt, alle Arten von Bürsten, rund und oval, kräftig und fein, und ein langer, schmaler Stielkamm zum Frisieren.

Sie haben ein Kind zusammen, einen hübschen Jungen. Ihr Mann ist Schauspieler, fest im Ensemble an einer Dresdner Bühne. Im Sommer spielt er zusätzlich ein paar Wochen auf der Felsenbühne.

»Wir halten es hier nicht mehr aus«, sagt Rose.

Marie fasst sich ein Herz. »Was halten Sie nicht mehr aus? Warum wollen Sie weg, wo Sie doch … alles haben?«

Rose schaut immer noch aus dem Fenster. »Ich war mal in Westberlin.«

»Oh!«
»Wir hatten ein Gastspiel mit der Semperoper.«
»Wahnsinn … ist ja schau.«
Rose wendet den Kopf. »Waren Sie schon mal in Westberlin?«
»Ich? Wie denn.«
Sie schaut wieder aus dem Fenster. »Die Ketten … die Gürtel … solche Röcke, Kleider, diese Strümpfe, Schuhe … Parfum, so viele Sorten, Accessoires, so viele Varianten, Perlen, Gold … es glitzert, glänzt und schimmert überall …« Rose wendet sich um und schaut auf die gegenüberliegende Wand, auf ein Bild, eine Reproduktion von Matisse, »Der Tanz«. »Diese Kosmetik, die so viel feiner und leuchtender ist als unsere, diese Auswahl, und alles so liebevoll verpackt … so schön, individuell, so voller Farben … jedes Detail so aufmerksam bedacht, bis auf den Schriftzug auf der Schachtel … und hier ist alles grau in grau.« Ihre Augen füllen sich mit Tränen.
»Ehm …«, macht Marie.
»Diese Lichter, dieser Duft … im KaDeWe …«
Sie schweigt lange. »Ich habe einen Nervenzusammenbruch erlitten, als ich wieder hier war.«
Rose öffnet das Fenster, sieht hinaus und atmet heftig.
»Hier ist es doch auch ganz schön …«, sagt Marie zögernd, »und Sie sind sogar freischaffend …«
»Das ist doch kein Vergleich«, empört sich Rose. »Dieses Grau überall …«
Dresden ist eine alte Stadt, überlegt Marie, mit vielen Baulücken, der Sandstein ist dunkelgelb bis schwarz, vielleicht noch von den Flammen damals oder durch den Staub und Dreck der Jahre, die Dresdner Dunstglocke …
»Dieser Krach«, flüstert Rose genervt und fasst sich an die Schläfe.

»Bei Ihnen ist es doch ganz ruhig«, sagt Marie, »sogar bei offenem Fenster.«

»Diese Tristesse, dieser Gestank …«

»Entschuldigen Sie bitte«, erwidert Marie mit fester Stimme, »ich finde weder, dass es bei Ihnen stinkt, noch ist es laut, noch trist. Wenn Sie drüben in irgendein Kaff kommen, in Hessen oder Bayern, riecht es wahrscheinlich auch nicht den ganzen Tag nach Veilchen. Wenn Sie im Ruhrpott wohnen …«

»Das ist doch Propaganda!«, ruft Rose empört.

Es rappelt im Flur. André Winzig reißt die Tür auf. »Komme gerade erst von der Probe«, ruft er abgehetzt, »bin gleich da. Haben Sie Ihre Stimmübungen gemacht? Text gelernt?« Marie errötet.

Die Straße, in der Winzig und Kühn wohnen, führt an einer kleinen Buchhandlung vorbei. Sie ist vollgestopft mit Taschenbüchern, leicht verbogenen Reproduktionen von historischen Stichen und Reclambänden. Drinnen herrscht gedämpftes Licht, Schummerstimmung. Ein Buchhändler mit Rauschebart, im grünen, ausgeleierten Strickpullover, der ihm um seine krummen Schultern schlabbert, steigt in abgewetzten Jeans zwischen Gebirgen verstaubter Bücherberge herum, Modergeruch hängt in der Luft. Zwischen die gebundenen Klassikerausgaben von »Volk und Welt« sind schwarze, schmiegsame Bücher gestopft, mehr Heft als Buch, »Spektrum«, steht mit weißen Buchstaben auf dem schwarzen Einband, Marie liest die Namen, Camus, Nabokov, Rasputin, Anouilh, John Updike, Dürrenmatt, Frisch, Handke, Allen, es nimmt kein Ende. Sie steckt die Nase in den Nabokov. Sie könnte ewig so stehen, wenn sich nicht die Blicke des Buchhändlers in ihren Rücken bohren würden. Eine Reihe höher die »Erkundungen«, mit Erzäh-

lern aus Frankreich, Großbritannien, Irland, Spanien, BRD. Sie fragt nach Nietzsche, er sieht sie skeptisch an. Sie kauft zehn Bände Spektrum und je einen Band mit Erzählern aus Frankreich und Westdeutschland. »Haben Sie auch was von Böll?« Er sieht sie wieder so komisch an. »Wann bekommen Sie denn was rein?«
»Weiß nicht.« Er kriegt kaum die Zähne auseinander. »Schauspiel?« – »Nö«, murmelt er. »Wo kann ich so was kriegen? Stücke?« Er krault sich seinen Bart. »Ich will Schauspielerin werden«, sagt sie. »Ich nehme Privatunterricht, bei …« Alles muss der auch nicht wissen. Vielleicht macht er sich Notizen, nachdem sie raus ist. So sieht der nicht aus. Eher wie einer von der alternativen Szene, Öko, Basisgruppe oder so. Die in der Kirche sehen auch nicht so aus. Den IM sieht man keinem von denen an. So doof, sich beim Offenen Abend in Trenchcoat und Hut hinten in den Mittelgang zu stellen, sind die auch nicht. »Innenstadt«, murmelt er.
Die Bände sind preiswert, sie nimmt noch zwei Reproduktionen von Stichen mit, Dresden im 17. und 18. Jahrhundert, drei alte Plakate vom Schauspielhaus, Macbeth, Lulu, ein Poster mit einem Motiv von Picasso und ein Buch über die Französische Revolution. »Von van Gogh haben Sie keine Poster?«, fragt sie. Er lächelt und schüttelt den Kopf. Die Tasche platzt. Der Buchmensch hilft mit einem Beutel aus.
»Danke«, lächelt Marie, »Tschüss, Wiedersehn. Alles Gute.« Das Lächeln seines Mundes verschwindet hinter seinem Bart. Seine Augen strahlen, ein helles Braun, eingerahmt von hundert Fältchen. Sie winkt, als sie draußen ist. Er steht an der Scheibe und sieht ihr nach.

Sie schleppt die Bücher die Treppen zur S-Bahn hoch. An der Haltestelle duftet es nach frisch gebackenem

Brot. Die Luft ist erfüllt vom Brotgeruch. Meine Höschen riechen auch so, geht es ihr durch den Kopf. Leicht säuerlich und warm. Die S-Bahn rattert. Die lass ich ziehen, denkt sie, ich stehe gerade so schön im Brot. Wo kommt das her, was ist das? Sie fragt eine Frau, die mit vollen Einkaufstaschen wartet.
»Das ist die Brotfabrik«, erklärt sie. »Eine Brotfabrik?«, fragt Marie entgeistert. »Nun Fräuleinchen«, lacht die Frau, »denken Sie, das fällt vom Himmel?« – »Nein, nein«, versichert Marie erschrocken, »ich dachte nur ... ich wusste nicht ...« Ich weiß wenig, denkt Marie. Wenig über Menschen, das Leben und die Brotfabrik. Das meiste weiß ich über Wallenstein, Ophelia und Hölderlin. Und einiges über Grandyddy. Ob die Juden im Kaunaer Ghetto wenigstens Brot bekommen hatten?
Sie sieht sich als Mädchen die Pickelstraße hinaufgehen, ein frisches Brot vom Bäcker Striezel im Beutel, sie spürt die Wärme des Brotes, das ihr bei jedem Schritt ans Bein poltert, sie nimmt es in Gedanken heraus, es ist heiß, frisch aus dem Backofen, sie kann es kaum anfassen, dreht es in den Händen, die Kruste ist dunkelbraun gebacken, kleine Löcher drin, in regelmäßigen Abständen untereinander, wo die Gabel reingestochen hat, es ist rund und schön und vollkommen.
Wie lange steh ich denn schon hier, fragt sie sich.
»Gibt's keinen Bäcker, vielleicht an der Brotfabrik?«
»Ja, den gibt's schon«, sagt eine Frau, »aber da kriegen Sie nichts mehr, um diese Uhrzeit.«
Mist, denkt Marie. Lerne ich bei André Winzig überhaupt was, macht das Sinn? Irgendwas hemmt mich die ganze Zeit, vielleicht, weil ich bei einem fremden Mann in seinem privaten Wohnzimmer spiele, komisch irgendwie. »Ah, meine Minna!«, ruft er von der Stehlampe herüber. »Ah, mein Tellheim!«, rufe ich und stürme um seinen

Esstisch. Er meint es gut, was heißt hier gut, ich bezahle ihn schließlich. Er gibt sich Mühe. Gibt er sich das? Oder nimmt er das so mit, zwanzig Mark die Stunde, das läppert sich. Dabei haben die genug Kohle, arbeiten beide für gute Gagen, die kriegt 'nen Nervenzusammenbruch im KaDeWe, und wer weiß, was der alles am Laufen hat. Wahrscheinlich nicht nur die Pferde auf der Felsenbühne. Mich kriegt er nicht. Der kleinste Versuch und ich mache mich vom Acker. Aufs Geld soll's mir nicht ankommen, wenn was dabei herauskommt. Irgendwie bleibt mir das fremd, was er will, was er mir erklärt. Als ob da eine Wand wäre. Liegt das an ihm oder an mir?
Da kommt die nächste Bahn. Jetzt aber.

Marie übt sprechen, die deutsche Hochsprache, Hochdeutsch. Die breiten, sächsischen Vokale haben es sich in ihrer Kehle bequem gemacht, sie haben sich weit hinten im Rachen niedergelassen, seit gut achtzehn Jahren sitzen sie gemütlich auf einem abgewetzten, karierten Ohrensessel, mit einem süffigen Glas Rotwein in der Hand, und wollen dort partout nicht weg. Das vogtländische A stellt sich besonders stur. Marie versucht es mit allen möglichen Übungen und Tricks nach vorne zu locken, es will nicht.
Es heißt nicht »naa«, es heißt »nein«. Das Wort fühlt sich fremd an und spricht sich fremd aus. Fremdsprache. Es heißt »ja« und nicht »haa«, »ich« und nicht »iesch«, »mein Leibzsch lobsch mir, es ist ein glein Baris und bilded seine Leude« gilt nicht mehr. Marie übt und übt. Sie erzieht sich die Sprache der Mutter, die Muttersprache ab.

Meister Ohle ist wieder ausgebüchst.
Marie erinnert das alles an die Schildkröten der Nach-

barsfrau zu Hause, in der Plauener Memelstraße. Die Frau tat alles für ihre Kröten. Sie legte ihnen ein schönes Terrain an, zwar etwas schattig, aber mit ausreichend Platz. Sie umzäunte es liebevoll, sie pflanzte Kräuter, die die Kröten gerne fraßen. Sie hätten drin hocken, hecken und es sich wohl sein lassen können. Aber die Tiere hatten einen unberechenbaren, unstillbaren Freiheitsdrang, sie mussten raus, aufbrechen, ausbrechen, sie konnten nicht in ihrer Umzäunung leben, das brachte sie förmlich um. Sie nahmen Strapazen auf sich, setzten sich unbekannten Gefahren aus, wanderten nachts in Nachbars Garten, wanderten über das Kopfsteinpflaster der Memelstraße, auf Nimmerwiedersehn. Nach einem heftigen Ausreisesommer hatte die Nachbarsfrau Maßnahmen getroffen, sie hatte das Terrain doppelt und dreifach umzäunt, den Draht mit Grün umwunden, extra viel frische Kräuter gepflanzt, sie hatte die Stellen, an denen sich die Schildkröten durchgegraben hatten, befestigt und begrenzt. Es nützte nichts. Selbst die, die sich bisher ruhig und friedlich verhalten hatten, wollten jetzt auch raus. Es gab Zeiten, in denen waren alle Kröten unterwegs und das Terrain blühte verwaist vor sich hin.
Marie hatte diese Wesen als Kind Dutzende Male in Empfang genommen, sie ruderten mit ihren hornigen Beinchen verzweifelt in der Luft. Sie hatte sie vorsichtig in ihr Terrain gesetzt. Sie hatten einen dicken Panzer und einen komischen, kleinen Kopf, sie guckten alle ein bisschen traurig aus ihren Augen, wie Philosophen, denen die Freude am Leben vergangen ist. Nur wenn sie frische Blätter fanden, rissen sie gierig die Mäuler auf und schlangen das Grün in sich hinein.

Der Rettungsdienst bringt Meister Ohle am Abend. Sie heben ihn aus dem Auto und legen ihn vorsichtig

in ein sauberes Bett in Zimmer neun. Ein Arzt kommt. »Schenkelhalsbruch«, sagt der großartig Gestreifte und funkelt Marie durch seine Brillengläser an. »Sie haben ihn ihm Straßengraben gefunden, an der Radeburger Straße. Er war schon fast am Schlossteich.«
»Oha«, sagt Marie. »Das sind ja gut zehn Kilometer. Und jetzt?«
»Das überlebt er nicht.«

*

Marie hat lange gezögert. Nach dem Vorfall unter dem mickrigen Birkenbaum wollte sie sich am liebsten verkriechen. Sie duscht, wäscht Haare, die trocknen in der Sonne, sie überlegt lange, was sie anziehen soll, entscheidet sich für das dunkelblaue, weit schwingende Kleid, Sandalen aus dunklem Leder, schnappt sich den Pulli für abends und springt über den Marktplatz, in den Bus. Zarte Schleierwolken ziehen am Augusthimmel, Kinder stürmen herein, schmeißen sich auf die hinteren Sitze, kreischen, tuscheln, tauschen Bildchen, Heidefriedhof, am »Wilden Mann« hoch, Albertplatz, aussteigen. Wie wird's ihm gehen? Ein irrer Typ. Knallenge, quittegelbe Hosen. Flaum am Kinn. Fusselhaare auf dem Kopf. Latschende Turnschuhe. Miles Davis, TuTu. Sie läuft durch die Straßen der Neustadt, kickt Steinchen vor sich her. Hier ist es. Von hier aus sind sie in die Jazz-Tonne gezogen, in Bars und Cafés. In der Tonne tanzten Mädchen und Jungen, als wären sie im Bett. Trockenvögeln. Sie steht auf dem Randstein und sieht hoch. Nur Mut. Durch den versifften Hausflur, die Treppen rauf. Die Knie werden weich.
Sie zögert, klopft. Er ist zu Hause, macht auf. »Hey, Bastian.« – »Hey.« Er guckt erstaunt. Es duftet nach Kaffee,

auf dem Tisch steht frischer Kuchen, in der Mitte eine bauchige, geblümte Kanne. Tassen warten, sehn aus wie Sammeltassen, Löffel fein säuberlich am Rand.
»Was riecht'n hier so lecker, hast du gebacken?«, fragt sie, »hast du gewusst, dass ich komme, hast'n siebten Sinn?«
»Hm.«
»Pflaumenkuchen?«, will sie wissen.
»Mirabellen«, murmelt er.
Irgendwas ist anders. Die nackt strahlende Glühbirne wird von einem orangenen Plüschbezug behütet, der vorher nicht da hing. Der defekte Mantel aus dem Nachlass der öden Ewigkeit hängt nicht mehr am Haken, die Blumentöpfe mit dem Gras sind nicht mehr da. Sauber gefegt, die Stube. Über das verschlissene, alte Sofa mit der irren Sprungfeder ist ein dicker Samtbezug gebreitet, mit brauner Borte. Sie sieht ihn an und überspielt ihre Nervosität.
»Haste aufgeräumt? Idyllisch. Was'n los mit dir, Ärger mit Mutter Oberschwester im Diakonissenkrankenhaus? Schlechtes Kraut geraucht?«
Die Tür zum zweiten Zimmer öffnet sich, eine junge, blasse Frau mit kurzen Haaren kommt herein. Sie trägt ein bulgarisches Kleid mit Goldfäden im dunklen Grün, darunter wölbt sich ein sichtbar dicker Bauch. Sie sieht irgendwie gerupft aus. Die gleichen störrischen Fusselhaare. Seine Schwester? Marie nickt freundlich rüber, »Hallo.« Hoffentlich geht die bald. Sie guckt so komisch. Sagt nicht Guten Tag, winkt Marie nicht für ein Stückchen Kuchen auf das Sofa. Bastian steht verlegen an der Tür. In Maries Kopf rattert es. Ich störe. Die warten nur darauf, dass ich verschwinde. Sie haben sich's gerade schön gemacht, ich platze rein. Unangemeldet. ›Kannst zu mir kommen, wenn du soweit bist.‹ Marie

zögert, sagt »ja, dann geh ich mal ...« und sieht verwirrt zum Sofa rüber. Die Frau sitzt wie ein Buddha vor ihrer Sammeltasse, die Hände über ihrem Bauch gefaltet, zufrieden lächelnd. Bastian wird Vater.
»Aha«, murmelt Marie, »na dann. Viel Spaß noch. Gute Geburt, gut Milch und guten Hunger. Tschüss.«
Er begleitet sie hinaus, sie stehen sich verlegen im Hausflur gegenüber. Hier ist es still und kalt wie immer, die Emaille springt schillernd, in schmalen, schwarzen Streifen vom Handwaschbecken ab. Ihre Gedanken drehen sich im Kreis, wie ein Karussell, das jemand angestoßen hat und niemand aufhält.
Warum denn die? Warum denn die und nicht ... hab ich ihn zu lange warten lassen, ich konnte doch nicht ... ich wurde doch ... die ist doch nicht erst seit drei Wochen schwanger. Er hat mich ... ich Idiot.
Er macht den Mund auf. »Hab erst mal ihre Haare abgeschnitten, war nicht zum Ansehn.« Er sieht Marie an. »Hab erst mal eine Frau aus ihr gemacht.«
»Eine Frau, Bastian?«
»Was machst'n hier«, fragt er.
»War in der Nähe. Wollte mal sehen, wie's dir geht.«
Er senkt den Kopf und sieht sie schief an. »Du hast dein Theater, Marie.«
»Mein Theater? Das ist ein Traum, mehr nicht.«
»Das ist mehr, als ich habe.« Stille. Der bemalte Putz kringelt sich vor Lachen von den Wänden.
»Bastian?«
Marie wendet sich ab und geht langsam die Treppe runter. Bloß keine Tränen.
Dresdner Neustadt. Lichtblauer Himmel, Abfall im Rinnstein, Taube und Täuberich, halbverfallene Altbauhäuser mit eingeschmissenen Fensterscheiben, Kastanienbäume mit gekräuselten, leicht eingefärb-

ten Blättern, aus einer Haustür stinkt's nach Schnaps und Pisse, ein ramponierter Kinderwagen dümpelt im Schummerlicht, Eckkneipe, langhaarige Kerle drinnen, Frauen vorm drittel oder halben Liter »Felsenkeller«. Links schöne Fassaden, sauber restauriert, Spitzengardinen hinterm Fenster, in Messing gemeißelte Namen glänzen am Klingelbrett. Eine schmale, struppige Katze huscht ins Gestrüpp. Wenig Autos, obwohl schon kurz nach fünf. Die Straßenbahn biegt quietschend um die Ecke. Menschen steigen ein und aus, schleppen Taschen, haben's eilig. Elbbrücke, schwarzes, verschnörkeltes Eisengitter, darunter der Fluss, blau, grau, Welle auf Welle. Marie bleibt stehen. Spring ich runter, denkt sie, wen interessiert's. Nein, lieber nicht, womöglich überlebe ich, dann komme ich in die Klapse, weil ich einen Riss im Gebälk habe, weil sich im schönen Sozialismus niemand umbringt, dort pumpen sie mich mit Faustan und Rudotel voll. Ist der gar nicht wert, der löffelt seinen Mirabellenkuchen mit seiner schwangeren Miranda, oder wie die auch immer heißt.

Sie geht weiter, am Terrassenufer entlang, am Brühlschen Garten hoch, drüben liegt der zusammengeschossene Haufen Geröll, der mal die Frauenkirche war, eingerahmt von mahnenden Ruinen und dem Lutherdenkmal. Ist gut, dass sie die Steine liegen lassen haben, denkt sie. Immer wenn ich daran vorbeigehe, versuche ich mir vorzustellen, wie das Feuer durch die Straßen raste, wie die Häuser zusammengesunken sind, wie sich die Menschen schreiend oder stumm durch das Inferno tasteten.
Bastian und Miranda. Ob sie glücklich sind? Miles Davis, TuTu, Gras vorm Fenster. Tutut. Ein Trabi bremst und kreischt, der Fahrer kurbelt die Scheibe runter. »Hast

du Tomaten auf den Augen?«, brüllt er. »Schön wär's, du Blödmann, leider gibt's keine«, brüllt Marie zurück. »Sei froh, dass ich gebremst hab. Sonst könntest du dich jetzt zur Frauenkirche legen.« – »Auch egal«, brüllt Marie, »mach, dass du nach Hause kommst, die Mutti wartet! Mit Mirabellenkuchen, schmatz schmatz!« – »Du blöde Gans, kannst dich ja wenigstens bedanken!«, brüllt der Fahrer. »Nein, mach ich nicht, hast mir nicht mal einen Gefallen getan, hättest mich ruhig mitnehmen können! Hättest du das überhaupt geschafft, mit deiner Pappe?« – »Bist du irre? Geh von der Straße runter! Haste was intus, Mädel? Geh von der Straße weg!« Er steigt aus. Drüben quietscht die Bahn, ein Wartburg hupt wie verrückt und weicht knapp aus. Der Mann zerrt sie am Ärmel. Sein warmer Atem schlägt ihr ins Gesicht. Er muss so um die dreißig sein, ein hübscher Kerl, lockige, braune Haare, groß, mindestens zwei Meter, kräftig, hat Pranken wie ein Maurer. Wie passt denn der in einen Trabi?, schießt es ihr durch den Kopf. »Haste noch alle? Biste betrunken?« – »Nein.« – »Liebeskummer?« Sie reißt sich los. »Schön' Dank!«, brüllt sie und rennt. »Drei Cognac mit 'nem Ei, dann geht das auch vorbei!«, ruft er ihr hinterher, kriecht in seinen Trabi und fährt weiter. Marie lehnt sich an eine Hausmauer, es schüttelt sie.

*

Nachtdienst. Marie ist allein für beide Stationen verantwortlich, für über vierzig Insassen, teilweise bettlägerig, verwirrt. Seit dem Vorfall unter dem Birkenbaum wollte sie keine Nachtwachen mehr übernehmen, zwei Wochen hatten sie ihr das gestattet, dann hieß es, wir sind knapp mit dem Personal, es geht nicht anders. Zuerst dachte sie abends, in der Dämmerung, da steht jemand unten auf dem Weg, an der Biegung, aber da stand niemand, dann hörte sie, wie sich drei Männer unterhielten, aber das war der Wind, dann sah sie welche auf- und niederspringen, wie Kobolde, dann schloss sie die Haustüre ab und ging nicht mehr raus. In jedem Dienstzimmer versteckte sie ein scharfes Messer.

Zuerst die Runde mit den Medikamentengläschen, die abendliche Dröhnung, Faustan, Rudotel, Radepur, Haloperidol. Nicht bei allen, aber bei einigen. Der bucklige Herr Berger in Zimmer neun klingelt, wie immer, sobald er im Bett liegt und die Schwester oder der Bruder zur Tür raus ist. Marie fragt, was er möchte. »Fräulein«, haucht er. Sie kennt das Spielchen. Er haucht so leise, dass sie nichts verstehen kann. »Frh frhhh …« Sie muss sich zu ihm herunterbeugen, ganz nah, sodass ihr Gesicht fast sein Gesicht berührt. »Fräuhh …« – »Ja?« Er atmet stoßweise. Was soll er machen, denkt Marie. Sein Buckel ist das Einzige, womit er sich ein bisschen Aufmerksamkeit verschaffen kann. »Kissn … Kissn.« Das Kissen. Sie hebt ihn ein wenig hoch, er röchelt. Das macht er immer, kein Grund zur Sorge. Er will nur ein bisschen Zuwendung, ein bisschen Zärtlichkeit. Sie klopft das Kissen, sie nimmt sich Zeit. Bettet ihn zurück, deckt ihn noch mal schön zu, streicht über die Decke. »Ist es so besser?« – »Ja, danke.« Er lächelt sie selig an. »Fräulein«, ruft Herr Kerner von drüben.

Aus Herrn Maurinus Ecke strömt ein verräterischer Geruch. Na prima. Sie macht die Schüssel mit dem Fichtennadelextrakt fertig, holt einen Satz frische Wäsche aus dem Schrank, zieht die Handschuhe über. Eigentlich hasst sie die Dinger, aber ohne geht's nicht. In der Zwischenzeit klingeln Herr Schmitz und Herr Gommel auf der unteren Station, in Zimmer drei. Uff, denkt sie, das könnte wichtig sein, und flitzt die Treppen runter. »Fräulein!«, kräht Herr Schmitz, er hockt auf seinen kurzen Beinstummeln mitten in einem kreisrunden, gelblichen Fleck auf seinem Laken. »Ich komme gleich zu Ihnen«, beruhigt sie ihn und geht zu Herrn Gommel, der den Zeigefinger hebt. »Entschuldigen Sie, kleines Fräulein«, sagt er lächelnd mit leiser Stimme und stockt. »Was ist denn?« – »Ich habe meine Tabletten heute noch nicht bekommen.« – »Ihre Tabletten? Ich schaue gleich mal nach.« – »Fräulein!«, schreit ihr der kriegsversehrte Herr mit den Beinstummeln hinterher. »Komme gleich«, ruft sie zurück, »und bitte sein Sie etwas leiser, die anderen wollen schlafen.« – »Ach was, schlafen«, kräht er, »um neun, ist ja'n Witz ...«

Sie geht ins Dienstzimmer, auf der Anzeigetafel leuchten fünf Klingeln. Drei oben, zwei unten, diesmal in Zimmer eins und vier. Nein, denkt sie, ist heute Vollmond?

Sie sieht in den Medikamentengläsern nach, ob aus Versehen was drin geblieben ist, und rennt in Zimmer drei.

»Herr Gommel?«, fragt sie leise. »Sie haben die Tabletten schon geschluckt, alles in Ordnung.« Sie drückt ihm die Hand. »Schlafen Sie gut, träumen Sie was Schönes.«

»Ja, Fräulein, und Sie auch«, flüstert Herr Gommel. Ich kann mich ja oben auf die Couch im Dienstzimmer legen und die alle klingeln lassen, denkt sie. Mal sehen, was ich dann morgen zu hören kriege, vom großartig Gestreiften und von all den anderen Großartigen, die hier in Gottes Namen versammelt sind. War das nicht ursprünglich als praktisches Jahr gedacht? Ich schmeiße hier den vollen Dienst als Pflegerin.

»Fräun!«, kräht Herr Schmitz. War nicht auch was in Zimmer eins und vier? Die oben warten auch. Zack, zack.

»Ich muss nur kurz …« – »Fräun!« Er kreischt das ganze Haus zusammen. Marie huscht aus der Türe. In Zimmer eins ist sonst nie was. Das könnte wichtig sein. »Ja?« Der blinde Herr Moll sitzt aufrecht in seinem Bett und tastet mit der Linken unruhig auf seinem Nachttisch herum. »Ach Fräulein, Gott sei Dank, ach bitte … ich muss mich doch rasieren, ich finde …« – »Rasieren, Herr Moll?« – »Es ist … ich muss mich doch …« – »Herr Moll, müssen Sie mal raus, auf Toilette?« – »Nein, nein, wo ist denn …« – »Herr Moll, was suchen Sie denn?« – »Meinen Rasierapparat …« – »Es ist erst kurz nach neun, abends, es ist noch lange nicht Morgen.« – »Noch nicht Morgen, noch nicht?« – »Es ist noch nicht mal Mitternacht, Sie können noch ganz lange schlafen.« Er legt sich unruhig in die Kissen. »Träumen Sie was Schönes, gute Nacht, Herr Moll.« Sie streicht über seine feine Hand mit den zarten, grauen Haaren. Was wird er gewesen sein, im frühern Leben? Bestimmt kein Holzhacker. Er ist sehr fromm, zur Sonntagsandacht, die durch den Zimmerlautsprecher schallt, sitzt er im guten Anzug auf seinem Bett, mit hellgrauer Krawatte, akkurat gebunden. Er senkt die blinden Augen in seine Bibel, die er in seinen Händen hält. Er dankt dem Herrn vor jedem Essen. Seine Tochter besucht ihn ab und zu, aber sie redet nur mit dem großartig Gestreiften.
Schnell nach oben, es leuchten die Klingeln in drei Zimmern. Wohin zuerst? Zu Herrn Maurinus. Sie entfernt das eiserne Bettgitter, das sie ihm vor ein paar Tagen dran gemacht haben, weil er ein paarmal aus dem Bett gefallen war. Am Tag ist er ein lieber Mensch, beschäftigt sich mit irgendwas, neulich erwartete er eine Lieferung Uhren. Er fragte die Schwestern, die Brüder, die Uhren, die müssten doch angekommen sein, wo sie denn blieben? Marie muss Herrn Maurinus drehen und

wenden, er knurrt wie ein junger Hund. Geschafft. Sie schaut noch mal nach Herrn Berger, er röchelt so angespannt er kann und dreht die Augen zitternd weit nach oben, als hätte er einen Anfall. Der hat keine Anfälle, der tut nur so, sagte der großartig Gestreifte trocken. »Nun ist es aber gut, ja?« – »Ja, gute Nacht, Fräulein.« Na hoffentlich, denkt sie.
Herr Schmitz, dann zu Herrn Blaubeer, die anderen haben jetzt mal Pause. Vor ein paar Wochen ist er fast erblindet, jetzt liegt er nur noch. Sie setzt sich an sein Bett. »Meine Kleene, das ist aber schön.« – »Erkennen Sie mich, Herr Blaubeer?« – »Nun freilich, an den Händen.« Danach das übliche Programm, kleine Glasspritzen putzen und sterilisieren, die aussehen, als wären sie noch aus den Sechzigern, Medizin setzen, Wäsche ins Waschhaus schaffen. Als sie wiederkommt, klingeln sie oben in allen Zimmern. Sie läuft durch den Korridor, die Tür von Zimmer neun geht auf, ein Mann mit schlohweißem wehendem Haar, im offenen Nachthemd, tritt ihr in den Weg und fragt mit ruhiger Bestimmtheit, wo die Uhren stehen, die heute angeliefert wurden. »Welche Uhren …«, stottert Marie. »Die Lieferung, die heute kam.« – »Herr Maurinus?« Marie rennt zu seinem Bett. Das Bettgitter ist unversehrt, er ist darüber geklettert. Von drüben schnarrt es »Frhhh, Frhhh.« Sie nimmt Herrn Maurinus am Arm, führt ihn ins Zimmer, macht das Gitter ab, steckt ihn in sein Bett und macht das Gitter wieder dran. »Husch husch, ins Körbchen.« Nein, das kapiert er nicht. »Ihre Uhren kommen erst morgen früh an, Herr Maurinus.«
»Erst morgen früh, wieso denn das?«
»Ehm … vorhin kam ein Kurier, der sagte, sie schaffen es heute nicht mehr, sie werden erst morgen geliefert … es gibt ein Problem mit der Verpackung.«

»Mit der Verpackung? Ich habe genaue Anweisungen ...«
»Frhhh, Frhhh ...«, schnarrt es.
»Ich gebe Ihnen sofort Bescheid, sobald die Uhren eintreffen. Verlassen Sie sich auf mich.«
Sie klingeln und klingeln. Die machen mich noch wahnsinnig, denkt Marie, ich muss noch das Bad und die Flure wischen, die Toiletten putzen, die stinkenden Wannen umrühren, die Wäsche in die Maschinen schmeißen, ich muss ... da rüttelt jemand unten an der Tür. Da ruft jemand. Der Würger vom Birkenbaum? Wo ist mein Messer?
Sie rennt ins Dienstzimmer und reißt das Messer aus seinem Versteck hinter dem Sterilisationskasten.
Herr Maurinus steht im offenen, kurzen Nachthemd in der Tür, seine Beine sind dürr, sein Haar steht in weißen, wirren Strähnen ab.
»Ja, die sind stoßsicher und wasserdicht verpackt«, sagt er. »Geben Sie mir das Messer, Fräulein, damit Sie sich nicht schneiden. Sie helfen mir dann beim Aufstellen und Registrieren, es ist eine große, teure Lieferung, ich erwarte sie seit Wochen. Die Ware kommt aus Frankreich, zwei Jahresuhren sind dabei, 270° Drehungen pro Minute, die müssen schnell eingestellt und gewartet werden.«
Marie versteckt das Messer im Aufzug für das Essen und drückt auf den Knopf. Es rattert mit Getöse nach unten, in den Vorraum der Küche, wo sie sonst Schnitten schmieren.
»Haben Sie schon einmal eine französische Kaminuhr aus dem 19. Jahrhundert gesehen? Eine Glaspendeluhr von Gilbert? Mit vier facettierten Glasscheiben, einem weißen Emailzifferblatt und Zeigern im Breguet-Stil? Ich fahre nächste Woche nach Paris, zur Messe, zum

Einkauf, mein hochverehrtes Fräulein, darf ich Sie fragen, ob Sie mich begleiten möchten? Sie sind jung, Sie müssen die Welt sehen!«

»Ach liebend gern, mein hochverehrter Herr Maurinus!«

Er hält etwas in seiner geballten Faust. Blut sickert.

»Was haben Sie denn da? Darf ich mal sehen?«

»Seien Sie vorsichtig, Fräulein«, warnt er. »Es ist der einzige Schlüssel für die große Standuhr aus Antwerpen.«

»Zeigen Sie ihn mir? Bitte! Ich habe so einen Schlüssel noch nie gesehen! Ich war noch nie in Antwerpen, nie in Paris, können Sie sich das vorstellen?«

»Den Eifelturm, den haben Sie noch nie gesehen, Mademoiselle?«

»Nur im Geiste, in meiner Vorstellung, ich Ärmste, ach!«, ruft Marie und biegt behutsam seine Finger auseinander.

»Die Bastille, den Louvre, die Kathedrale Notre-Dame?«

»Nichts, nichts von alledem, ich Elende!«

Die Faust ist offen. Sein Gebiss liegt darin, zerbrochen in zwei Teile. Sie nimmt es vorsichtig und legt es auf den Tisch des Dienstzimmers. Die Wunde ist nicht tief, sie säubert und desinfiziert sie, legt einen kleinen Verband an. Sie nimmt Herrn Maurinus bei seinen mageren Schultern und dreht ihn um.

»Da hinten stehen Ihre Uhren. Die Träger haben sie vorhin dorthin gestellt. Ich habe die Uhren angenommen, ich wollte Sie nicht wecken, Sie haben so schön geschlafen. Die ganze Lieferung aus Paris, Antwerpen, alles ist angekommen, nichts ist zerbrochen.«

Er atmet auf. »Auch die kleinen, teuren Taschenuhren?«, fragt er misstrauisch.

»Auch die kleinen Taschenuhren.« Sie nimmt ihn an der

Hand und führt ihn zu seinem Bett. Er liegt im Bett. Sie deckt ihn zu. Plötzlich schnellt er hoch und ruft aufgebracht »Da sind sie nicht!«
»Wer ist da nicht?«, fragt Marie perplex.
»Die Uhren. Sie belügen mich. Sie wollen mich um meine Uhren bringen! Sie …«
»Nein … ich … Herr … bitte …«
»Frhh frhh«, röchelt Herr Berger gotterbärmlich.
»Ich werde Sie anzeigen«, schreit Herr Maurinus, »Sie haben mich bestohlen! Ich kenne Sie! Sie sind die kleine Rothaarige aus dem ›One Two Two‹! Die Schwesternschülerin, ha ha! Treibst du es wieder in der Leichenhalle, du Flittchen? Diesmal entkommst du mir nicht, du abgefeimtes Luder! Ich fick dich vorn und hinten durch! Haltet die Diebin! Halt! Polizeiii! Poli…!«
»Nix mit Polizei!«, ruft Marie. »Die Vorstellung ist zu Ende, jetzt wird gepennt! Hinlegen, zack zack!«
Durch seinen Körper geht ein Ruck, seine rechte Hand fährt wie ferngesteuert an die Schläfe. Er schmeißt sich in die Kissen.
»Gute Nacht, Sir!«
»Gute Nacht, Frau Leutnant«, brüllt er zurück.
Die Türe zur hinteren, kleinen Kammer wird geöffnet, in der Türe steht Kalle Bruschke, in einem seidenen, schwarz gestreiften Schlafanzug. Der lässt sich sonst nie nachts blicken.
»Was ist denn«, fragt Marie genervt. »Ist irgendwas?«
»Die Rothaarige, die Rothaarige wieder«, brabbelt er und verzieht den vollen Mund, mit dem er sonst seine stinkenden Zigarren hält, zu einem zynischen Grinsen. »Die rothaarige Germania!« Er mustert Marie.
»Wenn Sie sonst kein Problem haben, verschwinden Sie in Ihr Zimmer«, zischt Marie ihn an. Er bewegt sich nicht vom Fleck. »Avanti!«

Auf der unteren Etage klingelt es in Zimmer drei und fünf.
Sie rennt ins Dienstzimmer, sperrt die Tür hinter sich zu und schmeißt sich heulend aufs Sofa.
Ich krieg hier noch 'nen Knall. Der Einzige, mit dem ich reden kann, ist Bruder Fiedler, denkt sie. Wie spät ist das denn. Gleich Mitternacht. Der ist ja sonst kein Kind von Traurigkeit, vielleicht ist er noch wach. Er wohnt ja jetzt im Mädchenstübchen seiner Tochter.
Sie geht die Treppen zu den Bodenkammern hoch, klopft leise. Noch mal. Nach einer Weile ruft es von drinnen leise »herein«. Er liegt im Bett, Marie stürzt heran und weint. »Was haste denn, mein Mädel«, fragt Bruder Fiedler, »was ist denn los.« – »Ich halte das hier nicht mehr aus, ich krieg hier noch 'ne Macke«, schluchzt sie. Er richtet sich halb auf, schlaftrunken noch, sein karierter Schlafanzug umspannt seine breite Brust. Sein Haar ist wirr, er riecht gut. Marie möchte sich danebenlegen und einfach nur schlafen, in seinem Arm. »Nun hör mal auf zu flennen, mein Mädel«, sagt er. »Ka... kann ich nicht«, schluchzt sie. »Bist doch mitten in der Ausbildung, willste die denn abbrechen?« – »N... nein, ich will nur hier weg, ich halt's hier nicht mehr aus.« – »Was hältste denn nicht aus«, fragt er. »A... alles.« Er denkt nach. »Nun, wenn du es hier nicht mehr aushältst, musst du woanders hingehen.« – »Ka... ann ich ja nicht«, sagt sie. »Nun freilich kannste das.« – »N... ein.« – »Wer sagt denn das?« – »Der großartig Ge... Bruder Ulla.« – »Wieso denn?« – »Der Bruder hat gesagt, ich kann die Einrichtung während der Ausbildung nicht wechseln, ich muss die Ausbildung dort zu Ende machen, wo ich sie angefangen habe.« – »So, sagt er das.« – »Jaaa«, schluchzt Marie. »Wann bist du denn wieder dort?«, fragt er. »Wo?« – »In der Ausbildung,

im Unterricht.« – »Am Donnerstag.« – »Dann fragst du dort mal an, wie die das sehen. Wenn du es hier nicht mehr aushältst, gehst du eben woandershin. Und jetzt wischste deine Tränen ab, am Donnerstag gehste hin und fragst.« Er reicht ihr ein Taschentuch. »Haste nicht Dienst?« – »Ja.« – »Dann schau mal nach Herrn Blaubeer, der liegt im Sterben.« – »Ja«, sagt Marie, »ich geh gleich noch mal runter. Gute Nacht.«

*

Das schwarze, schnaubende Ungetüm tuckert nach Radebeul, Marie steigt aus, geht an den alten Villen entlang, die dringend einen neuen Anstrich bräuchten, lässt das Amalie-Sieveking-Haus links liegen, steigt durch die terrassenartig gestaffelten Weinberge, hinauf zum Spitzhaus mit seinen schön geschwungenen Hauben und Giebeln. Hier oben ist es ruhig, vor allem an Wochentagen, es sitzt sich gut in dem kleinen Gartenhaus vorm Restaurant, die Weinberge liegen ihr zu Füßen, die Elbe schlängelt sich durch die sanft wellige, liebliche Landschaft. Sie setzt sich ans Fenster, das Auge schweift, das Herz beruhigt sich.
Rings um ruhet die Stadt; still wird die erleuchtete Gasse, und, mit Fackeln geschmückt, rauschen die Wagen hinweg.
Marie murmelt die Silben.
Statt gehn heim von Freuden des Tags zu ruhen die Menschen … fährt eine Stimme fort.
Sie dreht sich um.
Er sitzt ruhig da, das Haar umrahmt seine gewölbte, weiße Stirn, die Nase ist schmal, der Mund edel, voll und schön geschwungen, das Kinn setzt sich unter einem weichen Halbmond ab, klar geformt in der Linie,

markant, aber nicht dominant, die spitzen, weißen Kragen seines Hemdes fallen zu beiden Seiten auf sein längs gestreiftes, schwarzes Jackett, über der Brust ergießen sich üppige Rüschen. Die Beine sind übereinandergeschlagen, seine schwarze Tuchhose ist schmal geschnitten, den Kopf hat er zu ihr gedreht. Seine hellen Augen sehen sie offen und unverwandt an.

Sie greift sich an den Kopf.

Johann Christian Friedrich Hölderlin, geboren in Lauffen am Neckar am 20. März 1770.

»Was machst du denn hier? Oder soll ich ›Er‹, oder ›Sie‹ sagen?«

Aus Lieb und Leid der helleren Tage schafft zur eignen Freude nun mein Gedanke sich, und ferne lausch ich hin, ob nicht ein freundlicher Retter vielleicht mir komme.

»Ich glaub, ich spinne.«

Wo bist du? Wenig lebt' ich; doch atmet kalt mein Abend schon. Und stille, den Schatten gleich, bin ich schon hier; und schon gesanglos schlummert das schaudernde Herz im Busen.

»Wie ist Er, Sie, Es ... wie sind Sie denn über die Grenze gekommen ... ach so, von drüben, Sie dürfen ja.«

Es ist ein hartes Wort und dennoch sag ich's, weil es Wahrheit ist: ich kann kein Volk mir denken, das zerrissner wäre, wie die Deutschen.

»Eh, wie ...? Ah, jetzt verstehe ich das. Ost und West. Zerrissener geht's nicht.«

Handwerker siehst du, aber keine Menschen, Denker, aber keine Menschen, Priester, aber keine Menschen, Herrn und Knechte, Jungen und gesetzte Leute, aber keine Menschen – ist das nicht, wie ein Schlachtfeld, wo Hände und Arme und alle Glieder zerstückelt untereinander liegen, indessen das vergossne Lebensblut im Sande zerrinnt?

»Ein Schlachtfeld. Wie das, das mein Großvater mit zu verantworten hatte.«

Es ist oft wünschenswerter, bloß mit der Oberfläche unseres Wesens beschäftigt zu sein, als immer seine ganze Seele, sei es in Liebe oder in Arbeit, der zerstörenden Wirklichkeit auszusetzen.

»Und wie soll das gehen, wenn man sensibel ist? Deine pietistische Mutter hatte dich einliefern lassen, weil du nicht spurtest; meine hatte gedroht ›Mach nur so weiter, dann kommste noch in die Klapsmühl‹. Vor Kurzem hat mir ein Student der Theologie prophezeit, dass ich, wenn ich so weitermache, noch fünf Jahre zu leben habe. Fünf ganze Jahre, Holder! Dann wäre ich Vierundzwanzig, immerhin.«

So kam ich unter die Deutschen ... Barbaren von alters her, durch Fleiß und Wissenschaft und selbst durch Religion barbarischer geworden, tiefunfähig jedes göttlichen Gefühls, verdorben bis ins Mark zum Glück der heiligen Grazien, in jedem Grad der Übertreibung und der Ärmlichkeit beleidigend für jede gutgeartete Seele, dumpf und harmonielos, wie die Scherben eines weggeworfenen Gefäßes – das, mein Bellarmin, waren meine Tröster.

»Ich war mal an der Ostsee, das war wunderbar. Das Wasser spülte den Strand, es kam und ging, kam und ging. Zum Gras und zu den Blumen, zu den hoffnungsvollen Menschen, die Geist und Seele haben und sie nicht bekämpfen und zu verdrängen suchen.«

Nah ist und schwer zu fassen der Gott. Wo aber Gefahr ist, wächst das Rettende auch.

»Auch ich will mich vor diesen dumpfen, seelenfressenden Leuten retten, die lachen, wenn ich staunend vor einem Regenbogen stehe. Holder, ging dir das auch so, dass dir immer öfter die Tränen kamen, hast du dich deshalb zurückgezogen in deinen Turm, hast du vielleicht auch einen für mich, nach Tübingen darf ich ja nicht, die lassen mich erst rüber, wenn ich sechzig bin, dann ist mein Leben vorbei, wir leben doch jetzt im Sozialismus, wie soll ich dir denn das erklären. Deutschland ist geteilt, als Folge des Zweiten Weltkriegs, die einen leben in der einen Hälfte, das sind die drüben, in der BRD, und wir leben in der anderen, hüben, die nennt man DDR. Das Gartenhaus, in dem du jetzt sitzt, liegt hüben, im Süden der DDR. Die BRD steht fett und glänzend nach außen da, weil sie als demokratischer Staat ins Westbündnis eingebunden ist, und wir ein komischer, kleiner Marionettenstaat der Sowjets sind. Ihr Stalin war ein beschissener Diktator, nach ihm kamen noch jede Menge besoffene, halbtote Diktatoren, denen kriechen unsere kleinen Diktatoren nun seit gut vierzig Jahren in den Arsch, weil sie zu blöd oder zu intrigant oder zu feige sind, eigene Gedanken zu denken und danach zu handeln.«

Ich baue meinem Herzen ein Grab, damit es ruhen möge; ich spinne mich ein, weil überall es Winter ist; in seligen Erinnerungen hüll' ich vor dem Sturme mich ein.

»Ich hab solche Angst, dass ich verrückt werde, in dieser Anstalt, unter diesen Spießern, mit und ohne Bart, in diesem komischen Dresden, halb Plattenbau, halb Museum, mit seinem zerschossenen, verräucherten Barock.«

Wie ein heulender Nordwind, fährt die Gegenwart über die Blüten unsers Geistes und versengt sie im Entstehen.

»Ich komme mir vor, als wäre ich ein Stück Eisen, und ein Schmied hält es ins Feuer und haut und haut. Ich bin ein störrisches Eisen. Ich beuge mich, aber ich verbeuge mich nicht. Ich biege mich, aber ich verbiege mich

nicht. Ich krümme mich, aber ich breche nicht. Holder, die kriegen mich nicht klein.«
Sie beugt sich zu ihm hinüber, um seinen Arm zu berühren. Sie greift ins Leere.
Sie nimmt allen Mut zusammen, denkt an die Lektionen in der Schule, wo ein Körper ist, kann kein anderer sein. Da ist kein Körper. Mit was habe ich denn geredet?, fragt sie sich. Mit seinem Geist? Er sitzt da und sitzt auch wieder nicht. Energie und Masse. Bei einem ruhenden Teilchen sind Masse und Energie äquivalent. Wenn Hölderlin ein ruhendes Teilchen ist, dann müsste er jetzt eigentlich da sein. Er ist auch da, aber nicht als reale Masse. Oha. Bei der Kernfusion wird die Masse in eine andere Energie umgesetzt. Vielleicht sitzt hier seine Energie, und er ist ganz woanders. Wie kommt die Energie von Hölderlin in ein Gartenhaus in den Weinbergen, über der Elbe in Radebeul? Durch mich. Ich habe ihn herbeigedacht, mein Denken an ihn muss seine Energie hergelockt haben. So 'ne Energie ist fix, wahrscheinlich bewegt er seinen Astralleib mit Lichtgeschwindigkeit. Wenn ich nicht gleich verschwinde, gibt's einen Atomknall. Der löst den Erstschlag aus. Der Dritte Weltkrieg ging von einem Gartenhaus in einem Villenvorort von Dresden aus, und ich bin schuld.
Sie flüchtet. Stolpert im Dunkeln die Weinberge hinunter, rennt durch die Straßen, von Ferne pfeift der Lößnitzdackel. Sie rennt auf den Bahnhof, springt in einen Wagen, schmeißt sich auf eine Bank und greift sich an den Kopf.

*

Donnerstag. Marie schaut aus dem Fenster. Ein schöner Sommertag. Was mach ich, denkt sie, nehme ich den

Bus und die S-Bahn, die ist immer voll von Menschen, sie rattert und stinkt, besonders am Nachmittag, wenn's warm wird, oder nehme ich das Fahrrad? Das wollte ich schon immer mal machen. Schaffe ich das bis neun, so weit ist das nun auch nicht, zehn Kilometer, maximal zwanzig, bei denen verpasse ich sowieso nichts.
Sie zieht die leichten Hosen an, feste Schuhe, die Windjacke mit der Kapuze, hängt sich die Tasche mit den Unterlagen und dem handlichen Reclamheft um, das sie immer bei sich trägt, wie andere Mädchen Puder und Lippenstift, heute *Wallenstein I. Die Piccolomini*. Gegengift gegen die Ödnis in Bus, S-Bahn, Lößnitzdackel und alle anderen Schrecknisse des Lebens, den medizinischen Unterricht, wenn es um Grundkrankenpflege, Antiseptik und Anatomie, um Eiter, Kotze, Blut und Pisse geht, wenn sie das Einfachste fünfmal wiederholen, wenn sie nicht mal in einer Erwachsenenqualifizierung auf Marxismus-Leninismus verzichten können, den ein gemütlicher, bärtiger Herr um die fünfzig erklärt, wie ein begeisterter Papa seine Spielzeugeisenbahn.
Sie holt ihr Fahrrad aus dem Schuppen und schwingt sich drauf. Am Meißner Berg muss sie absteigen und schieben, dass der so lang und steil ist, merkt man im Bus gar nicht. Das Rad, ein eisernes 26er Diamant, ist gut auf halbwegs gerader Strecke, es hat keine Gangschaltung, es will mit reiner Muskelkraft getreten werden. Endlich oben. Der Himmel wölkt sich zu, sie tritt in die Pedale. Die Meißner Landstraße zieht sich, gottverlassene Gegend, Wiesen und Kühe drauf. Von drüben kommen Wolken, pechschwarz. »Haut ab«, ruft Marie, »zieht woanders hin!« Hinter dem Feld fängt es an zu blitzen, in kurzen Abständen. Es kracht, der Donner rollt. Kräftiger Wind kommt auf, Regen rauscht herunter.

Zurück kann ich nicht mehr, sagt sie sich, also weiter, mit voller Kraft. Klatsch. Eine Böe schleudert sie in den Straßengraben. Sie rappelt sich auf, das Gras ist nass und glitschig, ein fetter Regenwurm ringelt sich. Sie hievt das schwere Rad mit Mühe heraus und schiebt.
»*Mit gelben Birnen hänget / Und voll mit wilden Rosen / Das Land in den See, Ihr holden Schwäne, Und trunken von Küssen / Tunkt ihr das Haupt / Ins heilignüchterne Wasser.*«
Am Horizont zeigt sich ein heller Streifen, sie steigt wieder auf, es geht bergrunter, sie saust um die Kurven und singt aus vollem Hals »Meißen! Du wurdest mir von Anbeginn verheißen, Meißen! Niemand soll je in deine Gassen scheißen, Meißen!«
Die eiserne Brücke, die Elbe, grau-grün aufgepeitscht, die Türme der Albrechtsburg erheben sich aus dem Wolkengebirge, eine Konditorei ... das Wasser läuft ihr im Mund zusammen. Drinnen duftet es nach frischem Brot, in den Auslagen liegen fast nur noch Krümel, ein paar Stücke Bienenstich, Eierschecke. Backen können sie, die Sachsen. Sie schließt das Rad ab, rennt in das Gebäude der Betriebsakademie, die Treppen hoch, klopft, öffnet, alle Köpfe drehen sich nach ihr um.
Was gibt es da zu gaffen?, denkt sie. »Bin in den Regen gekommen. Mit dem Fahrrad. Ein Unwetter.«
Stühle scharren, sie quetscht sich an breiten, gekrümmten Rücken vorbei und kramt in ihren Sachen. Die Stifte haben den Ritt überlebt, die Hefte weniger. *Wellenstein I. Die Piccolomini.*
Marie sitzt wie in Trance. Bin selber schuld, denkt sie. Ich arbeite jetzt ein dreiviertel Jahr bei diesen beknackten Brüdern. Dazu diese bescheuerte Berufsausbildung, die mich nicht interessiert, in einem Beruf, den ich von Grund auf hasse.

In der Mittagspause geht sie zu der Dozentin, die die Ausbildung leitet und fragt, ob sie an eine medizinische Einrichtung gebunden ist, sie möchte die kirchliche Anstalt gern verlassen. Ob sie die Ausbildung hier zu Ende machen kann, wenn sie eine andere Einrichtung findet, die sie übernimmt. Die Lehrerin sieht sie freundlich an und sagt: »Selbstverständlich können Sie die Einrichtung wechseln, wenn Sie woanders als Schwester arbeiten und dort die praktische Prüfung ablegen können. Sie müssen uns nur eine Bescheinigung darüber einreichen.«
»Ich kann in jeder Einrichtung ...?«
»In jeder, in der Sie die praktische Facharbeiterprüfung ablegen können.«
Marie setzt sich ins Gras. Der Herr Großartig Gestreifte hatte sie belogen. Er wollte sie als Arbeitskraft behalten, was aus dem Mädchen wird, war ihm egal.
In Radeburg kündige ich, sagt sie sich. Am besten heute noch. Wie lange muss ich hier noch? Ein gutes halbes Jahr. Mit Abitur und diesem Facharbeiter kann ich Medizin studieren, wenn ich ein Krankenhaus finde, das mich delegiert. Vielleicht auch Psychologie, das wäre interessant. Hat das im Sozialismus einen Sinn? Oder muss ich dann die mit Faustan und Haloperidol zudröhnen, die eingeliefert worden sind, weil sie was gegen die Vergiftung der Flüsse unternommen haben? Oder gegen die Vergiftung der Seelen? ... Theologie? Von denen bin ich geheilt. Lehrer? Niemals. Was will ich denn? Am liebsten ans Theater.

Am Abend schiebt sie das Fahrrad den Berg zur Anstalt hoch. Die Männer gehen nie mehr von hier weg, sie gehen woandershin. In den Himmel? Die Hölle? Ins

All? Ins Nichts? Die Kirche teilt Trost aus, wenn es ans Sterben geht. Gibt einfache Antworten auf komplizierte Fragen.
Marie klingelt am Einfamilienhaus. Der Chef öffnet.
»Entschuldigen Sie bitte die Störung«, sagt sie in belanglosem, höflichem Ton, »ich wollte es Ihnen gleich mitteilen. Ich kündige.« Er nimmt die Nachricht regungslos entgegen. Ihr Herz hüpft auf und nieder. »Auf Wiedersehen.« Hoffentlich nicht, denkt sie.
Auf dem Treppenansatz der Anstalt steht der großartig Gestreifte.
»Ich kann die Ausbildung zu Ende machen, wo ich will, ich habe mich erkundigt.«
Er schweigt.
»Sie haben mich belogen. Ich will nichts mehr mit Ihnen zu tun haben.« Sie siezt ihn, obwohl sie ihn bisher immer geduzt hat. Er sieht sie erstaunt an.

Der Schmiedemeister werkelt auf seinen Hof. Sie fragt ihn, ob er weiß, wem die Kammer gehört, in der sie wohnt. Ob es möglich wäre, dass sie weiter drin wohnen kann, auch wenn sie nicht mehr in der Anstalt arbeitet. Sie ist gerade dabei, sich was in Dresden zu suchen, aber das kann ein paar Wochen dauern.
»Im Prinzip schon«, sagt er und sieht sie an. »Die Kammer könnte ich gut brauchen, suche dringend Räume für meine Werkstatt. Ich hatte es schon versucht, beim Chef oben … keine Chance.«
Marie überlegt. »Wie viele Schlüssel gibt es denn?«
»Ihren, und ich kann mir nicht vorstellen, dass es noch einen zweiten gibt. Die Dinger sind uralt, 17. Jahrhundert.«
»Hm«, sagt Marie. »Wenn ich drin wohnen kann, bis ich

was anderes gefunden habe und die Kammer nicht mehr brauche, gebe ich Ihnen den Schlüssel in die Hand. Die Miete kann ich bar zahlen, wenn Sie wollen.«
Er winkt ab. »Die paar Mark können Sie ruhig behalten. Aber den Schlüssel ... ja.«
»Egal, wie lange es dauert?« – »Egal.« – »Abgemacht.« Sie lächelt ihn an, er lächelt zurück und verschwindet in seiner Werkstatt. Es kracht, es glüht, die Funken stieben.

Der Chef der Anstalt will den Schlüssel zur Kammer wiederhaben. Marie hat kein Recht mehr, dort zu wohnen, ihr letzter Arbeitstag ist vorbei. Er schickt den Hausmeister hinunter. Marie ist ausgeflogen, der Schmiedemeister erteilt ihm Auskunft, dass die Kammer jetzt ihm gehört. Der Chef tobt. Es kommt noch schlimmer, das Personal ist knapp. Das Diakonissenhaus in Dresden liefert über den Sommer nicht genügend Praktikanten, die Krankenpflegeschüler sollen auch andere medizinische Einrichtungen kennenlernen, nicht nur die Anstalt in Radeburg. Die Theologiestudenten haben Semesterferien.
Marie trifft den Studenten der Theologie, der ihr den Klavierdeckel beinahe auf die Hände geschmissen hatte, in Dresden zufällig auf der Straße. Er baut sich vor ihr auf. Warum sie ausgerechnet jetzt gekündigt habe. Ob sie ohne Gewissen sei. Die Frau des Chefs muss jetzt sogar die Zimmer wischen. Wie sie das vor sich und vor Gott verantworten könne. »Gut«, sagt sie amüsiert und lässt ihn stehn.

Gegen Abend klingelt Marie bei Gitte. Sie ist geschieden und hat drei halbwüchsige Jungs. Früher war sie mal Erzieherin in einem Heim für schwer erziehbare

Jugendliche, nachdem sie den Antrag auf Ausreise gestellt hatte, wurde sie als Küchenhilfe in die Anstalt abgeschoben. Seit über einem halben Jahr sitzt sie in ihrer Neubauwohnung auf gepackten Koffern. Wenn sie den Schein kriegt, muss sie über Nacht raus, das Land verlassen. *Seid bereit, immer bereit.*
»Na, biste frei?«, spottet Gitte. »Ja«, grinst Marie. Sie setzen sich an ihren großen Tisch. »Willste ein Glas Wein?«
»Gern. Wartest du immer noch?«
»Die lassen mich zappeln, die freut das. Bis dahin …«
»Das kann doch alles nicht wahr sein«, empört sich Marie.
»Doch«, erwidert Gitte.
Sie ist schön, schlank, braungebrannt, ihr schmales, südländisches Profil zeichnet sich gegen das weiche Spätsommerlicht ab. »Weißt du, dass der Chef bei der Stasi ist?«, fragt sie in die Stille.
»Was?«, schreit Marie. Sie starrt Gitte an, mit offenem Mund.
»Hast du nicht gewusst? Echt nicht?«
Marie schweigt. »Warum hat mir das keiner gesagt? Bin ich nicht vertrauenswürdig genug … zu jung oder was?«
»Du hast doch dauernd bei dem Ulla rumgesessen, warst sogar privat bei denen, hast auf seine Kinder aufgepasst …«
»Das war doch nur einmal, sie hatten mich darum gebeten, sie hatten Theaterkarten geschenkt bekommen … bist du sicher?«
»Ganz sicher«, sagt Gitte. »Der ist IM, und gar kein schlechter.«
»Woher …«
»Ich hab meine Informationen. Die Anstalt ist ein Ausreisenest, wie sollen die uns denn sonst kontrollieren?«

Marie ist sprachlos. »Na Prost.«
»Prost«, grinst Gitte.

Die Luft ist klar, am Himmel wandert der Vollmond. Einmal muss es sein, denkt Marie. Ich muss es hinter mich bringen, die lachen nur noch über mich. Andere Mädels machen's schon ab vierzehn. Der Junge aus dem »Deutschen Eck« fällt ihr ein. Sie waren sich zufällig begegnet, hatten sich ein bisschen unterhalten, sie soll ihn mal besuchen kommen, hatte er gesagt und ihr seine Adresse gegeben. Sie geht über den Marktplatz, zögert. Ist das gut? Augen zu und durch, denkt sie und drückt entschlossen auf den Klingelknopf. Eine Frau mit Dauerwelle und in Küchenschürze öffnet, eine Mutti im mittleren Alter, noch ganz niedlich.
»Guten Abend«, sagt Marie, »ist Jonny da?«
»Ja«, sagt sie und sieht sie unterwürfig an. »Jonny, Besuch für dich!«, ruft sie in den Flur und verschwindet in einem Zimmer. Jonny erscheint. Er hat ein freundliches, nichtssagendes Jungengesicht und ist halbwegs gut gebaut. Mittelgroß, braungelockt, nicht übertrieben durchtrainiert, aber auch nicht fett.
»Hallo«, sagt sie salopp, »kennste mich noch?«
Er staunt. »Ja ... das habe ich nicht erwartet ... wirklich nicht.«
Jetzt hab dich nicht so, denkt Marie.
»Möchtest du mit in mein Zimmer kommen?«, fragt er.
»Klar, warum nicht.«
Er öffnet die Tür. Drin steht ein großes Bett, die Bettwäsche ist zart geblümt. Auch die Tapete ist geblümt. Ich seh nix, denkt Marie, ich muss gerade frisch erblindet sein. Bestimmt sein Kinderzimmer. Bring's hinter dich, du musst dir dabei ja nicht die Tapete angucken. Stühle gibt's keine. Sie setzt sich auf sein Bett. Er fragt, ob sie

was trinken möchte. »Eine Limo, gerne.« – »Orange, Zitrone?« – »Was du hast.«
Bloß keine Umstände, denkt sie. Hoffentlich dauert das hier nicht allzu lange.
Er kommt zurück, mit zwei Gläsern Limonade. Marie nippt. Viel zu süß. Er setzt sich neben sie. Erzählt was.
»Ach ja«, sagt Marie und lässt sich demonstrativ rückwärts auf die geblümte Bettdecke fallen. Irgendwas wird er ja jetzt machen. Sie braucht nur abzuwarten. Er stellt die Limonade weg und legt sich neben sie. Sie spürt seinen warmen Atem an den Lippen, an der Nase. Puh, denkt sie. Er pustet mich voll warme Luft. Kann er sich dabei nicht wegdrehen? Da hauchen, gurren und schmachten sie im Film, und dann so was. Ich muss dann bestimmt auch was machen, denkt sie. Hoffentlich mache ich nichts falsch. Hoffentlich merkt der nicht, dass ich noch Jungfrau bin. Wahrscheinlich muss ich ihn irgendwo anfassen. Wo am besten? Am Ort des Geschehens, das kürzt die Sache ab. Sie fasst ihn an. Er windet sich neben ihr und stöhnt. Meine Güte, denkt sie, kann er es nicht mal sachlich angehen lassen? Er wird steif, unter der Hose. Interessant. Das ging ja schnell. Uh, er fängt schon an zu riechen. Will ich das wirklich?, fragt sie sich.
»Du bist so unkompliziert«, sagt er. Es klingt bewundernd.
Uff, denkt sie. Nicht gerade ein Kompliment. Kann das nicht eine andere besorgen? Eine, die unkompliziert ist? Sie zieht die Hand weg.
»Was hast du denn?«
»Ich will nicht.«
»He?« Er versteht nicht.
»Nein, ich will nicht. Vergiss es.«
»Was? Warum? Was ist denn?«

»Darum. Schmink's dir ab.«
»He, aber eben ...«
»Eben. Jetzt nicht mehr.«
Marie schubst ihn zur Seite und richtet sich auf. »Lass mich, ich will nicht.«
Jonny sitzt auf dem Bettrand und staunt, das hat er noch nicht erlebt. Da wird es Zeit, denkt sie.
»Hab keinen Bock. Nimm's mir nicht übel. Tschüss.«
Sie reißt die Kinderzimmertür auf. Seine Mutter weicht mit knapper Not der Türe aus und huscht über den Flur. Was war denn das?, schießt es Marie durch den Kopf. Raus hier. Schnell.
Der Marktplatz ist hell erleuchtet. Frische Luft. Vollmond. Noch mal nicht, denkt sie. Und wenn ich Jungfrau bleibe, bis ich vierzig bin.

*

Marie hat einen Termin in der Medizinischen Akademie Dresden, dem Universitätsklinikum. Sie klopft, öffnet die Tür zur Personalabteilung, tritt ein und grüßt. Am Tisch sitzt eine Dame um die fünfzig, mit blond gefärbter Dauerwelle und rosigen, feisten Wangen. Die Dame nuschelt »Tag« und sieht kaum auf, sie blättert in einer Akte, die vor ihr auf dem Schreibtisch liegt. Sie bietet keinen Stuhl an, Marie bleibt stehen.
Nach einer Weile sagt sie »Ich möchte als Schwester in der Medizinischen Akademie arbeiten. Ich habe ... ich bin noch in der Erwachsenenausbildung zur Krankenpflegerin, in Meißen, in der Betriebsakademie. Ich werde die Ausbildung nächstes Jahr im März beenden«.
»Werden Sie das«, sagt die Dame, mit der Stimme eines Abflussrohres. »Sie haben in Radeburg gekündigt?«, fragt sie, ohne aufzusehen. »Warum?«

»In meiner letzten Einrichtung, vor Kurzem.«
Sie sieht von ihrer Akte auf und Marie direkt ins Gesicht. Ihre Augen stechen. »Warum?«
Marie schießt das Blut in die Wangen. Sie schluckt und sagt langsam, Wort für Wort: »Ich möchte mich verändern, mich verbessern, dort kenne ich schon alles. Ich bin wissbegierig und ehrgeizig. Will im Beruf und im Leben weiterkommen. Zuerst möchte ich meine Ausbildung beenden und dann, wenn möglich, noch studieren.«
»Studieren? Sie?«
»Warum denn nicht?«, fragt Marie und beißt sich auf die Lippen. Jetzt bloß kein falsches Wort.
»Sie haben ja Abitur, wie ich sehe.«
»Ja.«
Die Dame schweigt. Durch das Abflussrohr ihrer Stimme rinnt die zufriedene Gewissheit ihrer Macht. »Sie kommen aus einem guten Elternhaus ...« Sie mustert sie von oben nach unten und zurück. Wie bei einer Viehschau. Maries Punktekonto tendiert gegen null. Nach dem Abitur nicht gleich studiert, suspekt. Ein Jahr bei Kirchens angestellt, in einem Heim, wohin die Antragsteller auf Ausreise abgeschoben werden, verdächtig. Gekündigt, ohne was Neues in der Tasche, reif für die Klapse. Drei Wochen ohne feste Arbeit, damit ist sie ein Rumtreiber, ein asoziales Element.
»Na«, sagt die Dame süffisant, »das kriegen wir schon wieder hin.«
Es klingt wie: Wir biegen Sie schon zurecht. Wir sind schon mit ganz anderen Elementen fertig geworden.
Marie bedankt sich höflich und fragt, auf welcher Station sie anfangen darf.
»Station vier. Montag morgen, punkt sechs. Oberschwester Marianne.« Sie drückt ihr einen Bogen Papier in die Hand. »Das geben Sie ihr.«

Marie sieht auf das Papier. »Und der Arbeitsvertrag?«
»Bekommen Sie später«, sagt die Dame trocken.
»Was ist das für eine Station?«
»Das wird Ihnen die Oberschwester früh genug erklären.«
»Ich muss doch wissen, welche Station ...«
»Station vier. Hören Sie nicht zu? Lernen Sie das schnell. Ohren auf, Mund zu.«
Marie schweigt. Friss Kreide, denkt sie, friss! Zum Rauswürgen ist immer noch Zeit. Sie fragt, ob sie vielleicht, nur für den Notfall, weil sie aus Radeburg kommt, über zwanzig Kilometer, ein Auto hat sie nicht, mit Bus oder Bahn, Straßenbahn, falls ... ausnahmsweise, falls sie in Dresden kein Zimmer kriegen sollte, weil ... ohne Arbeitsstelle kein Zimmer und ohne Zimmer keine Arbeitsstelle ... ob sie dann auch mal fünfzehn Minuten später anfangen könnte, sie arbeitet es selbstverständlich raus.
Die Dame sieht sie an. »Wir haben hier ein Schwesternwohnheim«, sagt sie. »Der sozialistische Staat tut viel für seinen Nachwuchs, zu viel, wenn Sie mich fragen.«
Ich frage Sie aber nicht, denkt Marie.
»Willkommen im sozialistischen Kollektiv der Universitätsklinik ›Carl Gustav Carus‹«. Marie schüttelt die ihr dargebotene Hand und ringt sich ein zuversichtliches Lächeln ab.

Sie schaut gleich im Schwesternwohnheim vorbei. Das Klinikum besteht aus vielen Gebäuden, roter Backstein, alte Ziegelbauweise, hier geht es zur gynäkologischen Klinik, dort zur Augenklinik, dort zur Abteilung für Innere Medizin. Was für ein riesiger Komplex. Eine medizinische Fabrik. Ärzte in wehenden, weißen Kitteln eilen über die Wege, Patienten sitzen im Bademantel auf einer Bank im Park. Was hier für hohe Bäume stehen. Ahorn? Kastanien?

Die Schwestern wohnen etwas abseits, in einem Ziegelbau, einem Gebäude wie alle anderen. Sie geht hinein und trifft eine junge Schwester auf dem Flur, sie kommen ins Gespräch. Simone zeigt ihr das Zimmer, in dem sie wohnt, es gibt auch Zwei- und Dreibettzimmer, sagt sie. »Sieht doch ganz nett aus«, findet Marie. Warum nicht? Zumindest für den Übergang. Simone sieht sie spöttisch an. »Findest du?« – »Du hast es dir schön gemacht, orangefarbene Vorhänge, ein selbst gebastelter Leuchter …« – »Na, wenn du meinst.«

»Und die Küche?«, fragt Marie.

»Willst du die wirklich sehen?«

»Na klar!« Eine Küche, das ist toll, denkt sie. Da könnte ich mir mal was kochen, was warm machen, was kalt stellen, was für ein Luxus.

Simone stößt die Tür mit dem Fuß auf. Auf der Spüle türmt sich ungewaschenes Geschirr, verschimmeltes Brot liegt herum, Schinken kringelt sich, Käse vergammelt, der Fußboden starrt vor Dreck.

»Aber … hier wohnen doch Krankenschwestern?«, fragt Marie entgeistert. »Ja sicher«, erwidert Simone. »Wenn eine nicht sauber macht, wenn sie dran ist, sieht's die andere auch nicht ein. Irgendwann machen es immer dieselben. Und geben es dann auf. Ist ein Durchgangslager. Das Schwesternghetto, sagen wir. Lange hält's hier keine aus. Die meisten sind nach ein paar Wochen wieder weg. Ach so, bei Licht kannst du doch schlafen?«

»Wieso?«

»Eine kleine Lampe musst du anlassen, unbedingt.«

»Warum denn?«

»Sonst kriechen dir die Kakerlaken in die Ohren.«
»Kaker – was?«
»Die sind hier überall. In der Küche, in den Duschen … die kriegst du nicht weg. Wir haben alles probiert, Cekapur, Permethrin, Rattengift, unsere Ökomädels haben Milchstraßen und Honigpisten ausgelegt … wenn du nachts das Licht anlässt, kriechen sie dir wenigstens nicht in die Löcher.«
Marie rennt aus dem Backsteingebäude, an der Anatomie vorbei, schräg gegenüber ist die psychologische Abteilung. Soll sie sich gleich einliefern lassen? Wahrscheinlich muss sie bei denen auch das Licht anlassen. Mit dem Lößnitzdackel und der Straßenbahn schafft sie es nicht bis Viertel vor sechs ins Klinikum, auch mit dem Bus wird es knapp. Sie muss etwas in Dresden finden, sonst kann sie die Akademie vergessen. Sie braucht nur einen Platz zum Schlafen. Essen kann sie in irgendeiner Kneipe, lesen im Café, fürs Frühstück hebt sie sich eine Semmel von gestern auf, Kaffee kriegt sie auf der Station. Die Bude in Radeburg muss sie so lange halten, bis sie was Sicheres gefunden hat.

*

Es ist ein warmer Herbsttag. Sie versucht es im kommunalen Wohnungsamt in Dresden, das zweimal in der Woche Sprechtag hat. Das Büro des Wohnungsamtes befindet sich im dritten Stock, der Hausflur ist dreckig, stickig, es riecht nach Schweiß. Es geht bereits auf zwölf. Eine bunte Traube von Menschen wartet im Treppenhaus, in Zweierreihen, das Ende der Schlange befindet sich im ersten Stock. Sie fragt die Letzten, wie lange sie schon stehen. »Seit neun«, sagt eine Frau mürrisch. Marie schluckt. »Bis wann haben die denn offen?«

»Müssen Sie oben fragen«, murrt die Frau.
»Könnten Sie bitte meinen Platz frei halten, während ich frage?«
»Noch was?« Die Frau wendet ihr demonstrativ den Rücken zu. Wenn ich eins hasse, sind's Dresdner Proleten, denkt Marie. Das Tal der frustrierten Ahnungslosen. Wahrscheinlich stehe ich jetzt Stunden an und komme nicht mal dran.
Sie fragt ein junges Mädchen im blauen Baumwollkleid, das ihr sympathisch erscheint. Das Gesicht des Mädchens ist von der Sonne gebräunt, die braunen Haare sind zu einem Zopf gebunden, lose Kringel fallen ihr über die Ohren. Sie ist groß und schlank, fast mager. Ihre Schultern und Beckenknochen zeichnen sich unter dem leichten, weichen Kleid ab.
»Entschuldigen Sie …«
»Ich kann es Ihnen auch nicht sagen …«, sagt die junge Frau leicht verzweifelt und sieht sie mit großen, braunen Augen an.
»Ja … komme ich denn heute überhaupt noch dran?«
»Das weiß niemand, Sie können's nur versuchen. Stehn und warten, alles andere …«
»Ist das hier immer so?«
Das Mädchen nickt. Die anderen hören schweigend zu.
Sie steht bis nachmittags. Es ist nach drei, die Zunge klebt am Gaumen, das Hemd ist durchgeschwitzt. Sie muss dringend mal und traut sich nicht, ihren Platz zu verlassen. Sie ist schon an der Schwelle, drinnen, in einem gelb getünchten, kahlen Zimmer, sitzen drei resolute Frauen an einem Tisch, der quer vor der Eingangstür steht. »Wir machen gleich zu!«, ruft eine Frau mit schwarzem Dutt. Die Wartenden hinter Marie bewegen sich und murren heftig.
»Wir stehen hier schon seit Stunden!«, ruft Marie.

»Dann wär'n Sie doch früher aufgestanden!«, spottet eine Frau hinter ihr. »Die Asozialen werden auch immer frecher.«
Marie möchte etwas erwidern, sie schluckt ihren Kommentar herunter. Wenn ich jetzt den Mund aufmache, denkt sie, kriege ich ganz bestimmt kein Zimmer. »Bitte«, versucht sie es noch einmal, »können Sie mir nicht sagen ...«
»Warten Sie ab, bis Sie dran sind«, zischt die Frau vor ihr. »Wir wollen alle was fragen.«
»Unverschämtes Gör«, schimpft eine andere hinter ihr.
»Ich bin kein Gör«, ereifert sich Marie. »Nur weil ich jünger bin als Sie, brauchen Sie Ihren Frust nicht an mir abzulassen. Ich kann nichts dafür, dass Sie solange warten mussten. Ich musste auch warten.«
»Auch noch die große Fresse. Arbeiten Sie erst mal, hernach können Sie die Gusche aufreißen!«, schreit die Frau.
»Ich arbeite, und zwar sehr hart!«, ruft Marie.
»So sehn Sie aus, mit Ihren dürren Armen und Beinen«, kläfft die Frau. »Sie knicken doch beim ersten Handgriff ein.«
»So'n dürres Luder!«, lacht eine andere. »Ein Rotkopf noch dazu. Als der liebe Gott die gemacht hat, war er besoffen.«
»Ich brauche mir Ihre Unverschämtheiten nicht gefallen zu lassen!«
»Halt die Gusche, Möhrenkopp«, lacht die Frau hinter ihr, mit einem tiefen, glucksenden Ton.
»Ist das Dach rostig, ist der Keller feucht«, flüstert eine andere mit rauer Stimme. »Auf solche stehn manche.«
»Pah«, lacht die Frau zurück. »Männer stehn auf die, da wo was dran ist.«
»Ist jetzt Ruhe?«, brüllt die Dame am Tisch. »Schluss

jetzt, in diesem Affenhaus, alle raus, das Wohnungsamt ist geschlossen.«

»Es ist noch nicht vier Uhr«, ruft ein junger Mann auf halber Treppe. »Wer war das?«, fragt die Frau drohend von oben. »Wer hat das gerufen?« Der Mann schweigt. »Der da«, ruft die Frau hinter Marie und zeigt mit dem Finger auf ihn. Die Dame mit dem schwarzen Dutt beugt sich über den Tisch. »Kenn ich Sie nicht? Sie waren doch schon vorige Woche hier? Und vorvorige Woche? Ich habe Ihnen doch ...« Der junge Mann starrt in den Flur. Er windet sich aus der Reihe und verschwindet.

Die Damen hinter der Barriere raffen ihre Papiere zusammen und erheben sich. Der Achselschweiß hat große, kreisrunde Flecken auf ihren Blusen hinterlassen, ihre Röcke sind zerknittert und verschwitzt. Marie arbeitet sich durch. »Bitte, ich möchte nur kurz was fragen. Ich weiß nicht, ob es überhaupt Sinn macht, dass ich wiederkomme.« Die Dame mit dem Dutt dreht sich unwirsch um. »Nach oben«, zischt sie. Marie springt die Treppe hoch, ehe die Flintenweiber es bemerken.

Die Dame mit dem Dutt kommt langsam nach. »Machen Sie's kurz, hab Feierabend.«

»Ich wollte fragen, ob ich ein Zimmer in Dresden bekommen kann, wenn ich den Arbeitsvertrag noch nicht vorweisen kann. Ich habe aber eine schriftliche Bestätigung ...« Sie fischt das Papier aus der Tasche, das die Frau in der Personalabteilung ihr gegeben hatte. »Das Zimmer kann klein und einfach sein, Toilette die Treppe tiefer, Waschbecken auf dem Flur, egal, nur ein Schlafplatz, ein Dach über dem Kopf.«

»Wie, keinen Arbeitsvertrag vorweisen können«, fragt die Frau, und guckt wie eine Kuh, wenn's donnert.

»Ich soll am Ersten anfangen«, versichert Marie, »ich suche nur vorab ein Zimmer.«

»Keinen Arbeitsvertrag? Das gibt's nicht, in der DDR.« Die Frau schüttelt den Kopf sieht Marie von oben bis unten an.
»Sie müssen den Vertrag erst aufsetzen, ich brauche nur vorab das Zimmer ...«
»Einen Arbeitsvertrag müssen Sie vorweisen, sonst bekommen Sie in Dresden nicht mal eine Hundehütte«, sagt die Frau.
»Ich kann die Stelle aber nicht annehmen, wenn ich hier kein Zimmer habe«, erwidert Marie verzweifelt. »Ich muss doch wissen, wo ich schlafe, bevor ich sie annehme. Der Dienst beginnt früh um sechs, in der Medizinischen Akademie.«
»Tja«, sagt die Frau, »ich kann Ihnen keine Hoffnung auf ein Zimmer machen. So, Feierabend.«
»Danke«, stottert Marie. Sie geht langsam die Stufen wieder hinunter. Jemand streicht ihr kaum merklich über den Arm. Sie zuckt zusammen. Das braungelockte Mädchen in dem blauen Kattunkleid sieht sie an. »Hat sie dir was gesagt?«
Marie macht eine Bewegung mit den Augen, nach unten. Das Mädchen folgt.
»Ich verdurste, ich muss was trinken«, stöhnt Marie. »Lass uns in ein Café gehen, hast du Lust?«
Das Mädchen schaut sie an. »Willste mit zu mir kommen, ich hab's nicht weit. Hab Selters und guten Wein da, von unseren Weinbergen, solchen kriegste hier nicht, in den Cafés. Carla«, sagt sie. »Marie.« Sie lächeln sich an.
»Von unseren Weinbergen, wie meinst'n das? Ziehst du deinen Wein selber?«, fragt Marie.
»Gewissermaßen, an den Lößnitzhängen.«
»He?«
»Bin Winzerin.«

»Winzerin? Ist das ein Beruf?«
»Na klar«, lacht Carla, »was denn sonst.«
»Wo arbeitest du denn?«
»Im Volksweingut Lößnitz, in Radebeul.«
»Da fahre ich immer durch, mit dem Lößnitzdackel.«
»Das Vieh, das hasse ich ja. Das macht nur Dreck. Und ich darf die Reben abstauben.«
»Kommt der denn bis da hoch, der Dampf?«
»Ach Nonsens. Der legt sich immer ein paar Meter neben der Spur in die Landschaft. Das Pfeifen geht mir auf den Geist. Es ist halt eine Traditionsbahn. Von Tradition bist du in unserer Region umzingelt. An den Lößnitzhängen wird seit fast sechshundert Jahren Wein gebaut.«
»Seit sechshundert Jahren!«, staunt Marie.
»Wein wurde schon vor dem Mittelalter in vielen Teilen Sachsens gezogen. Der hier ist wirklich gut, trocken, auch fruchtig, leicht mineralisch, was Besonderes«, sagt Carla. »Ich kümmere mich viel um den Boden. Der Boden ist wichtig. Die Düngung auch. Ich befasse mich privat viel mit ökologischen Methoden, ohne Chemie, aber das ist im Staatsbetrieb nicht durchzusetzen. Manchmal unterhalte ich mich darüber mit meinem Chef. Er hat eine Parzelle, als Kleinwinzer, dort experimentieren wir ein bisschen herum, nach Feierabend. Er würde viel mehr ausprobieren, er hat so viele Ideen, sie lassen ihn nicht. Unser Betrieb exportiert vor allem ins nichtsozialistische Ausland, das bringt Devisen, der Rest geht in die Spitzengasthöfe im Dresdner Land und in die Interhotels, Berlin, Leipzig, Dresden. Manchmal sitzen wir oben, beim Spitzhaus, und schauen, wie die Sonne untergeht. Dann geht uns durch den Kopf, was wir alles machen könnten, was wir aufziehen könnten, wenn sie uns ließen. Dann könnte ich heulen.«

»Macht der Beruf dir Spaß?«, fragt Marie, ein bisschen neidisch. Soll sie auch so was probieren? Was mit Erde und Himmel, mit Brot und Wein?
»Sehr«, sagt Carla, »ich liebe es. Man muss zwar arg früh raus, aber man gewöhnt sich dran. Ist schön, wenn ich in der Morgendämmerung in die Reben gehe und langsam die Sonne aufgeht, über der Elbe. Dann könnte ich die ganze Welt umarmen. Abends bin ich manchmal so kaputt, dass ich zu nichts mehr Lust habe.«
Carla bleibt vor einem Altbau stehen, sie gehen die Treppen hoch. Sie schließt die Tür zu einer Mansardenwohnung auf. »Der Meister, bei dem ich bin, ist gut, ich lerne viel von ihm, obwohl ich schon mit der Ausbildung fertig bin. In ein paar Jahren will ich auch mal meinen Meister machen. Schön wär's, wenn ich meine eigene Winzerei aufbauen könnte«, sagt sie, als sie drinnen sind. »Aber das geht wohl nicht. Eine eigene Winzerei … das wär's.«
Sie stellt Marie ein großes Glas Selters hin und trinkt selbst eins, in langen Zügen. »Willste mal probieren, ich hab immer ein paar Flaschen da.« – »Oh gern«, sagt Marie, »sehr gerne.«
»Welchen willst du, Riesling, Kerner?«
»Keine Ahnung, entscheide du, jedenfalls nicht so süß, keinen Dessertwein.«
Carla lacht. »Was Süßes kriegste bei mir nicht. Damit kannste mich jagen, und meinen Chef auch.«
»Mich auch«, lacht Marie. Sie sieht sich vorsichtig um. Die Mansardenwohnung ist klein, mit schrägen Wänden, spartanisch eingerichtet, geschmackvoll, mit hellem Holz. Nichts Künstliches, kein Kitsch. An der Wand stehen ein paar Holzkisten übereinander, drin liegen Ordner, lose Blätter, Bücher. Von der Decke hängt ein weißer Ball aus gepresstem Papier. Durch das Fenster

sind schräge, rote Dächer und viele kaputte Ziegel zu sehen. Der Blick geht weit über die Altstadt. Da drüben muss die Elbe sein, ein schmales Band. Am Fenster ein langer, hellgrüner Vorhang, halb zur Seite gestreift, wie eine durchsichtige Batikwindel. Es passt alles zusammen, das Mädchen, der Blick, der Vorhang, der Wein.
»Den Grauburgunder habe ich leider nicht«, sagt Carla. »Der ist uns besonders gut gelungen, ein typischer Lößnitzer. Kräftig und würzig, mit einer Note von Karamell. Unser Müller-Thurgau ist auch gut. Frisch, spritzig, mit einem zarten Muskatton, der wäre perfekt, in dem warmen Wetter. Der ist leider nicht kühl genug. Also Riesling. Sie holt eine schmale Flasche aus dem Kühlschrank, leicht beschlagen, ohne Etikett, hält sie ins Licht, öffnet sie und schenkt einen Schluck ein. »Probier mal.«
»Hm, gut, lecker, nach … Früchten … irgendwie nach Pfirsich … kann das sein?«
»Perfekt«, sagt Carla, »hast einen guten Gaumen. Zeig mal deine Hände.« Sie nimmt Maries Hände, dreht und betrachtet sie. »Hast auch gute Hände. Ich seh so was. Kannst bei uns anfangen.« Sie lacht. »Auch so fein mineralisch, schmeckst du das?«
»Nicht wirklich …«
»Das Mineralische kommt aus den Radebeuler Weinbergen, das ist typisch für uns, es darf nur nicht vordergründig sein. Nur ganz fein, ein Anklang. Mehr eine Ahnung, als ein Geschmack. Als ob du vorsichtig an einem Stein leckst, weißte? Ja, schmecken ist auch Übung«, sagt sie. »Deshalb darf ich nicht rauchen.«
»Wieso denn nicht?«
»Rauchen verdirbt den Gaumen, am Anfang hab ich geraucht, vor allem abends, zur Entspannung, wenn ich den ganzen Tag im Weinberg gestanden bin, der Chef hat's mir verboten. Rauchst du?«

»Nein, ich hab's mal probiert, Karo ging gar nicht, dann Club, auch mal F6, erst fand ich's schau, dann eklig. Es schmeckt mir nicht.«
»Wenn ich die Typen sehe, mit Bier und Fluppe, oder die, die in den Kneipen den sauren Müller-Thurgau trinken, oder dieses Brechmittel, den Roten da …«
»Feuertanz«, ergänzt Marie, »oder meinste Rosenthaler Kadarka?«
»Oder diesen weißen, Liebfrauenmilch, furchtbar.« Sie lachen. »Naja«, sagt Marie, »was sollst'n machen, du kriegst ja nichts anderes.«
»Ja«, erwidert Carla, schenkt ein und nimmt sich selbst ein Glas. »Noch eine Selters?« – »Ja, gern.«
»Mensch, ist mir warm.« Carla zieht sich das blaue Kattunkleid über den Kopf. Sie ist schön, schlank, hochgewachsen. Gesicht, Hals, Arme und Füße sind braun, der Rest ist weiß. Sie wirft sich ein grünes Baumwollhemd über. »Mach's dir bequem.«
»Suchst du 'ne andere Wohnung? Warum denn?«, fragt Marie. »Mitten in Dresden, mehr geht doch nicht.«
»Ich will raus aus der Innenstadt, der Smog hier bringt mich um. Diese Dunstglocke … besonders im Sommer, nachmittags, wenn sie von der Arbeit kommen und mit ihren Trabis durch die Straßen tuckern … das steigt alles hoch zu mir, ich versuche, was in Radebeul zu bekommen, wenn möglich, in einer alten Villa, die sind schön. Mein Chef hat seine Fühler schon ausgestreckt, aber Dresden und Wohnraum … wir gehen im Sommer oft schon bei Sonnenaufgang in den Weinberg. Wenn ich da nicht erst 'ne dreiviertel Stunde mit der Straßenbahn hinfahren müsste, und dann noch hochlaufen, wäre das schon gut.«
»Wann stehst du denn auf?«

»Viertel, halb vier, wenn ich früh rein muss«, sagt Carla, trinkt ihr Glas aus und schenkt nach. »Und du?«
»Halb sechs, wenn ich Frühdienst habe, bin in der Ausbildung zur Krankenpflegerin. Ich wasche mich und renne los, frühstücke immer erst mit den Kollegen. Ich würde ja auch früh von Radeburg herfahren, aber das schaffe ich nicht, muss Punkt sechs auf der Matte stehn. Ich suche dringend ein Zimmer in Dresden, sonst kann ich nicht in der Medizinischen Akademie anfangen.«
»Medizin, Krankenpflegerin, das passt überhaupt nicht zu dir, das bist du nicht«, sagt Carla.
»War auch nur Zufall, hab Abitur, komme aus Plauen, wollte Gemeindehelferin werden, im Sieveking-Haus Radebeul, gleich neben deinem Weinberg, hab abgesagt.«
»Das kirchliche Haus? Die fromme Schule?«
»Ja, die«, bestätigt Marie.
»Da kommen immer so komische Leute raus«, sagt Carla.
»Komisch, wieso denn?«
»Die sind irgendwie anders. Ich hab welche beobachtet, vom Weinberg aus, beim Rebenschneiden. Sie gingen wie ... Schmetterlinge, die Rucksäcke tragen, mit lauter Sendungsbotschaften drin, und die nicht mehr fliegen können.«
»Ja, hab Zweifel bekommen«, erwidert Marie, »will was Künstlerisches machen, zum Theater.«
»Was denn?«, fragt Carla neugierig.
»Schauspielerin.«
»Oh, das ist toll. Aber schwer ranzukommen. Ganz schwer. Haste Beziehungen?«
»Nein, leider nicht. Ich hab gar keine Beziehungen ... und was meine Eltern wollen, Chemie, Theologie, ir-

gendwas an der Freiberger Bergakademie, will ich nicht. Naja ich versuch's, und wenn's nicht klappt ...«
»Was dann?«
»Will jetzt erst mal die medizinische Ausbildung zu Ende machen, damit ich was in der Hand habe.«
»Theater ... du bist wie eine kleine ... 'ne kleine Hexe, ein sommersprossiger Wirbelwind, wie Pippi Langstrumpf. Kennste doch?« Marie schüttelt den Kopf. »Kennste nicht? Ein schwedisches Kinderbuch. Oder wie ... Pumuckl. Ein kleiner, frecher Rotschopf. Darf ich mal anfassen?«
»Was denn?«, fragt Marie erschrocken.
»Deine Haare.« Sie setzt sich auf Maries Schoß und streicht ihr über den Kopf. Ihre kleinen Brüste stechen Marie ins Gesicht. Sie riecht gut, nach Wein und Reben. Sie bewegt ihren Mund hinter Maries Ohren, an ihren Hals. Ihr Mund ist kühl und zärtlich. Marie erstarrt. Carla bewegt die Hand unter ihr Hemd. Die Brustwarzen werden aufmerksam. Marie kann nicht mehr sprechen. Carla bewegt ihren Mund auf ihren und öffnet ihn. Sie fährt mit ihrer Zunge hinein. Sie schmeckt nach Wein. Sie fasst sie an den Händen und zieht sie hoch. Marie lässt sich ziehen, in das Zimmer nebenan, auf eine Matratze, die auf der Erde liegt. Carla zieht ihr grünes Hemd aus. Unter dem weißen Höschen stechen ihre kantigen Beckenknochen hervor. Sie hat wunderschöne, lange Beine. Marie traut sich nicht, sich zu bewegen. Carla zieht das Höschen aus. Sie legt sich neben Marie, nimmt ihre Hand und legt sie sich auf die Brust. Ihre Brust ist klein und hart, die Brustwarze stellt sich geschmeidig auf. Carlas Hand ist wie eine Klammer. Sie führt Maries Hand über ihren Körper, ihre Haut ist glatt und kühl, wie Seide, in ihren Schoß. Ihre Haare schmiegen sich drahtig und störrisch um Maries Finger.

Carla öffnet die Beine. Sie ist weich und geschmeidig, wie aus Samt. Maries Herz schlägt zum Zerspringen. Das Mädchen duftet nach grünen Reben, durch Maries Kopf strömen Wortfetzen, wie Wolken über den Weinberg. ›So fein mineralisch, schmeckst du das … die Sonne, das Mineralische … als ob du vorsichtig an einem Stein leckst …‹ Carla führt Maries Finger mit dem Feuchten aus dem Dunkel nach oben, windet sich und zuckt. Dann rafft sie Maries Rock hoch und streift das Höschen ab. »Jetzt du.«

Ich bin ein Stein in den Weinbergen, an dem eine Katze leckt, leicht mineralisch … zuckt es Marie durch den Kopf. Dann verabschiedet sich ihr Gehirn, in die Weinberge.

Draußen wird es langsam dunkel. Sie sitzen und trinken Tee. »Kannst bei mir wohnen«, sagt Carla. »Kannst in das kleine Zimmer ziehn … solange, bis du was Eigenes hast.«

Marie sieht in ihre Tasse. Was soll ich tun, hierbleiben?, fragt sie sich. Wird sie oft kommen, meine Hand nehmen, und danach sagen ›jetzt du‹? Ich hab doch mitgemacht. Carla ist schön, kultiviert und nicht auf den Kopf gefallen. Und jeden Abend gibt's den besten Wein, den sie sonst nur im Westen oder im Interhotel servieren. Soll ich auch Winzerin werden, mit ihr im Weinberg arbeiten, Hand in Hand? Soll ich alles verwerfen, was ich will, hoffe, was mir heilig ist? Seit Jahren versuchen mir die Menschen einzureden, dass es besser ist, wenn ich mich ihren Wünschen und Forderungen beuge, mich anpasse. Ich kann es nicht, weiß auch nicht, warum. Wenn ich das tue, gebe ich mich auf.

»Was hast du denn«, fragt Carla zärtlich. »Du siehst so abwesend aus.«

»Ach nichts«, antwortet Marie. »Du ... ich danke dir für das Angebot. Ich weiß es zu schätzen, ehrlich. Aber bitte ... lass mir noch etwas Zeit.«
»Gefällt's dir hier nicht? Gefalle ich dir nicht?«, fragt Carla und senkt den Kopf.
»Doch ... sehr sogar, ich ... habe nur noch nie ... entschuldige ... lass mir noch etwas Zeit, ich bitte dich. Ich glaube, es ist besser, wenn ich versuche, was Eigenes zu finden. Ich glaube, ich muss auch gehn.«
»Willst du nicht hier schlafen, bleiben? Hier, bei mir?«
»Nein. Lass mich ... ich muss nachdenken.«
»Wo willst du denn hin, was willst du machen?«
Marie zuckt mit den Schultern. Sie sieht sie ratlos an. Carla schreibt etwas auf einen Zettel. »Der Typ ist Architekt, er hat Beziehungen«, sagt sie, »er kennt viele in der Neustadt, vielleicht kann er dir helfen, eine Wohnung zu finden, schwarz.«
Marie bedankt sich für den Wein, und auch ansonsten ...
»Ich melde mich.«

Am nächsten Tag streift sie durch die Straßen, sieht hoch, welche Fenster ohne Gardinen sind. Als Erstes geht sie zu dem Architekten, er wohnt unterm Dach. Er öffnet. Ein hübscher Typ, schlank, ungefähr Mitte dreißig, lockige, schwarze Haare, samtene, schwarze Augen, barfuß, in Jeans und Shirt. Sie richtet Grüße von Carla aus. Er sieht sie neugierig an. »Ja«, sagt er und weist mit der Hand hinein. Ein Tanzsaal, denkt Marie, für einen Mann allein, vielleicht die eine oder andere Freundin. Oder hat er Familie? Sieht nicht so aus. »Ja«, sagt er, »hab Jahre dran gearbeitet. Am Anfang sah's hier aus ... ich hab in einem Zimmer gewohnt, in diesem«, er zeigt hinter sich, ohne den Türrahmen zu verlassen, »da hab ich Eimer, Wannen und Regenschirme

aufgestellt, weil's reingeregnet hat, zwei Jahre lang. Das Dach …« Er wechselt vom rechten Bein aufs linke. »Eigentlich Wahnsinn. Solange hab ich schwarz drin gewohnt«, erzählt er, »bei Leuten, die was davon verstehn, Bauingenieure, Architekten, drücken sie in der Wohnungsverwaltung ein Auge zu, weil wir die Bausubstanz retten, die Wohnungen sanieren, auf eigene Kosten, versteht sich. Als ich nach Jahren fertig war, hab ich den offiziellen Antrag auf die Wohnung gestellt, sie haben sie mir zugesprochen.« Er sieht Marie leicht schielend an. »Toll«, lobt sie. Er lächelt, sein Blick gleitet an ihr herunter. Die Wohnung hätte ich auch gern, den Typ eher nicht, denkt sie. Der nimmt sich, worauf er Appetit hat, und wenn er satt ist, wirft er's weg.
Sie fragt, ob er einen Tipp für sie hat, auch nur für ein paar Wochen, für'n Übergang. Er schüttelt den Kopf und klappt die Türe zu.

Sie klingelt an fremden Wohnungstüren, wie Carla es ihr geraten hat. Die Leute sind freundlich, aber alle Spuren führen ins Nichts.
Soll ich doch zu Carla gehen?, fragt sie sich. Am Montag soll ich anfangen, bis dahin muss ich was gefunden haben. Neustadt geht offensichtlich nicht. Vielleicht Friedrichstadt. Es muss einen Weg geben, andere wohnen auch schwarz.
Sie sucht in großen, alten Häusern mit eingeschmissenen Fensterscheiben, manchmal stehen die Wohnungstüren offen. Sie geht hinein, Schutt liegt herum, die Zimmer sind riesig, die Doppelfenster hoch, Knäufe und Riegel aus den zwanziger Jahren, herrlicher Stuck an den Decken, verdreckt, vergilbt. Sie stößt die Türen mit dem Fuß auf. Die Küche. Kein Herd darin, kein Ofen, alles was brauchbar war, herausgerissen.

Der Putz bröckelt, die Leitungen hängen offen aus der Wand, wie wilde Schnüre. Das Bad. Stuck, alte Kacheln, hellblau, gelblich, mit Muster, Relief, an der Seite eine große Wanne auf schön geschwungenen Füßen. Sie wischt über die staubigen Hähne, Messing blitzt auf. Das sind herrschaftliche Wohnungen aus der Gründerzeit, in bester Lage. Damals. Jetzt erstickt man unter der Dunstglocke, die Zweitakter knattern rund um die Uhr vorbei, schräg gegenüber rattert die S-Bahn im Zehn-Minutentakt. Das alleine kann's nicht sein. Der Smog muss von den Fabriken kommen, den Schloten, den volkseigenen Betrieben. Volkseigen, was für eine Farce.
Sie geht die Treppen runter, einige Häuser weiter, überall sind solche Wohnungen, verlassen, verkommen, dem Verfall preisgegeben. Wie schade, aber darin wohnen kann ich nicht, sagt sie sich, ich bin nur ein Mädchen, nicht kräftig, nicht handwerklich begabt, im Gegenteil.

Am Freitag findet sie zwei verwaiste Zimmer in der Friedrichstadt. Es gibt keine Küche und kein Bad, nur ein Waschbecken mit kaltem Wasser. Egal, es ist ein Dach über dem Kopf, ein Schlafplatz, sogar mit funktionierender Fernheizung. Sie kauft sich eine alte Matratze, drei Flaschen Sprudelwasser, ein frisches Brot, ein großes Stück Butterkäse und schleppt es hinein. Sie fährt nach Radeburg und packt ihren Wecker, ein paar Klamotten und Reclambände in den Koffer. Die Kammer neben der Schmiede hält sie noch. Sie kommt sich verloren vor. »Du bist selbst schuld. Und eines Tages kommst du angekrochen«, hatte die Mutter ihr prophezeit. Ich komme nicht angekrochen, sagt sich Marie, und wenn sie mich aus der Elbe fischen. Am Samstagvormittag geht sie in einen Blumenladen. Schnittblumen verwelken schnell, sie möchte was von Dauer. Die Auswahl ist bescheiden, der Frauentag ist erst im März. In der Ecke stehen einige Alpenveilchen. Sie kauft eins im Topf und stellt es neben die Matratze.

*

Punkt sechs fängt sie in der Medizinischen Akademie an, auf Station vier. Sie stellt sich vor und fragt nach Oberschwester Marianne. Die ist nicht da. Eine resolute Dame mit praktischem Kurzhaarschnitt, im Nacken ausrasiert, nimmt das Papier in Empfang, das Marie abgeben soll. »Stationsschwester Anna Barbara«, sagt sie, »na, dann fangen Sie mal an.« – »Ich bin noch in der Ausbildung …« – »Jaja«, unterbricht sie die Stationsschwester. »Was soll ich denn …?« – »Sie brauchen nur die Augen aufzumachen.« Die Stationsschwester lächelt und weist mit der Hand in den Flur. Dort knien fünf junge Schwestern mit blondem, schwarzem und braunem Schopf auf dem Fußboden, jede mit einem Wischlappen in der Hand, und schrubben. Sie schrubben wie blöde und schauen nicht auf, solange die Stationsschwester in der Türe steht.
Marie geht zu ihnen. »Entschuldigt bitte, ich bin neu hier, ich …« Eine blonde Schwester packt sie am Handgelenk und verschwindet mit ihr in der Besenkammer. Sie drückt freundlich ihre Hand. »Grüß dich. Herzlich willkommen. Bin Schwester Sonja. Na, zieh nicht so'n Gesicht. Die ist immer so. Wirst dich schon dran gewöhnen. Wenn du schön spurst, kommst du klar.« Sie drückt ihr einen Eimer und Scheuerlappen in die Hand.
»Äh, macht ihr das immer als Erstes?«, fragt Marie verblüfft.
»Die Station wird doch gerade erst eröffnet, sie wird

gerade eingerichtet«, erwidert Sonja freundlich. »Wir haben ja noch nicht mal Patienten.«
»Was wird das denn für eine Station ... ich bin hier zugeteilt worden und weiß nicht mal, wohin.«
»Das weißt du nicht?«, fragt Sonja. »Die haben dich hier zugeteilt, ohne ...? Wer macht denn so was?«
»Die Personalabteilung.«
Sonja schüttelt den Kopf.
»Welche Patienten kommen denn her, wer liegt hier?«
Sonja sieht sie an, mit einem durchdringenden Blick. »Krebs. Die hoffnungslosen Fälle.«

Zum Frühstück sitzen jeden Tag alle zusammen um einen großen Tisch, auch die Ärzte und Oberärzte. Knusprige Semmeln türmen sich, krustiges, frischgebackenes Brot, Butter, köstliches Pflaumenmus, verschiedene Arten Konfitüre, zum Teil selbst gemacht, mehrere Sorten Käse, gekochter und roher Schinken, frische Eier, Napfkuchen. Die Ärzte scherzen mit den jungen Schwestern, kesse Blicke fliegen hin und her, sie kichern, lachen.
»Ist das bei euch immer so? Ist ja toll, organisiert das das Krankenhaus?«, fragt Marie Sonja, als sie das Geschirr in die Spülmaschine räumen.
»Was, unser Frühstück? Das machen wir Schwestern selbst«, sagt sie. »Damit wir wenigstens was Schönes haben.«
Die ersten Patienten treffen ein. Marie läuft mit den jungen Schwestern mit, teilt Essen aus, es gibt für sie nicht viel zu tun. Sie darf keine Spritzen setzen, keine Infusionen legen, weil sie keine Vollschwester mit Examen ist, sie ist noch in der Ausbildung, und nur zum Facharbeiter, im Grunde ist sie hier fehl am Platz. Niemand weist sie ein, niemand erklärt ihr, was sie machen soll, Ärzte kom-

men und gehen, ab und zu ist in einem Zimmer Alarm, dann springen ein, zwei Junge, schnell, klaglos, lautlos. Marie steht im Dienstzimmer herum, zwei Schwestern unterhalten sich leise über eine Patientin. »Sie hatte so gehofft«, sagt die eine, »sie hatte sich so gefreut«, sagt die andere, »sie ist doch erst einundzwanzig, vor einem halben Jahr wurde sie als geheilt entlassen, sie hat in der Zwischenzeit sogar geheiratet, jetzt ist sie wieder hier. Überall Metastasen«, flüstern sie. »Dieses Mal schafft sie es wohl nicht, sie kommt hier nicht mehr raus.«

Am Wochenende hat Marie mit Anna Barbara Dienst, der Stationsschwester. Es ist nicht viel los. Marie teilt das Essen aus und sammelt die leeren, manchmal auch noch vollen Teller ein, mehr hat sie nicht zu tun. Die Stationsschwester geht raus, sie hat was zu erledigen, sagt sie, Marie bleibt allein auf der Station. Das Telefon klingelt. Am anderen Ende spricht ein Mann, ein Dr. irgendwie, Marie versteht seinen Namen nicht, weil er so schnell spricht, und außerdem noch nuschelt. Sie bittet ihn, seinen Namen zu wiederholen und versteht wieder nicht. Noch mal fragt sie nicht, es ist ihr peinlich. Er fragt, ob er einen Patienten auf die Station verlegen lassen könne, Marie kennt weder den Patienten noch die Belegung der Betten und sagt ihm das. Der Arzt sagt, er hat die Sache mit der Stationsschwester abgesprochen. Marie ist sich nicht sicher, er kann ja viel erzählen, sie sagt, dass sie das nicht entscheiden darf, weil sie noch neu ist und in der Ausbildung. Der Arzt redet, lacht und beteuert, er beschwört sie fast, er hat die Sache mit Schwester Anna Barbara abgesprochen, wirklich. Marie lässt sich breitschlagen, sie willigt ein, schließlich ist er Arzt und nicht sie und kennt die Leute hier schon länger.

Schwester Anna Barbara kommt zurück, Marie berichtet. Die resolute Frau steht wie ein Donnerkeil im Zim-

mer. Wer angerufen hat? Marie hat den Namen nicht verstanden. Wie der Patient heißt? »Ehm … keine Ahnung. Der Herr Doktor sagte, Sie wissen Bescheid. Er war sich ganz sicher. Da habe ich …«
»Sie haben zugelassen, dass ein fremder Patient …« Die Stationsschwester sieht sie an wie ein Gespenst.
Von wo er angerufen hat. Welches Haus, welche Station.
»Aber die Medizinische Akademie war es?«, schreit sie.
Marie überlegt. In Dresden gibt es viele Krankenhäuser. Sie weiß ja nicht, mit welchen Kliniken die hier zusammenarbeiten. »Er hat die interne Durchwahl gewählt, dann wird er aus der Medizinischen Akademie gewesen sein.«
Anna Barbara mustert sie wie ein Stück Dreck, das unter ihrem Schuh klebt. »Und Sie wollen Schwester werden?«
Nö, denkt Marie. Eigentlich nicht. Vor allem nicht unter Ihrer Fuchtel.
»Sie müssen noch viel lernen. Sehr viel.« Sie schweigt und mustert sie noch einmal. »Ja, das müssen Sie.«
Irgendwoher kommt Marie der Satz bekannt vor. Mutter. Der gleiche Tonfall, der gleiche Gesichtsausdruck.
Das Telefon klingelt. »Station vier, Stationsschwester Anna Barbara?« Es ist noch mal der Arzt. »Ja, Herr Doktor. Selbstverständlich, Herr Doktor. Kein Problem, Herr Doktor. Wird gemacht, Herr Doktor. Ja, ich erinnere mich, Herr Doktor. Aber ich bitte Sie, Herr Doktor. Auf Wiedersehn, Herr Doktor.«
Marie steht daneben. »Ich wusste nicht … entschuldigen Sie bitte.«
»Sie schweigen«, herrscht Anna Barbara sie an.
»Ich bin doch noch in der Ausbildung. Wie soll ich denn was lernen, wenn mir hier niemand was zeigt?«, fragt Marie. »Ich bin hier jetzt seit fast drei Wochen und …«

Die Stationsschwester fährt sie an. »Wenn ich sage, Sie schweigen, dann schweigen Sie!«
»Ich bin dieser Station zugeteilt worden, ohne zu wissen, was das für eine ist! Wie soll ich denn was lernen, wenn mir niemand etwas erklärt!«, entfährt es ihr.
»Dass Sie es wagen!«, zischt Anna Barbara und rauscht hinaus.

Am nächsten Tag wird Marie in die Personalabteilung bestellt. Am Tisch sitzt eine Dame mit Bernsteinbrosche und Seidentuch, eine andere als beim Einstellungsgespräch.
»Frau Maler? Sie sind gekündigt.«
Marie reißt die Augen auf. »Ich habe ja noch nicht mal einen Arbeitsvertrag …«
»Sie werden auch keinen bekommen«, sagt die Dame trocken.
»Wieso denn nicht? Jeder Arbeiter in jedem Betrieb bekommt …«
»Sie nicht.«
»Das habe ich ja noch nie gehört …«
Die Dame rammt den Kuli in den Schreibblock.
Ich habe hier keine Chance, sagt sich Marie. »Und mein Geld?«
»Welches Geld«, fragt die Frau barsch.
»Ich habe drei Wochen auf Station vier gearbeitet, als Krankenpflegerin«, erwidert Marie ruhig und setzt die Stimme in den Bauch, wie sie es bei André Winzig gelernt hat.
»Ob Sie dort wirklich gearbeitet haben, wie Sie behaupten, werden wir überprüfen.«
»Überprüfen Sie das. Wenn ich meinen Lohn nicht bekomme, gehe ich zum Arbeitsgericht.«
»Raus!«, brüllt die Dame und springt vom Stuhl.

Am letzten Arbeitstag erhält sie ihr Gehalt, in einem Briefumschlag. Sie verlässt das Gebäude aus rotem Backstein. Was nun? Gekündigt wird nur in den seltensten Fällen, die Vergehen müssen gravierend sein. Ständige Fehlzeiten, Trunkenheit, körperliche Gewalt gegen Kollegen, sexuelle Übergriffe. Selbst dann wird erst ermahnt, gibt es Gespräche. Marie war immer pünktlich, hilfreich zur Stelle und nüchtern sowieso. Hier geht was nicht mit rechten Dingen zu.
Vielleicht würde sie recht bekommen, aber dafür müsste sie klagen. Dann kommt es zum Prozess, und das kann dauern. Sie braucht schnell eine Einrichtung, die sie übernimmt, sonst muss sie die Ausbildung abbrechen, lange gucken die sich das nicht mehr an, in Meißen.

In ihrer Behausung liegt ein Brief, mit einem runden, blauen, amtlichen Stempel. Eine Vorladung ins Bezirksgericht Dresden, für Mittwoch den 23. November, in ungefähr vier Wochen. In einer Wohnungssache. Na toll, denkt sie. Bald kommt die Stasi und locht mich ein, weil ich illegal arbeite und wohne, was nicht sein kann, da es das offiziell in der DDR nicht gibt.
Am Donnerstag ist Theorietag in Meißen. Im Moment das einzig Verlässliche. Marie ist aufgelöst, sie kann sich selbst bald einliefern lassen. Sie steht schon wieder ohne ausbildende Einrichtung da, sie muss aufpassen, dass sie nicht in die asoziale Schublade gesteckt wird. Pflichterfüllung, harte Arbeit, Gehorsam und Disziplin, das sind die preußischen Tugenden, an die man sich zu halten hat. Sie bittet die Dozentin um Hilfe. Langsam ist es ihr egal wo, sie will nur die Ausbildung zu Ende, den Abschluss machen. Die Dozentin telefoniert und schreibt ihr eine Adresse auf, wo sie sich melden soll. In Dresden-Gorbitz haben sie ein modernes Pflegeheim

gebaut, die suchen dringend Personal. »Pflegeheim?«, entfährt es Marie entsetzt. »Ein Feierabendheim«, berichtigt die Dozentin. »Auf Station drei, da liegen Unfallopfer und Körperbehinderte. Trauen Sie sich das zu?« Marie nickt. Sie traut sich inzwischen alles zu, auch einen Fluchtversuch im Heißluftballon über die Berliner Mauer.

*

Ich muss mal raus, sagt sie sich. Am Wochenende läuft eine Pantomimewerkstatt in Striesen. Sie fährt hin, junge Menschen sind versammelt, eine Tänzerin und ein Pantomimekünstler leiten den Kurs. Sie zeigen was aus ihrem Repertoire, genial, findet Marie, wie die sich bewegen können, wie Gummipuppen; sie spielen, balancieren und jonglieren mit unsichtbaren Dingen, die vor dem geistigen Auge des Zuschauers sichtbar entstehn. In der Pause hocken sie zusammen, ein junges, brünettes Mädchen mit roten Wangen sitzt neben ihr, Sylvia, sie kommen ins Gespräch. Das Mädchen kommt aus Jena und studiert in Dresden Pädagogik, sie wohnt mit ihrem Freund in Lockwitz, im Süden. »Komm doch mal vorbei«, sagt sie, »solange das Wetter noch hält, wir haben Fahrräder da, dann fahren wir zusammen in die Elbwiesen. Siehst blass aus.« Sie verabreden sich aufs nächste Wochenende.

Marie stellt sich in Gorbitz vor. Hier entsteht eine Satelitenstadt, eine riesige, moderne Plattenbausiedlung, mit einem Einkaufsboulevard, zentralen Straßenbahnhaltestellen, einer zweistöckigen Kaufhalle, Club-Haus, Bowling-Zentrum und Bibliothek, Restaurant und Eisdiele. Die Plattenbauten sehen jetzt schon trostlos aus, obwohl sie noch neu sind. Marie hat Zeit, sie schlendert durch die Straßen. Sie kennt solche Viertel aus Plauen, nur nicht so groß. Durch die Plattenbauten im Mammengebiet ist sie zur Schule gegangen, dort wurde sie ab und zu von Schlägermanuela abgefangen und verdroschen. Hier haben sie junge Bäumchen vor die Eingänge gepflanzt, in den Parknischen drängeln sich Trabis, gelb, weiß, grasgrün. Die Schule ist aus, einige Kinder spielen Ball und balgen sich, die Ranzen fliegen. Fress- und Fickzellen, hat Heiner Müller diese Wohnungen genannt. Das Feierabendheim ist auch in einem Plattenneubau untergebracht. Marie legt sich die Worte zurecht und geht hinein.

Die Stationschefin ist klein und brünett, mit einem markanten Kinn und dunklem Flaum auf der Oberlippe. Sie mustert sie. »Besonders kräftig sind Sie ja nicht.« Gleich guckt sie mir ins Maul, denkt Marie, wie bei der Pferdeschau. »Können Sie heben?«, fragt die Frau misstrauisch.

Marie erwidert, dass sie ein Jahr lang alte Männer aufgerichtet hat, manche von ihnen waren schwer, sie hat sie aus dem Bett, ins Bett gehievt, mit ihren steifen Beinen, den krummen Rücken, manchmal waren sie störrisch, manchmal stoisch, manchmal schlaftrunken, sie sagt, dass sie sie angezogen, ausgezogen, gewaschen, gewickelt, gewendet, verbunden und sonst was hat, dass sie schwere Eimer mit blutiger, eitriger, eingenässter, eingekoteter Wäsche ins Waschhaus über den Hof getragen und in Kübeln in große Badewannen geschüttet hat, dass sie diese Wäsche mit langen Holzstangen gewendet hat, wie die Waschfrauen im 18. Jahrhundert, ob das denn reichen würde. Die Chefin sagt, dass sie darüber nachdenkt. Audienz beendet.

Ein paar Tage später liegt ein Brief unter der Tür. »Wir

würden uns freuen, Sie am 1. November in unserem Kollektiv im Feierabendheim Dresden-Gorbitz begrüßen zu können. Mit sozialistischem Gruß.« Marie schwört sich, das Ding da durchzuziehen. Fragt sich nur, wo sie über den Winter wohnen soll, die Ausbildung endet erst nächstes Jahr im März.

Am Samstagmittag fährt sie mit dem Bus nach Lockwitz. Linker Hand ziehen sich ganze Reihen von Plattenbauten, rechts eine Fläche mit kleinen, knorrigen Bäumen, es hängen Äpfel dran, riesig und rotbäckig, wie Marie sie im Handel noch nie gesehen hat. Wahrscheinlich wandern die dahin, wo Carlas Weine sind.
Lockwitz ist ein kleines Dorf, war früher bestimmt mal eigenständig, wurde eingemeindet, Felder, Wald und Wiesen dehnen sich, ein Bach plätschert an einer alten Mühle, in der Mitte steht ein Kirchlein, rundherum ein paar Häuser.
Sylvia und ihr Freund Markus wohnen in einem Fachwerkhaus. An den unteren kleinen Fenstern sind grüne, alte Läden aus Holz angebracht, ins Dach sind winzige, geschwungene Fenster eingelassen, die aussehen wie Augenlider. Blütenweiße Gardinen, Spitzenborte dran. An der Seite ranken dunkelrote Kletterrosen. Marie öffnet das hölzerne Gatter und klingelt. Eine Frau macht auf, vielleicht um die siebzig, ihre Haare sind wasserstoffblond gefärbt und mit einem knallroten Kamm hochgesteckt, die Lippen prangen in grellem Rosa, die Haut über ihnen zieht sich in scharfen Fältchen zusammen. Sie hat einen bunten Kittel an, in der Taille straff gebunden, ihre nackten Füße stecken in Holzpantinen, an der Ferse ist dicker, gelber Schorf zu sehen, die Zehen sind rot lackiert. Sie erinnert sie an die grell geschminkten Tschechinnen in den langweiligen Kurbä-

dern, Franzensbad, Marienbad, Karlovy Vary, die das heilsame, mineralische Quellwasser aus kitschig bemalten Schnabeltassen schlürften, einen Schluck Heilwasser, einen Schluck Becherovka. Sie spricht auch leicht schnarrend, mit rollendem R. Vielleicht kommt sie aus der Gegend, die Grenze zur Tschechei ist nicht weit.
Sylvia rennt die Treppe runter, freut sich, bittet Marie hoch. Die beiden jungen Leute bewohnen fast die gesamte obere Etage, mit einem großen, möblierten Wohnzimmer, einem Schlafzimmer mit Riesenbett und einem Bauernschrank, der fast die ganze Wand einnimmt, sogar die Küche ist eingerichtet. Auch Markus kommt, sie trinken Apfelsaft, gehen in den Schuppen, suchen für Marie ein Rad.
Die Lockwitztalstraße hinunter, die Sonne scheint noch warm, Gärten säumen die Straße, Herbstblumen leuchten, weinrote und gelbe Astern, Gladiolen, Studentenblumen, durch Großzschachwitz, Kleinzschachwitz, an die Elbe. Uralte Villen und Landhäuser verstecken sich hinter üppigem Efeu und Rosenranken, schöne Erkerzimmer und Balkone lugen hervor, Kinder spielen im Garten, auf der Straße. Die Elbwiesen sind herrlich, noch grün, saftig, es hat viel geregnet in den letzten Tagen, das gelbe Heu liegt in dichten Ballen zusammengerollt auf den gemähten Feldern. Drüben, an der anderen Uferseite, liegt Schloss Pillnitz. Sie kehren auf dem Heimweg ein, sitzen draußen, unter großen Kastanien, recken ihre Nasen in die letzten Strahlen der Oktobersonne. »Ach ist es hier schön, ihr habt es gut, habt eine schöne Bleibe«, seufzt Marie. Sylvia sieht auf. »Frag mal unsere Wirtin«, sagt sie, »vielleicht weiß sie was, die ist alteingesessen.«
Sie radeln zurück, Marie fragt die Frau, eine Frau Brunska. Die Frau sagt, sie hat selbst noch eine Kammer, fer-

tig eingerichtet, aber die ist sehr klein, ob sie sie sehen wolle. Die Kammer ist wirklich klein, rechts steht ein großes Bauernbett, links ein riesiger Bauernschrank, dazwischen kann sie sich einmal drehen. Aus dem winzigen Fenster hat sie einen Blick ins Grüne, ein Stück Wiese, ein Bach schlängelt sich durch das Gras.

»Ich brauche auf jeden Fall eine Heizung, ich würde ja über den Winter bleiben, bis März, wenn das möglich ist.«

»Das kriegen wir schon hin«, sagt die Frau fröhlich, »einen Heizkörper treibe ich auf.« Sie zeigt ihr das Bad im Keller, das sie benutzen kann, eine Badewanne steht drin, mit einem riesigen Boiler. Marie überlegt, der Bus braucht elend lange, sie müsste vor fünf in Lockwitz los, wenn sie Frühdienst hat. Sie fragt, was die Kammer kostet.

»Dreißig Mark«, sagt die Frau und sieht sie herausfordernd an. »Heizkosten extra.«

»Ich bin viel unterwegs und brauch's nicht bullig.«

»Dreißig Mark.«

Das ist unverschämt, im Grunde inakzeptabel. Marie willigt ein.

*

Das Feierabendheim in Dresden-Gorbitz ist hell, modern und großzügig, kein Vergleich mit der Anstalt in Radeburg. Auf Station drei liegen Querschnittsgelähmte und Spastiker, auch einige Unfallopfer, die versorgt werden, die einen mehr, die anderen weniger, zum Teil in Einzelzimmern. Ein Professor der Technischen Universität wohnt hier, er hatte einen Unfall mit seinem Trabi, seitdem sitzt er im Rollstuhl, auch Conny, eine junge Frau, die von Kindheit an querschnittsgelähmt

ist. Im August war sie mit ihren Eltern im Ostseeurlaub, ist immer noch braungebrannt. Ihre Eltern holen sie so oft wie möglich nach Hause, allein schafft ihre Mutter es nicht mehr, sie haben ihr hier ein Zimmer eingerichtet, mit roten Samtvorhängen, Brokatschleifen, Radio, Farbfernseher, ein kleines Schloss für eine gelähmte Prinzessin. In einem anderen Zimmer wohnen zwei junge Mädchen, Simone und Heidi, Spastikerinnen von Kindheit an, geistig etwas zurückgeblieben, andere machen in diesem Alter die mittlere Reife, denkt Marie, die Mädchen hier bekommen gar keinen Unterricht, sie liegen in ihren Blümchenbetten und lachen. Sie lachen den ganzen Tag, wenn Marie sie morgens weckt, grüßen sie sie mit einem strahlenden Lächeln und flüstern: »Da bist du ja, Mariele, Mariele!« Wenn sie Spätdienst hat, sitzen sie mit Kinderlätzchen um den Hals am Tisch, strecken die Arme nach ihr aus, schmeißen sich vor Freude in ihren Stühlen hin und her und rufen: »Mariele, Mariele!« Wenn sie sie abends zu Bett bringt, schlingen sie die Arme um ihren Hals und singen: »Mariele, Mariele!« Sie sind herrlich in ihrer Fröhlichkeit, ihrer Naivität, aber jedes Mal, wenn sie Marie anstrahlen, zieht sich ihr Herz zusammen. Die Mädchen sind blutjung, was kommt für sie noch, außer dass sie langsam in ihren Stühlen älter werden?
Diese Station ist fast eine Erholung, die Schwestern sind umgänglich, Marie macht ihre Arbeit und hält sich ansonsten raus, abends quatscht sie eine Runde mit Conny, sieht ein Viertelstündchen mit ihr fern, schäkert beim Rundgang mit Simone und Heidi oder lässt sich von Waldemar, einem durch und durch spastischen, jungen Mann mit wild zuckenden Armen und Beinen eine Schote erzählen, jedes Mal eine komische Meisterleistung, weil er für jedes Wort fünf Anläufe braucht

und es nur unter heftigem Grimassieren und Spucken herausquetscht. Die jungen Schwestern rufen ihn Waldemar Cierpinski, nach dem berühmten Marathonläufer und Olympiasieger, weil er wie der Blitz auf seinem Hosenboden durch die Korridore rutscht. Er quittiert es mit Geschrei und Gelächter.
Die Nächte sind in der Regel ruhig. Wenn alles getan ist, dreht sie Tupfer, legt Kompressen und Dreieckstücher, die immer rar sind, und sieht dabei fern. Hier gibt's nur Ostfernsehen, nachts wiederholen sie Sportwettkämpfe, Schwimmen, Boxen, Eiskunstlauf, Biathlon Weltcup. Wenn Marie sich für die Sportler ihres Landes begeistern würde, gäbe es für sie immer einen Grund zu jubeln. Schulsportfeste waren für sie Ekelfeste, bei denen sie Schweißschwaden und sinnloses Messen von Zeit über sich ergehen lassen musste. Das Hecheln um körperliche Bestleistung, das Jagen und Japsen nach Millimetern und Sekunden, das Springen, Rennen, Kraulen, Fliegen, Schlittern, Schleudern und Stemmen, mit und ohne Spezialfutter, ist was für Schwachköpfe, findet sie, die jahrelange, oft schmerzhafte und entbehrungsreiche Abrichtung junger Menschen für solche Zwecke tragisch. Da werden Scheiben aus Metall um Hälse gehängt, Pötte und Glaskugeln ausgehändigt, es wird geklatscht, gejubelt, intrigiert und geweint, Feuer werden entfacht und gelöscht, Fahnen entrollt und eingezogen, Geld und Privilegien verteilt, oder auch nicht. Nur die ersten drei zählen, der Vierte geht leer aus. Kein Wunder, dass nachgeholfen wird.
Das Leben ist ein ziemlicher Beschiss, findet Marie, aber am beschissensten ist, wenn man im Rollstuhl sitzt und nicht mehr raus kann. Und selbst da gibt es Menschen, die sich nicht unterkriegen lassen, wie Conny und der Professor, oder die dicke Mascha, die mit ihrem Rolli

jeden Mittag ins Viertel zieht, auf den Einkaufsboulevard, in die Kaufhalle, sich in der Bibliothek Schmöker ausleiht, mit Freundinnen schwatzt und pfundweise Eis futtert, obwohl sie Diabetes hat.
Marie spürt, dass sie beobachtet wird, vor allem von der kleinen Stationschefin und ihrer Stellvertreterin, einer großen Blonden, mit wiegendem Gang und dem Ruf einer Männerverschlingerin. Nach ein paar Wochen fragt sie die Stationschefin, ob Simone und Heidi gefördert werden, ob es für sie, außer den paar Stunden Arbeitstherapie am Vormittag, eine spezielle Ausbildung gibt. Die Frau sieht sie mit einem Blick an, der fragt, ob sie noch bei Trost ist. Marie ist klar, dass sie hier keine Fragen zu stellen hat.

Am Mittwoch geht sie ins Bezirksgericht, läuft die breite Straße hinunter und fragt sich, wie es weitergehen soll. Die Behausung in Friedrichstadt hat sie geräumt, die Bude in Radeburg auch, hat dem erfreuten Schmied den Schlüssel in die Hand gedrückt und ist mit Sack und Pack nach Lockwitz gezogen. Der Arbeitsvertrag in Gorbitz ist unterschrieben, sie verdient hier sogar mehr als in der Anstalt, ist schneller in der Dresdner Innenstadt, auch in Meißen sind sie zufrieden, dass nun endlich alles seinen sozialistischen Gang geht, im März hat sie den Facharbeiter in der Tasche. Jetzt noch wegen der Medizinischen Akademie das Arbeitsgericht bemühen?
Das Bezirksgericht wirkt schon von Weitem mächtig, das hat schon von Weitem recht. Die Steine sind dunkelgelb und schwarz, wie alles, was in Dresden aus Sandstein ist. Halb Dresden ist aus Sandstein.
Marie geht hinein. Eine riesige Halle eröffnet sich, sie geht die Treppen hoch, die Geländer sind schön ge-

schwungen, die Bögen weit, die Korridore lang, man kommt sich klein vor als Mensch, nichtig. Sie fragt, wo sie hin muss, geht einen Gang hinunter, links und rechts sind Türen, endlos, sie vergleicht die Nummern, klopft.
»Herein.« Im Raum ist es dämmrig, die Gardinen sind nur halb geöffnet, ein Mann sitzt an einem großen dunklen Holztisch am Fenster, er wendet ihr den Rücken zu, er scheint im mittleren Alter zu sein, eine junge, schlanke Frau kommt herein. Marie sagt »Guten Tag« und bleibt an der Tür stehn.
»Fräulein Marie Maler?«, fragt die Frau freundlich. Marie nickt. »Setzen Sie sich«, sagt sie und bietet ihr einen Stuhl an. »Danke.«
Der Mann schreibt etwas auf einer Maschine, die Marie noch nie gesehen hat. Sie hat nur wenige, sehr große Tasten, die aussehen wie braune Hebel. Die Frau sagt, es geht um die Wohnung in der Wachsbleichstraße, ob sie da gewohnt habe. »Ja, kurze Zeit«, erwidert Marie. Nur kein Wort zu viel sagen, denkt sie, das irgendwie ausgelegt werden könnte. Sie sieht sich vorsichtig um. Der Mann ist immer noch nur von hinten zu sehen, er beugt sich über seine Maschine und lauscht. Die Frau sieht nett aus, sie hat ein buntes, einfaches Kleid an, flache Schuhe, ein bisschen der Typ wie Carla, sensibel, braunhaarig, nur nicht so extrem schlank und hochgewachsen.
Die Frau lächelt. »Von wann bis wann«, will sie wissen. Marie überlegt und starrt in den Rücken des Mannes am dunklen Tisch. Er beugt sich über seine sonderbare Maschine, aber er hört genau zu, das sieht sie. Wer ist das? Warum dreht er sich nicht um, zeigt nicht sein Gesicht? Ein Mann ohne Gesicht? Ein Agent der Stasi? Oder ist es entstellt, wie das Gesicht von Frau Buschalke?

Marie sucht mit den Augen die Tür, geht innerlich den Weg ab, den sie gekommen ist. Sie wird nicht weit kommen. Zwei Stockwerke runter, spätestens an der Eisentür warten sie.
»Fräulein Maler?«, fragt eine weibliche Stimme. »Von wann bis wann haben Sie dort gewohnt?«
Ich muss antworten, sagt sie sich. »Die ersten drei Oktoberwochen, so ungefähr.«
Die Frau sagt halb zu sich, halb zu dem Mann, der immer noch gebeugt am Tisch sitzt »Das könnte stimmen. Ich war vor zwei Wochen noch mal da, da stand nur noch ein vertrocknetes Alpenveilchen im Zimmer.«
Das Alpenveilchen. Das hatte sie beim Auszug vergessen.
Der Mann tippt etwas in sein mysteriöses Gerät, es klappert leise. »Ich ... hatte keine andere Möglichkeit«, stottert Marie. »Ich ... musste doch arbeiten, ich bin da ausgezogen, vor ein paar Wochen.«
»Ja«, sagt die Frau, »und wo wohnen Sie jetzt? Haben Sie was gefunden?«
»Ich habe ein kleines Zimmer im Süden der Stadt gefunden, zur Untermiete.« Nur nicht zu viel verraten, der Mann am Fenster sitzt unbeweglich und hört zu.
»Sie suchen keine Schwarzwohnung mehr, nein?«, fragt die Frau. »Nein, nein«, versichert Marie, »ich wohne ja jetzt zur Untermiete. Ganz legal. In einem Fachwerkhäuschen im Dresdener Süden.« – »Ja dann«, sagt die Frau, »sind wir hier eigentlich fertig.«
Der Mann wendet sich um. Marie sieht ihm ins Gesicht. Seine Augen sind vollständig verdeckt, von einer großen, dunklen Brille. Sein Gesicht ist weich und rund, der Mund ist voll, die Wangen sind sorgfältig rasiert. Er steht auf, tastet nach seinem Stuhl und schiebt ihn an den Tisch. Er geht leicht tastend durch den Raum, der

ihm sichtbar vertraut ist, zur zweiten Tür. Der Justiziar ist blind. Seine Maschine ist eine Blindenschreibmaschine.
Die Frau streckt Marie die Hand hin. »Auf Wiedersehn.«
»Wie, auf Wiedersehn.«
»Sie können gehen, es ist alles in Ordnung«, sagt die Frau lächelnd.
Marie verabschiedet sich und hüpft die Treppen hinunter. Jetzt noch gegen die Medizinische Akademie klagen? Bloß nicht. Nie mehr hier rein.

*

Jedes Jahr Anfang Dezember ruft Großmutter Gretl die Familie zusammen. Sie legt die Feier auf Samstagabend, damit alle kommen können. Marie ist lange nicht mehr da gewesen, wollte mit ihrer Heimatstadt und ihren Eltern nichts mehr zu tun haben, der ewigen Streitereien müde. Aber dieser Geburtstag ist ein besonderer, Großmutter wird fünfundsiebzig, sie würde es für den Rest ihres Lebens übel nehmen, wenn Marie nicht kommt.
Marie hat ihre Schwester Gerda lange nicht gesehen, Gerdas Tochter Inge ist schon fünf und Albertus, ihr neues Baby, ein halbes Jahr alt. Wie wird es ihrem Bruder Klaus gehen? Er ist jetzt vierzehn, wird bald ein junger Mann.
Sie nimmt sich ein paar Tage frei, setzt sich in den Zug und fährt die altbekannte Strecke. »Plauen Vogtland Oberer Bahnhof, hier Plauen Vogtland Oberer Bahnhof. Bitte alle aussteigen, der Zug endet hier.«
Es hat sich nichts geändert. Sie steigt in die Straßenbahn, die Wagen donnern die Bahnhofstraße hinunter, es ist, als ob sie erst gestern weggefahren wäre, nicht schon

vor einem Jahr. Der graue Rathausturm steigt vor ihren Augen auf, der Geradewohlplatz unterm trüben Schneehimmel, dürftig beleuchtet, im Theater läuft die Abendvorstellung. Da ist die Lutherkirche mit der barocken Haube, in der Dunkelheit nur schemenhaft zu erkennen, und am Adventssonntag blasen sie bestimmt wieder drüben vom Turm der Johanniskirche. Linkerhand das alte Schloss mit seinen Zinnen, jetzt Knast, mit Glassplittern und Stacheldraht verziert. In irgendeiner Zelle sitzt Steffen. Wenn er großes Glück hat, kommt er im kommenden Jahr raus. Bis dahin weint sich die kleine Köchin die Augen aus dem Kopf oder sie sucht sich einen anderen.
An der Elstertalbrücke gabeln sich die Linien, die Fünf biegt nach rechts, in die Südvorstadt, in der die Eltern wohnen. Marie fährt nach links, zu Gerda.

Großmutter Gretl wohnt im Parterre, in einem großen, alten Mietshaus aus den Zwanzigern, in Preißelpöhl, einem Viertel am anderen Ende der Stadt.
Es ist so, wie es immer war. Das Zimmer ist voll von Menschen, Stimmengewirr dringt aus dem Raum. Der Obermann, ein Sohn von Otto, redet laut und dröhnend, dazwischen gellt die Stimme seiner Frau. Im Wohnzimmer herrscht dicke Luft, sie rauchen, seit sie da sind. Sie sind schon länger da. Sie streiten sich. Der Obermann ist groß und kräftig wie ein Bär, mit vollem schwarzem Haar und Bart. Auch Frau Obermann ist groß, beeindruckend gebaut, mit einem energischen Gesicht. Mutter und Vater grüßen freundlich und sehen sich die Geschenke an. Otto, Gretls zweiter Mann, sitzt in seinem Ohrensessel und rührt sich nicht. »Guten Tag!«, ruft Marie und streckt ihm die Rechte hin. Er sieht sie an. »Musst lauter reden«, sagt Großmutter Gretl, »er hört so schlecht.«

»Tag, Otto!«, brüllt sie. »Wie geht's?«
»Tag, Tag«, brüllt er zurück, »auch wieder da?« Er schüttelt ihre Hand und lächelt. Es ist selten, dass Otto lächelt.
Lutz kommt herein, Obermanns Sohn, ein halbwüchsiger, schlacksiger Junge mit störrischen Strubbelhaaren und einem frechen, rotzig aufgeworfenen Mund, mit dem er aussieht, als ob er gleich verächtlich spucken wollte. Ein strohblondes Lama. Seine Schwester Sonja sitzt auf dem Sofa, ihre Stupsnase in ein Buch versenkt, die langen, braunen Haare mit einer silbernen Spange hochgesteckt. Marie freut sich, sie sehen sich seit Jahren zu Gretls Geburtstag, immer, wenn's stickig wurde, sind sie raus und ein paar Runden um die Gründerzeithäuser rum.
Großmutter Gretl reicht Gläser auf einem kleinen, antiken Silbertablett, das mit einer Borte verziert ist, wie Deckchen mit einem Häkelrand. Sie serviert Wodka und Braunen für die Männer, Goldbrandt, »der gute aus dem ›Delikat‹«, betont sie, »Fress-Ex«, wirft Marie spöttisch ein. Dann Eierlikör in Mini-Waffelbechern mit Schokolade innen für die Damen. Dann Vogelbeerlikör, was ganz Besonderes. »Wo hast du den denn her?«, fragt Sonja. Marie nippt, das Zeug schmeckt lecker, hat einen herbfruchtigen Geschmack.
»Aufs Vuchelbeerbaamland!«, ruft sie und reckt die Linke mit dem Glas hoch.
»Aufs Vuchelbeerbaamland!«, brüllen sie im Chor.
»Was ist das denn?«, fragt Sonja.
»Das ist das Land des Vuchelbeerbaams, wo Bäume mit schwarzen Stämmen rote Früchte tragen, wo sie aus ihnen Likör und Marmeladen machen, wo Vugel zwitschern und wo gevugelt wird, bis die Beere kracht.«
»Du hast nen Vugel«, lacht Obermann, der auf dem

Sofa thront. Sein mächtiger Rücken verschmilzt zufrieden mit der Lehne, seine Arme liegen raumgreifend nach beiden Seiten ausgestreckt, die kräftigen Schenkel ruhen breit geöffnet.

»Wird schon so sein«, lacht Marie zurück.

»Was machst du denn so«, will er wissen.

»Ich mache erst mal meine Ausbildung als Krankenpflegerin zu Ende.«

»Krankenpflegerin? Ich denk, du hast Abitur. Warum studierst du nicht?«, brüllt er durch den Raum.

»Ich mache erst mal die Ausbildung zu Ende, damit ich einen Berufsabschluss habe. Im Januar bewerbe ich mich für ein Studium.«

»Wo denn«, will er wissen.

»An der Hochschule für Schauspielkunst Berlin.«

»Wo?«, ruft er entgeistert.

»In Berlin.«

Er starrt vor sich hin. »Wirste Hauptstädterin. Kannste mal Bananen und Apfelsinen mitbringen, denen tragen sie's ja hin.« – »Hm«, macht Marie.

»Was studiert man denn da?«, fragt er, nachdem er den Hauptstadtschock überwunden hat.

»Schauspiel, Puppenspiel und Regie.«

»Puppenspiel? Das kann man studieren? Mit Puppen hat meine Sonja gespielt, als sie klein war.« Er lacht und haut sich klatschend auf die Schenkel.

»Es gibt Puppentheater«, sagt Marie. »Noch nix von gehört? Plauen hat keins, dafür haben wir ein Stadttheater. Ich weiß nicht, ob Karl-Marx-Stadt …«

»Puppentheater«, lacht er, »und das willst du studieren?«

»Ich will Schauspiel studieren«, sagt Marie trocken und beginnt innerlich zu kochen, auf kleiner Flamme.

»Schauspiel«, murmelt er, »Fatzvogel. Spaßmacher. Die studiert Faxen.«

»Der Theaterberuf ist sehr angesehen.«
»Angesehen. Von wem, möcht ich mal wissen.«
»Manche Schauspieler sind beim Film. Im Fernsehen. Besser?«
»Aha«, sagt er. »Willste Fernsehliebling werden. Kommste in der Abendsendung.«
»Nein, ich komme nicht in der Abendsendung. Ich will zum Theater.«
»Studierste Hungerleider«, murmelt er.
»Die Zeiten haben sich geändert. Schauspieler werden gut bezahlt, das nennt man Gage, sie gelten etwas, haben ein sicheres Engagement.«
»Für was bezahlt, möcht ich mal wissen.« Er streckt wohlig die Beine von sich und streicht genüsslich über seinen Bauch.
»Für ihre Arbeit, auf der Bühne«, sagt Marie.
»Das ist doch keine Arbeit, Mädel. Die wissen nicht mal, was Arbeit ist. Die saufen die ganze Nacht durch und stehen mittags auf. Und dafür kriegen sie 'ne dicke Gage.« Er grinst.
»Die haben morgens und abends je vier Stunden Probe, und wenn sie abends keine Probe haben, haben sie Vorstellung.«
»Quatsch, das ist rausgeschmissenes Geld«, dröhnt er. »Mal 'ne Operette, das lass ich mir gefallen. Was fürs Herz. Aber den Mist, den du studieren willst, will keiner sehn. Dafür gibt's den Tatort von der ARD und unsern Polizeiruf, Dallas und Denverclan.«
»Es kann ja sein, dass dich das nicht interessiert. Andere interessiert's.«
»Fatzvögel und Hungerleider. Warum studierst du nichts, was sich gehört? Was Richtiges?«, will er wissen.
»Was gehört sich denn«, fragt Marie, inzwischen ziemlich angefressen.

»Arzt, Rechtsanwalt, Lehrer, Ingenieur, das gehört sich. Das sind anständige Berufe, vor denen man Achtung hat.«

»Vor Schauspielern hast du keine Achtung?«

»Das sind Spinner«, sagt er gelassen. »Du studierst Spinner.« Er macht eine Pause. Das Wort scheint ihn zu freuen. »Spinner. Spinner.«

»Reg dich ab, ich habe noch nicht mal vorgespielt.«

»Vorgespielt. Die Spinner spielen vor. Vor wem denn? Anderen Spinnern?«

»Schauspiel wollen viele studieren, nur wenige schaffen es. Für Schauspiel braucht man eine besondere Begabung. Da zählt auch nicht das Parteibuch oder die Arbeiterherkunft der Eltern, hoffe ich jedenfalls.«

»Mein Mädel lernt Kindergärtnerin, die ist vernünftig. Gott sei Dank.«

»Meine Eltern sind auch nicht begeistert«, murmelt Marie, hochrot vor Wut.

»So«, sagt er. »Dann höre mal auf deine Eltern.«

»Willste noch'n Schnaps?«

»Och ja.« Er hält sein Glas hin. »Prost Fatzvogel. Viel Glück. Und grüß die Spinner.«

»Wollt ihr 'nen Witz hören?«, fragt sie, um abzulenken.

»Schieß los«, schreit er. »Wann ist ein DDR-Bürger volltrunken? Wenn er im Rinnstein liegt, die Gitterstäbe eines Gullys umfasst und lallt: ›Genosse Mielke, ich habe doch gar nichts gemacht.‹« Prost!, denkt sie und kippt.

Gretl trägt ein Tablett nach dem anderen herein, bepackt mit frischem Brot, Butter, fein geschnittenem Schinken, Salami mit einem Rand von Rosenpaprika oder Pfeffer, Edamer und Harzer Käse, Gurken, salzigen Gabelbissen, Heringssalat mit Dill, Kresse und Knoblauch. Sie fährt den klappernden Beistelltisch he-

rein, beladen mit Sternquell Pilsener. »Wer möchte ein dunkles Bier, Malzbier«, fragt sie. Marie schreit: »Hier«, auch Mutter sagt: »Ein Malzbier, ja«, auch Klaus darf. Vater trinkt Pilsener aus einem alten Seidel mit silbernem Deckel. Gretl schenkt ein und holt die nächste Fuhre mit dem Beistelltisch. Vita Cola, Brambacher mit Geschmack und Apfelsaft, von ihren eignen Äpfeln, die sie jeden Herbst nach Möschwitz schafft, keltern und abfüllen lässt. Er sieht golden aus, wie Abendsonne, die man eingefangen hat, manchmal ist er leicht trüb, manchmal schwimmt ein bisschen was in ihm herum. Der Saft duftet nach feuchter Erde, nach Regen im September, wenn die dichten Wolken weiterziehen und der Himmel aufreißt, leuchtend Blau.
Marie quetscht sich auf die Lehne des breiten Sofas, zu Lutz, Klaus und Sonja. Vater klopft mit dem Löffel an sein Bierseidel und räuspert sich. Er macht es kurz und knackig bei solchen Anlässen, lobt seine Mutter und ihren Geburtstag, wünscht einen fröhlichen Abend und guten Appetit. Eigentlich schade, denkt Marie, dass wir uns so zerstritten haben. Ich kenne meinen eigenen Vater nicht. Ich weiß nicht, was er wirklich denkt und werde es wahrscheinlich auch nie wissen. Trotzdem verbindet mich was mit ihm. Ein festes Band aus Luft.
»Nun esst nur, esst«, sagt Großmutter. Sie selber kaut seit einer halben Stunde an einer halben Schnitte Brot. Alle fünf Minuten springt sie auf, bleibt neben der Tafel stehn, äugt angespannt von links nach rechts, schenkt nach, fragt, rückt zurecht und sagt »nun esst nur, esst«.

Die Jugend verzieht sich in die Küche, weil am Wohnzimmertisch nicht alle Platz haben. Gerda stillt Albertus, Inge mampft hingebungsvoll Vanillepudding. Lutz kommt zur Tür herein, Gerda zieht ihre Bluse über die

weiße, pralle Brust mit den tiefen, blauen Venen, Albertus verschwindet fast darunter.
Großmutter lässt das Küchenfenster angelehnt, obwohl es bitterkalt ist, damit das fette, schwarze Minkerle raus und rein kann, wie's ihm beliebt. Es springt in einem Satz vom Garten auf das Fensterbrett. Es hockt über dem voll beladenen Küchentisch. Es nimmt die Schüssel mit dem Heringssalat ins Visier, lässt seinen fetten, geschmeidigen Körper vom Fensterbrett herab, springt über Sonjas und Maries Beine, die Mädchen erstarren, es springt auf Lutz und taucht seine Barthaare in die Schüssel mit den fischigen Brocken. Lutz grinst mit aufgeworfenem Mund. Es stellt seine linke Pfote auf das Wachstuch und leckt sie genüsslich ab. Es schlüpft mit seiner beweglichen, schwarzen Masse auf die abgewetzte Sofalehne, krallt seine Krallen in das verschlissene, dunkelblaue Kissen und bleibt genau hinter Gerdas Hals hocken, an dem sich die Nackenhaare aufstellen, fein, schwarz und zart, wie eine Armee zur Schlacht. Sie presst ihr Kind an sich und kreischt hemmungslos. Albertus brüllt, die Katze wischt unter den Tisch. Die Tür geht auf, Großmutter kommt herein. »Minkerle, mein Minkerle!«, ruft sie mit heller Stimme und lacht wie ein junges Mädchen. Marie sieht sie erstaunt an, sonst murrt Gretl immer nur vor sich hin. Das Minkerle kriecht unter dem Tisch hervor, Großmutter setzt ihm den Napf hin, voll mit Fleisch. »Friss fein, mein Minkerle, friss fein.« Das Minkerle schießt zum Fressnapf.
»Nun esst nur, esst«, sagt Großmutter, »es ist noch so viel da.«
»Jaja«, sagen Marie, Lutz und Sonja.
»Ihr habt ja noch gar nichts gegessen.«
»Doch, doch.«
Albertus schmatzt.

Nach dem Essen gehen sie wieder rüber, nur Gerda bleibt mit Albertus in der Küche, wegen des Qualms. Der Obermann hat sich eine Havanna angesteckt, er zieht genüsslich, raucht in langen Zügen. Auch Otto genehmigt sich ein Zigarillo. »Kipp doch das Fenster an«, bittet Marie, »mir wird gleich schlecht.«
Gretl springt auf, rennt zum Buffetschrank, nimmt neue Gläser heraus, schräge, dickwandige, und eine kantige Flasche, die rötlich schimmert. Sie schenkt ein, kredenzt das Tablett. Alle machen »ah« und »oh«. Marie nimmt auch ein Glas und schnuppert. »Riecht nach Kräutern, was ist'n das?«, fragt sie. »Stichpimpulibockforcelorum.« Gretl schnurrt den Namen herunter, wie nichts. Marie bleibt der Mund offen stehn. »Stichpim-was?« – »Stichpimpulibockforcelorum. Ein Kräuterlikör.« Die anderen schütten das Zeug in sich hinein und zischen »ahhh«. Großmutter schenkt nach, mit stolz geschwellter Brust. »Zeig mal die Flasche«, bittet Marie. Auf dem Etikett stößt ein weißer Bock seine Hörner gegen die Beine eines Mädchens, das seinen Rock kokett nach unten zieht und festhält, wie Marilyn. Das Mädchen hat ein rotes Häubchen auf und rote Schuhe an, wie Rotkäppchen.
»Ein Büchsenöffner, Mädel, pass auf!«, lacht Obermann. Mutter wird schamrot, Marie ignoriert ihn. Das Bild ist lustig, nicht anzüglich. Sie sieht genauer hin. Das Mädchen packt den Bock, der sie anspringt, mit beiden Fäusten bei den Hörnern und lacht. »Das Mädchen nimmt den Bock bei den Hörnern«, sagt sie, »das ist was anderes. Die lässt nichts mit sich machen, die nimmt ihr Leben selbst in beide Hände, sie packt es an, auch den Bock.«
»Du sollst das Zeug nicht analysieren, sondern trinken«, lacht Obermann. Du besoffener Idiot, denkt Marie,

hebt ihr schiefes, blaues Glas und ruft: »Na Prost dann, Meister! Prosit!« Die anderen lachen und kippen das Purzelorum runter.
»Weißt du, was das heißt?«, fragt Gretl und setzt sich neben sie auf die Sofakante. Marie schüttelt den Kopf.
»Sie haben die Anfangssilben genommen. Stichos, das ist ein Kräuterextrakt, Pim, die gemeine Pimpernuss wächst am Waldrand, die kann ich dir mal zeigen, Pulque kenn ich nicht, aber Liebstöckel, das ist das Stöckel für die Lieb, das wächst in meinen Garten, ist gut für die Verdauung, für die Geburtshilfe und als Liebesgabe, Aphro... Aphrodisiakum, es heißt nach einer Griechin, die soll so schön gewesen sein. Heut werd ich fünfundsiebzig Jahr, aber ich war auch mal jung, ein schönes junges Mädel. Das Leben geht schnell vorbei, du kleine Gute, nutz sie nur recht, die Zeit.« Marie sieht Gretl an.
»Ich finde dich heute noch schön, Gretl. Ich hab dich lieb, auch wenn Grandyddy ...«, sie senkt die Augen und verschluckt den Satz.
»Ich hab ein Buch«, sagt Gretl leise, »von früher, draußen im Garten, ich kann's dir zeigen. Ich kann dir von allem, was in meinem Garten wächst, sagen, woher es kommt und wozu es gut ist, in der Küche und in der Volksheilkunde.«
»Volksheilkunde, kommt das noch aus dem Dritten Reich?«, fragt Marie leise.
»Nein, nein, das ist viel älter, von Hildegard von Bingen, im frühen Mittelalter. Das neumodische Zeug heutzutage, das taugt nichts. Schau, Bockshornklee ist gut gegen Hautleiden, Forle, der Saft von jungen Kiefern, Lotus gehört zum Klee und Rum ist Rum.«
»Na, weißte jetzt Bescheid?«, fragt Obermann und hält sein Glas hin.

Am nächsten Tag ist Sonntag, Marie muss mit dem Zug zurück nach Dresden, weil sie am Montag Frühdienst hat. Gretl wohnt in Richtung Bahnhof, Marie geht am Nachmittag noch mal bei ihr vorbei. Die Geschenke liegen auf der Kommode, Otto sitzt im Ohrensessel und sieht fern. Warum hat sich Gretl den ausgesucht und geheiratet?, fragt sich Marie. ›Ein feiner Mann‹, betont sie, besonders, wenn Vater und Mutter in der Nähe sind. Er ist grobknochig, groß gewachsen und nicht dick, aber schwerhörig, dafür kann er nichts. Sein Schädel ist fast kahl, sein Kinn markant, seine Augen undefinierbar. Wo andere Augen haben, hat er intensive braune Löcher. Er soll ein alter KPD-Kämpfer gewesen sein. Mitte der Achtziger, als Chaos in der Familie Maler ausbrach, als sie Beweise in Gretls Wohnung suchten, um Grandyddy von dem entsetzlichen Verdacht zu entlasten, und nichts fanden, weil es nichts zu entlasten gab, war Gretl längst mit Otto verheiratet. Sie hatte ihm nichts erzählt. Als Otto zu Ohren kam, was Gretls erster Mann in Kaunas verbrochen hatte, schrie er drei Tage durch. Die Mutter hatte es mit leuchtenden Augen am heimischen Abendbrottisch erzählt, ihre Unterlippe bebte vor Vergnügen, ihre Stimme klang satt vor innerer Befriedigung: »Da brennt die Luft.«
Marie schlägt sich mit der Hand an die Stirn. Großmutter hatte was gutzumachen. Deshalb hat sie den halb tauben Kommunistenkämpfer geheiratet. Oder passt sie sich an das herrschende System an? Oder … mischt hier noch jemand anderes mit? Wieso werden wir so auffällig in Ruhe gelassen? Wieso spricht uns niemand, in Schule und Beruf, auf unseren Großvater an? Wieso läuft alles so reibungslos, obwohl wir aktiv in der Kirche sind? Wieso brachte damals der RIAS eine Meldung,

aber nicht die »Aktuelle Kamera«? Wieso stand das nicht in fetten Lettern im »Neuen Deutschland« und in der »Freien Presse«? Werden wir alle observiert? Und ich? Habe ich das Recht, in Dingen rumzustochern, von denen keiner mehr was wissen will?

Sie fasst sich ein Herz. »Omi Gretl, ich möchte dich was fragen, komm mal mit rüber.« Sie gehen in die Küche. »Ich hab gebacken, Quarkkuchen, willste ein Stück?«, fragt Gretl. »Ja, gerne.« Sie schiebt ihr ein riesen Stück auf den Teller, nimmt zwei schöne alte Tassen aus dem Schrank und gießt Kaffee ein. »Du kleine Gute.«
Wie anfangen, denkt Marie. »Omi Gretl ...« Es geht nicht. »Ich ... damals wurde doch ... Ich muss dich was fragen, was Wichtiges. Du ... ich ... Grandyddy ...« Sie weiß doch nicht, wer Grandyddy ist. Das ist doch meine eigene Bezeichnung, quasi privat, denkt Marie. »Ich muss dich was zu Hartmut Albert fragen.«
Gretls Gesicht verhärtet sich. Die immer noch schönen, hohen Wangenknochen treten unter ihrer wetterfesten Haut hervor, ihr Mund wird schmal. Nein, denkt Marie. Sie wollen nicht darüber reden, sie verschweigen es, sie verbieten es ausdrücklich. Ich habe zu spuren. Sie geben die Spur vor und ich habe darauf zu fahren, wie eine Straßenbahn im Gleis. Muss ich in diesen Gleisen fahren? Kann ich nicht meinen eigenen Weg suchen? Es geht auch mich was an.
»Die Eltern wollten es mir nicht sagen, warum er verhaftet wurde, er wurde doch aus Kanada ... er wurde ausgeliefert. Ich hab im Radio gehört, was er gemacht hat.«
Gretl starrt Marie an. »Das darfst du doch nicht fragen«, sagt sie mit gepresster Stimme.

»Er ist doch … mein Großvater … ich bin doch seine Enkelin, trotz allem … das kann ich doch nicht verleugnen. Ich stamme doch von ihm ab, auch wenn … und von dir auch, ihr dürft mir das doch nicht verschweigen, ich muss das doch wissen, ich will das wissen, es betrifft mich doch auch, wie euch … genauso.«

»Ach geh mir doch weg«, sagt Gretl.

»Omi Gretl, bitte …«

»Was willste denn«, sagt Gretl, »ach geh doch weg, geh weg.«

»Omi«, sagt Marie, »hast du es gewusst? Hatte er es dir erzählt? Warum ist er nach Kaunas gegangen? Warum hat er dort so viele … Juden aussortiert und umbringen lassen? Männer, Frauen, Kinder? Ich versteh das nicht. Es war doch deine Zeit, du warst eine junge Frau, ein paar Jahre älter als ich jetzt bin, du musst mir doch erklären können, was ihr gedacht und gefühlt habt? Gegen die Kommunisten ist Vater ja auch, aber es waren doch nicht alle Juden Kommunisten. Was hattet ihr denn gegen die? Was hatten sie euch getan?«

Gretl schweigt und knirscht mit ihrem künstlichen Gebiss.

»Du weißt das?«, fragt sie erbittert. Ihre grauen Augen stechen in Marie hinein, wie das Bajonett ins Herz.

»Er war doch ein ganz normaler Mann«, sagt Gretl.

Auf ihrem Hochzeitsbild lehnt Gretl ihren Kopf lächelnd an seinen, er steht stolz und aufrecht da.

»Solange er bei der Plauener Landespolizei war, war er ein lieber, braver Mann, ein ganz normaler Ehemann. Er ist erst später zur Schutzpolizei gegangen, dann zur politischen Abteilung, da ist er dann befördert worden.«

»Gretl, hast du gewusst, habt ihr Verwandten gewusst, was da … verbrochen wurde, woran er beteiligt war …

er hatte große Macht und hat sie ausgespielt … hast du gewusst?«
Marie zittert.
»Das darf ich dir nicht sagen.«
»Hast du ihn lieb gehabt?«
»Freilich hab ich ihn lieb gehabt, er war doch mein Mann. Mein Hartmut. Zwei Söhne hab ich ihm geboren.« Sie schüttelt energisch den Kopf. »Ich will nichts mehr von dem wissen. Ich will nichts mehr mit dem zu tun haben.«
»Aber … hast du es, habt ihr das gewusst?«
»Er hat es ja erzählt.«
»Er hat es …«
»Wir warn dabei, als er's erzählt hat. Seine Verwandtschaft aus Trieb und Steina, sein Bruder, seine Schwestern, die Cousinen, Cousins, die ganze Sippschaft.«
»Wie war das denn damals? Erzähl doch, bitte!«
»Er war ja oft weg, aber manchmal kam er auf Heimaturlaub«, sagt Gretl langsam.
»Auf Heimaturlaub?«
»Im Winter 41, zu Weihnachten.«
»Wohin? Nach Plauen? Zu dir?«
»Schön war's, wir waren alle zusammen. Die ganze Familie. Alle warn sie da. Es war ja Kriegsweihnacht, die Rationen waren zugeteilt.«
»Und ihr?«, fragt Marie.
»Wir hatten alles. Uns hat's an nichts gefehlt«, sagt Großmutter ungerührt. Zuhören, denkt Marie, nur zuhören. »Ich hatte alles schön gemacht, sogar Kerzen angezündet. Die hatte man fast nirgends mehr gekriegt. Er sollte es schön haben, wenn er heimkommt. Er kam ja so selten. Das Räuchermännel paffte weiße Rauchkringel in die Luft. Es hat nach Apfelsinen und Kaffee geduftet. Und schwanger war ich auch.«

»Schwanger? … Ach ja, mit meinem Onkel Sigismund.«
»Der Hartmut stand in seiner schwarzen Uniform am Fenster, er rauchte Zigaretten.«
»Hm«, macht Marie und sieht Gretl an.
»Der kleine Bub war auch dabei. Zu Weihnachten musst du immer zu Hause sein, du kleine Gute, in der Heimat ist die Heilige Nacht am schönsten.«
Darham is darham, denkt Marie. Amen. »Der kleine Bub?«
»Dein Vater. Ein strammer Junge. Der Hartmut lehnte am Fenster, die Männer unterhielten sich, die Frauen haben ihn bewundert. Er war ein schöner Mann, groß und stattlich.« Großmutters Augen leuchten. »Feiern wolln wir, hat er gesagt. Kognak ist da und Kirsch für die Damen. Schottischer Whisky, Brandy, alles da. Für Volk und Vaterland! Auf euch! Auf den Führer! Und ex!, hat er gerufen. Sie haben sich wohlgefühlt, bei mir daheim.« Gretl schaut vor sich hin. »Ich seh ihn noch am Fenster stehn und erzählen. Wie er mit seinen Kameraden an der Gangway stand, wie die Juden geklaut haben, das war verboten, bei denen musste man hart durchgreifen. Die haben uns das Brot vom Mund gestohlen, uns, dem deutschen Volk. An einem Tag, da hat er … Die Juden, die sind nicht wie wir, du kleine Gute. Die sind feig und verschlagen. Die haben keinen Stolz. Wenn man denen nicht auf die Finger sieht … die hätten uns zugrunde gerichtet.« Gretl schaut aus dem Fenster. Es hat zu schneien begonnen.
»Und ihr, Gretl, was habt ihr gesagt?«
»Keiner hat was gesagt. Die Männer haben getrunken, die Frauen waren still.«
Der Schnee fällt in immer dichteren Flocken.
»Es hat geschneit«, sagt Gretl. »Die ganze Zeit, als er erzählte, hat es geschneit.«

»Wart ihr denn alle überzeugt? Habt ihr alle daran geglaubt? Dass die Juden euer Unglück sind? An allem schuld? Dass sie keine Menschen sind?«

Gretl schenkt Kaffee nach. »Das haben sie uns erzählt. Und wenn sie einem das erzählen, dann glaubt man das doch. Immer wenn er von dort kam, war er wie ausgewechselt. Er war ein anderer Mann. Ich hab ihn nicht wiedererkannt.« Ihr Gesicht zuckt. »Ich will nicht sagen, dass das richtig war, was der Hartmut und seine Leute gemacht haben. Alle in Massengräber ... das war nicht recht. Man hätte sie sammeln und wegbringen sollen, dass sie keinen Schaden mehr anrichten können, bei uns im Reich. Das sind auch Lebewesen, wie jede Pflanze und jedes Tier. In meinem Garten nehm ich auch keine Chemie. Die Larven les ich mit der Hand von den Bäumen, die braunen Schnecken nehm ich von den Salatköpfen ab. Ich mach sie nicht tot. Es sind Kreaturen, die der liebe Gott geschaffen hat. Mein Minkerle kriegt ja auch die Leber vom Mittag. Die Juden war'n zu viele. Die sind überall aus den Ritzen gekrochen ... aber sie umbringen ... damit hat er sich keinen Gefallen getan. Er war sich sicher, dass wir den Krieg gewinnen. Das haben wir alle gedacht. Keiner hat gedacht, dass die anderen ... und nachher ... haben sie's uns spüren lassen. Ich bin zweimal ausgebombt. Die Buben hab ich zu meinen Eltern aufs Dorf gebracht, da waren sie sicher. Nachher haben die Leute mich ... auf der Straße angespuckt. Ich war bei den Trümmerfrauen. Hab in der Fabrik schwer gearbeitet. ›Wer nicht arbeitet, soll auch nicht essen.‹ Das darfst du alles niemandem sagen. Hüt dich nur recht, du kleine Gute ... hüt dich nur recht.«

Sie schweigen.

»Und nach dem Krieg?«, fragt Marie nach einer Weile. »War er noch einmal hier?«

»Erst hat er sich nicht blicken lassen, er wär bei Kameraden gewesen, hat er gesagt. Ich hab doch nicht so genau gewusst, welche Kameraden der hat. Sie haben versucht, das Reich zu retten, im Erzgebirge, aber der Feind war übermächtig. Die letzten treuen Kameraden hätten sich zerstreuen müssen, hat er gesagt. Zuerst kamen die Amerikaner, dann die Russen.« Gretl trinkt einen Schluck Kaffee. »Dann war er fast ein Jahr in Ziegenhain, in Hessen, die Amerikaner hatten da ein Lager für Offiziere.«
»SS-Offiziere«, ergänzt Marie.
»Da haben sie ihn als Mitläufer eingestuft«, sagt Gretl, »und wieder freigelassen. Danach war er noch mal kurz hier.«
»Was? Er war noch mal hier? Was ... hat er denn hier gemacht?«
»Das kann ich dir nicht mehr sagen«, sagt Gretl. »Anfang Januar 48, das weiß ich noch genau, weil vorher mein Geburtstag war, den hatten wir so schön gefeiert, hat er gesagt ... es war Abend ... er wollte Zigaretten holen. Er hat die Schuhe und die Jacke angezogen und ist raus. Er kam nicht wieder.«
Marie hebt den Kopf.
»Nach ... drei Jahren hat er sich gemeldet. Aus Kanada. Ich sollte zu ihm kommen, mit den Söhnen, er hat lange gebettelt. Ich ... wollte dann nichts mehr von ihm wissen. Ich ... hab mich scheiden lassen.«
»Gretl ...« Marie zögert. »Hat die Stasi?«
»Ich hab gearbeitet. Hab meine Buben durchgebracht. Beide haben studiert. Mein Papa und meine Mama haben mir geholfen. Das werd ich ihnen nie vergessen. Sie sind im Himmel. Sie ruhen in Frieden. Ich werde neben ihnen ruhen.«
Großmutter schlägt die Hände vors Gesicht und weint.

Marie sitzt still und hilflos. Das Minkerle wischt unterm Sofa hervor und streicht scheu über den Stuhl aufs Fensterbrett. Gretl öffnet das Fenster und sagt mit rauer Stimme: »Nun geh nur, geh, du verpasst ja deinen Zug.«

Marie kennt die Strecke auswendig. Das Vuchelbeerbaamland liegt tief verschneit im Tal.
›Das haben sie uns erzählt. Und wenn sie einem das erzählen, dann glaubt man das doch.‹ Man kann doch nicht alles glauben, was sie einem erzählen, denkt sie. Und, an was glaube ich? Den lieben Gott? Die Auferstehung? Den Marxismus-Leninismus? An das Theater, die Musik, die Malerei, die Literatur? Gibt es einen Grund, dass ich damals nicht begeistert mitgeglaubt und mitgesungen hätte, was sie mir von klein auf erzählt und beigebracht hätten, zumindest eine Zeit lang? Habe ich nicht auch im Staatsbürgerkundeunterricht gesagt und geschrieben, was sie von mir hören und lesen wollten, meine Eins kassiert und mir den Rest gedacht? Habe ich nicht im FDJ-Studienjahr die blaue Bluse mit der auf- oder untergehenden Sonne drübergewürgt und danach wieder runtergefetzt, kaum dass der Lehrer draußen war, wie viele andere? Habe ich das kleine, silberne Kreuz, das ich offen trug, nicht in die Bluse gesteckt, als die Klassenlehrerin mich darum bat? Den Aufnäher »Schwerter zu Pflugscharen« vom Parka abgetrennt, als er verboten wurde, der Rektor am Eingang stand und jeden kontrolliert hat? Ich habe nicht studiert, ich habe mich für einen Platz als Gemeindehelferin beworben. Warum? Weil ich nichts machen wollte, wo ich mich ideologisch verbiegen muss. Weil ich Gott dienen wollte, auf einfache, ehrliche Weise, nicht als Herr der Kirche, als Pastor, der salbungsvoll von der Kanzel predigt. Weil ich mit jungen Leuten zu tun haben wollte,

mit Menschen in der Entwicklung, was Spannendes machen wollte, nicht in verstaubten Predigtseminaren rumsitzen, uralte Schriften studieren und tote Sprachen pauken. Habe ich ein Recht, andere zu verdammen? Aus welcher Perspektive? Der, der Nachgeborenen? Der Glücklicheren, geboren in einer weniger schlimmen Diktatur? Im Kalten Krieg, nicht im Heißen? Lebe ich denn im Krieg?

Der Zug rast über die Göltzschtalbrücke. Marie sieht aus dem Fenster. Weites Land, soweit das Auge reicht. Hat Großmutter nicht profitiert? Den Nerz, die Persianermäntel, woher hatte sie die? Was sie hatte, lässt sich heute nicht mehr besichtigen. Woher hatte sie die Häuser? Ein Mädel von einem kleinen Bauernhof mit ein paar Ziegen, Schafen und einem Hund? Hartmut stammte auch nicht aus großbürgerlichen Verhältnissen.

Was ist die DDR? Sie nennen sich selbst die »Diktatur des Proletariats«. Die DDR ist weniger schlimm als die NS-Diktatur. Was ist sie, ein Diktatürchen? Wie sehen die das, die im Knast sitzen, hinter Glaszinnen und Stacheldraht? Sitzen wir nicht alle hinter Stacheldraht? Warum tut sich in der Sowjetunion was, wo bisher nur wodkabesoffene Herren mit glasigen Augen das Sagen hatten und jetzt Gorbatschow? Kann es sein, dass sich dieses verknöcherte Land öffnet, und dass bei uns, die wir an denen hängen, wie die Marionette an ihren Fäden, die Schotten dichtgemacht werden, kann es sein, dass sich bei denen was tut und bei uns nicht?

Im Januar bewerbe ich mich an der Hochschule für Schauspielkunst in Berlin. Eine Eliteschule. Ist die nicht staatstragend? Vielleicht ist es auf einer künstlerischen Hochschule nicht so schlimm. Künstler sind kritisch. Nicht alle, aber einige. Sogar in Plauen spielen sie Ko-

mödien von Peter Hacks und Kabarettstücke von Schaller/Ensikat. ›Hüt dich nur recht, du kleine Gute.‹
Ich hüte mich nicht. Ich will mich ins Getümmel werfen, will nicht auf der sicheren Seite sein, irgendeinen Beruf ausüben, abends im Garten grillen, Kinder großziehen, Fett ansetzen. Ich will mich einmischen, was verändern. Immer an der Wand lang ist nichts für mich. Das hätte ich längst haben können. So wie die Kinder der SED-Funktionäre, wie die gehorsamen Lehrer- und Pfarrerskinder. Ich muss meinen eigenen Weg finden.

*

Es geschehen Zeichen und Wunder. Ein Freiberger Dirigent gastiert am Plauener Theater, er kennt einen Plauener Dirigenten, der zufällig vor einem Jahr in das Haus eingezogen ist, in dem Maries Eltern wohnen. Maries Mutter unterhielt sich mit ihm auf der Treppe, er erzählte, dass sie am Freiberger Theater junge Schauspieler suchen, auch solche, die noch keine sind, aber es werden wollen. Auf Gretls Geburtstagsfeier steckte die Mutter Marie einen Zettel zu. Darauf stand ein Name: Filip Urbansky.

Marie fährt nach Freiberg, von Dresden ein Katzensprung. Ihr Vater hatte der Familie damals die Mineralogische Sammlung der Freiberger Bergakademie gezeigt, da lagen graue, bunte und glitzernde Steine in Vitrinen aus Glas, leuchtendes Rot auf mattem Weiß, dunkles Gelb auf funkelndem Blau, tiefes Tannengrün auf hellem Marmor. Die Farben und Formen hatten es ihr angetan, die chemische Zusammensetzung der Kristalle weniger.
Sie fährt mit dem Bus zum Untermarkt, wo der Dom

St. Marien mit seiner berühmten Silbermannorgel steht, sie hat noch ein bisschen Zeit. Der Dom ist geschlossen, aber die spätromanische Pforte ist prächtig, schon wieder Sandstein, der mal abgeblasen werden könnte, denkt sie, immerhin sind die Statuen noch zu erkennen. Die wunderschönen Patrizierhäuser könnten auch einen Anstrich vertragen.
Sie läuft zum Obermarkt, dort ist der Weihnachtsmarkt aufgebaut, Glühwein trinkt sie jetzt lieber nicht. Schwibbögen stehen in den Fenstern der alten Häuser, Schnitzfiguren, Engel und Bergmänner mit Kerzen in den Händen, eine große, hell erleuchtete Pyramide mit kleinen Engeln und Bergmännern auf den Plattformen dreht sich auf dem Platz, daneben prangt eine hohe Tanne im Lichterkleid. Fängt hier schon das Erzgebirge an? Weihnachten im Erzgebirge, das ist kein Fest, das ist ein Kult, der Ende Oktober beginnt und bis März dauert. Erst kurz vor Ostern werden die Schwibbögen von den Fensterbrettern geholt und durch Häschen in grüner Putzwolle ersetzt.
Marie läuft die Zeit davon, sie muss sich im Theater blicken lassen. Zur Borngasse ist es nicht weit, das Freiberger Theater ist ein klassisches Stadttheater, mit Oper, Schauspiel und Ballett, wie das Plauener Theater auch, die Stadt Freiberg ist etwas kleiner als Plauen, aber sie besitzt eines der ältesten Stadttheater der Welt. 1800 wurde hier die erste Oper des damals vierzehnjährigen Carl Maria von Weber aufgeführt, allerdings erfolglos.
Das Theater hat entfernte Ähnlichkeit mit dem Plauener, es ist noch älter, ursprünglicher. Ein einfaches, schönes Viereck mit einem Dreieck auf dem Kopf, ohne Säulen. Fünf Bögen unten, durch die das Publikum ins Innere der heiligen Hallen gelangt, darüber eine Rei-

he rechteckiger Fenster, darüber kleine quadratische. Sie geht zum Bühneneingang, der an der Seite des Gebäudes sein muss. Wenn sie sich auf die Zehenspitzen stellt, kann sie ins Theatercafé sehen, eine Reihe dunkler Fenster, in denen kleine viereckige Lampen glühen, wie gedämpfte Sonnen. In ihr steigt eine Mischung aus Angst, Neugierde und Glück auf. Sie drückt auf die Klingel, jemand fragt, sie antwortet, die Tür geht auf. In der Pförtnerloge sitzt eine kleine dicke Frau mit rot geschminkten Lippen, weist ihr den Weg, Marie verwechselt in der Aufregung die Türen. Eine kleine Halle zeigt sich, eine Art Korridor, Stufen, sie führen direkt ins Foyer, mit dicken alten Mauern, Rundbögen wie in einer romanischen Kapelle. Von hier aus muss es in den Zuschauerraum gehen. Niemand da? Sie drückt die Klinke, die Tür gibt nach. Das Theater ist atemberaubend schön. Zwei Ränge, der obere etwas zurückgezogen, schmaler, im Parkett Klappsessel, mit rotem Samt bezogen. Die hätten Brecht gefallen, natürlich ohne Samt. Warum darf bei dem nie was schön und komfortabel sein? Ist die bürgerliche Ästhetik so etwas Schreckliches?

Auch die Bühne, eine klassische Guckkastenbühne, ist in ihrer Klarheit umwerfend. Ein paar Bretter liegen herum, Kisten und Leitern, ein halb fertiges Bühnenbild steht. An der Decke hängt ein Glaslüster, wie in Plauen, und der ist schon ein prächtiges Exemplar, aber der hier ist noch imposanter – oben ein Ring, daran lange Glasstangen, an denen Glasklunker baumeln, durchsichtig, geschliffen. Sie bewegen sich leise bei jedem Luftzug, blinken, blitzen. Die alten Dinge sind überhaupt nicht kitschig, stellt Marie fest, solange sie einfach sind.

Sie schließt die Tür leise und steht wieder im Foyer. Soll

sie auf die Bühne, davon war keine Rede. Eine ältere Frau im Kittel kommt ihr entgegen, Marie fragt, wo sie Herrn Urbansky finden kann, sie ist mit ihm verabredet. »Nu sicher im Café, Fräulein, da isser öfters.« Marie geht wie geheißen.
Im Café ist es dämmrig und fast leer. Sie mustert die Wenigen, die hier sitzen, ein Paar, ein Herr mit Vollbart am Fenster, der aussieht wie ein Holzhacker, eine junge Frau. Maries Blick schweift nach links, zu den Tischen im Halbdunkel. Da sitzt einer an einem Zweiertisch, den Kopf in die rechte Hand gestützt, in der Linken eine Pfeife, aus der kaum sichtbarer Rauch quillt, die Augen nach irgendwo gerichtet. Es gibt ein Foto von Paul Klee, auf dem er ähnlich dasitzt und den Betrachter gedankenverloren anschaut. Er ist da und nicht da, er hat auch so eine ähnliche Jacke an, das muss er sein. Sie geht hin, streckt die Hand aus und sagt »Tag, Herr Urbansky, ich bin die Marie, ich möchte unbedingt Schauspielerin werden.« Er schaut auf. Sie setzt sich ihm gegenüber, er stellt ein paar Fragen, sie antwortet, was, ist nicht wichtig, hier sitzt ein Mensch, wie sie noch nie einen gesehen hat, einer, der Gedanken und Gefühle in sich vereint, der etwas Träumerisches hat, etwas Verlorenes, aber auch Zupackendes, er ist hier und gleichzeitig woanders, das ist kein Möchtegern, kein Pseudointellektueller, der auf Bedeutung macht; der denkt nach und meint, was er sagt, er tut nicht so, er ist. Er sucht im Moment jemanden für eine kleine Rolle, sagt er, ab Anfang Januar, für das Weihnachtsmärchen, die junge Frau, die das übernehmen sollte, ist kurzfristig abgesprungen. Marie sagt, dass sie leider erst ab März frei ist, weil sie in Dresden ihre Ausbildung beenden will, das will sie jetzt durchziehen, und beides zugleich geht wahrscheinlich nicht. Danach ja, nichts lieber als

das. Er sagt, dass er das jetzt noch nicht absehen kann, aber irgendwas findet sich sicher, auch dann. Er fragt, ob sie heute noch zurück will, ob sie schon eine Bleibe hat. Sie schüttelt den Kopf, sie muss heute nicht mehr zurück, es würde auch schwierig. Er geht kurz raus und fragt, ob das Gästezimmer des Theaters frei ist, sie hat Glück, der Sänger, der drin wohnen soll, kommt erst am Wochenende. Sie sagt, dass sie im Januar an der Hochschule für Schauspielkunst Berlin vorspricht, zum Eignungstest, er fragt, ob sie schon an einer anderen Schule vorgesprochen hat, sie verneint und erzählt ihm von der Leipziger Spielgemeinde und André Winzig, der mit ihr die *Minna* und die *Eve* vorbereitet hat.
»Die *Eve* aus dem *Krug*?« Er schüttelt den Kopf. »Das ist nichts für Sie.« Er scheint nachzudenken. »André Winzig, wie sind Sie denn an den geraten?«
»Durch die Leipziger Spielgemeinde, die haben ihn mir empfohlen. Er war da mal Schauspieler. Ich kenne ja sonst niemanden am Theater. Er spielt in Dresden, aber er ...« Sie beißt sich auf die Zunge.
»Ich weiß«, sagt er. »Ich hatte ihn wieder groß besetzt, mit einer Hauptrolle an den Landesbühnen, obwohl man mir abgeraten hatte. Er hatte keine Rollen mehr bekommen, weil er den Antrag laufen hatte. Ist er denn endlich drüben?« Marie schüttelt den Kopf. Herr Urbansky schweigt.
»Sie haben mit ihm gearbeitet?«, fragt sie.
»Ja, ist schon ein Weilchen her.«
»Würden Sie sich denn mal ansehen, was ich vorsprechen will?«
»Morgen Nachmittag habe ich ein paar Stunden Zeit. Kommen Sie einfach vorbei, ich sitze hier sowieso nach der Probe.« Marie nickt. »Kosten sind kein Problem«, sagt sie. »Welche Kosten«, fragt er. »Ich meine ...

Schauspielstunden kosten doch Geld. Herrn Winzig zahle ich zwanzig Mark die Stunde.«
»Zwanzig Mark?« Er sieht sie erstaunt an und schüttelt wieder den Kopf. »Wir gehen morgen auf die Probebühne und arbeiten. Wenn ich eine Begabung unterstützen und fördern kann, tue ich das gern, ohne dass ich dafür was nehme.«

Am nächsten Tag spielt sie ihm vor, was André Winzig mit ihr einstudiert hat. »So wird das nichts, damit haben Sie keine Chance«, sagt er. Er empfiehlt ihr andere Szenen, die *Nannie* von O'Casey und etwas, was sie selbst möchte, sie soll sich was suchen, was ihr zusagt, wo sie sich wiederfindet. Sie sagt, dass sie die Filme von Ingmar Bergmann faszinieren, zum Beispiel die Herbstsonate, der Mutter-Tochter-Konflikt. Er nickt. »Können Sie singen? Da wollen die meist auch was hören.«
»Ja, singen kann ich jede Menge, Beethoven, Brahms, Strauss, Schubert und sämtliche Pionierlieder. Ich kann auch Klavier und Gitarre spielen.«
»Klavier«, sagt er, »das ist doch was. Können Sie was von Brecht?«
»Nein, aber ich kenne alle Songs aus *My fair Lady*.«
Er schüttelt wieder den Kopf. »*Surabaya Johnny, Seeräuberjenny* … schauen Sie sich das mal an. Wenn Sie sich dabei selbst begleiten können, umso besser. Und übrigens, ich heiße Filip.« Sie verabreden sich.

Marie fährt zurück nach Dresden, besorgt sich Texte und Noten in der Hauptbibliothek und fragt die Dame am Tresen, ob sie ihr einen Tipp geben kann, wegen eines Klaviers. »In der Musikbibliothek stehen Klaviere und Flügel, aber die sind begehrt. Sie müssen sich eintragen, länger als eine Stunde ist täglich nicht drin.«

Marie setzt sich ans Klavier und sucht sich die Harmonien zusammen. *Surabaya Johnny* ist zu schwierig, aber die *Seeräuberjenny* geht. Da kommt es mehr auf den Song an, als auf den Klang. Wenn sie sich verspielt, kann sie drüberschmettern. Je schräger, desto besser. Kurz vor Weihnachten fährt sie zurück nach Freiberg, mit den beiden Rollen und dem Song im Gepäck. Filip hat ihr ein anderes Zimmer besorgt, er arbeitet mit ihr auf der Probebühne, Marie staunt, wie gut er erklären kann. Wenn sie was nicht versteht, macht er es vor, er weiß genau, was Sinn macht, wirkt, er weiß, wie etwas geht und kann es vermitteln. Er ist viel lockerer als André Winzig, der gab den großen Lehrer und seine Frau bildete sich was drauf ein. Ein Unterschied wie Tag und Nacht, denkt Marie, Schauspieler wollen offensichtlich gerne mal Regisseur spielen, aber so einfach ist das nicht.

Filip fragt, ob sie abends schon was vorhat, er hat Probe, aber sie werden heute nicht so lange machen, falls sie sich für Malerei interessiert, und sich ein paar Bilder ansehen möchte, er hat aber nur wenige hier, der Rest steht in seinem Atelier in Cottbus. Sie gehen nach der Probe in die Rinnengasse, er wohnt in einem Eckhaus in zwei möblierten Zimmern, die ans Theater vermietet werden, mit einer Wohnung kann es hier noch dauern, sagt er, seine antiken Möbel, an denen er sehr hängt, stehen noch in Cottbus, so schnell geht das alles nicht. War erst nur als Gastengagement gedacht, weitet sich nun aus, ein Ende ist nicht abzusehn. Ob er hier bleiben will, weiß er noch nicht. »Aber das Theater ist doch …«, wirft Marie ein. »Jaja«, antwortet er, »aber wichtiger als die Kulisse ist, ob ich das machen kann, was ich will, ob ich verwirklichen kann, was ich erzählen möchte, möglichst ohne Zensur.« Er schweigt.

»Wieso sind Sie denn hier, wenn Sie eigentlich in Cottbus wohnen«, fragt sie, er sieht sie an, als hätte er nicht verstanden, sie fragt lieber nichts mehr. In seinem Zimmer stehen ein paar Flaschen mit Farbe und halb leergequetschte Tuben, Pinsel und Lappen liegen herum. Leichter Terpentingeruch hängt in der Luft. Die Bilder sind noch nicht fertig, sie erinnern auch irgendwie an Paul Klee, Farben, Linien, zerstörte Gesichter, daneben liegen ein paar Bögen Papier, mit Sauklaue beschrieben, er schreibt auch, sagt er und winkt ab, es gibt Besseres. Marie streift scheu durch das Zimmer, ein paar Bücher liegen herum, die Notate von Brecht, Rollenbücher von modernen Autoren, deren Namen sie noch nie gelesen hat, Stratiew, Ionesco, Sorokin, auch Manuskripte von zeitgenössischen deutschen Autoren, die sie ihm offensichtlich geschickt haben. Er bearbeitet viel, sagt er, macht seine eigenen Fassungen, deshalb hat er auch nie was von Brecht inszeniert, außer einmal, weil die Brecht-Erben über jedes seiner Dichterworte wachen wie Aasgeier über ihr Fleisch, das BE wird gepflegt wie ein Museum. Ob sie was trinken möchte, er hat Wein und Bier da, Wein, sagt sie, bitte. Er entkorkt eine Flasche und schenkt ein. Er selbst trinkt keinen Wein, sagt er, nur mal ein Bier, Hauptsache, er hat seine Pfeife. Marie fühlt sich zu ihm hingezogen, aber sie traut sich nicht, da ist eine große Liebe in ihr, zu dem was er macht, auch zu ihm selbst, und eine Ehrfurcht, die sie erstarren lässt, das Glas in der Hand. Er fragt, was sie an Weihnachten macht, sie sagt, dass sie Dienst hat, arbeiten muss, und er, sicher ist er bei seiner Familie. Er sagt halb beiläufig, dass er keine Familie mehr hat, er wird aus Cottbus wegziehen, hierher oder woandershin, spielt keine Rolle. Er steht an seiner halb fertigen Leinwand, schmal, hohlwangig, plötzlich erscheint

er ihr seltsam einsam. Sie setzt sich in seinen Sessel und überlegt, wie alt er sein wird, so Mitte dreißig, vielleicht auch darüber. Sie geht zu ihm hin, er küsst sie auf den Mund, den Hals, die Haare, er ist da und gleichzeitig auch nicht, anwesend und abwesend.
Als sie die Augen aufschlägt, dämmert es, seine Hand liegt auf ihrem Bauch, ihre auf seinem Bein. Sein Mund ist ihrem zugewendet, unter seinen geschlossenen Lidern bewegen sich die Augen nach links und rechts. Seine Stirn ist groß, sein Mund, der am Abend noch bitter aussah, ist leicht geöffnet, weich und schön geformt, er atmet lächelnd, hält den Zeigefinger davor, wie ein kleiner Junge, als wolle er sagen ›pst, nicht stören, ich schlafe, so schlafe du auch‹.

*

Marie knöpft den alten, struppigen Pelzmantel zu, wickelt den Schal fester, schleppt ihre Tasche durch die Straßen, in einen eckigen, modernen Neubau, der im fahlen, kalten Januarmittag döst, unter dem grau bedeckten Himmel von Berlin. Das Viertel, durch das sie geht, ist geprägt von großen, unscheinbaren Mietskasernen und ziegelroten Backsteinhäusern, unterm Rinnstein gefriert der Dreck. Warum schwärmen die denn alle von der Hauptstadt, fragt sie sich, hier ist es noch öder als in Dresden, Leipzig, Erfurt oder Plauen, wo es wenigstens eine Altstadt gibt, bisschen vergammelt zwar, aber immerhin.
Sie läuft schnurstracks in das hohe, kantige Haus mit den verspiegelten gelben Fenstern, wie die in ›Erichs Lampenladen‹, schließlich ist es ein Eliteinstitut der DDR, das braucht so was. Von innen kann man durch diese Fenster auf Menschen, Straßen, Häuser, Autos

und den Himmel sehen, von außen nach innen dringt kein Blick.

Im dreckigen Schnee vor dem Eingang steckt ein kunstvoll geschmiedetes Eisen mit der Aufschrift »Hochschule für Schauspielkunst«. Drin werden sie behauen und gezogen, die jungen Menschen, die an diese Hochschule zugelassen worden sind, sie werden zur Elite ihres Landes gehören, Bühnenkünstler sein, mit Wort und Tat klingende Weisheiten von den Bühnen dieser Republik verkünden. Es gibt sie, die mutigen, kritischen Künstler, wenn sie Figuren aus den Stücken von Hacks, Hein, Braun oder Müller verkörpern, wenn Regisseure die Fäden in Händen halten, die die Realität in diesem Land sehen und sie erzählen können, so, dass denen unten in ihren feudalen Samtsesseln oder auf modernen Stühlen die Augen und Ohren aufgehen, und selbst bei harmlosen Stücken hört und sieht das Publikum zwischen den Zeilen Dinge, die nicht geschrieben stehn, und lacht sich scheckig.
Es hierhin zu schaffen, ist der absolute Wahnsinn. Jedes Jahr bewerben sich Hunderte an diese Schule, voller Erwartung, Hoffnungen und Wünsche, und während woanders die Abiturnote gilt oder das Parteibuch der Eltern, gilt hier Begabung, Ausdruck, Kraft, Präsenz und Beweglichkeit, körperlich und geistig. Nur Wenige können vor den Augen dieser strengen Jury bestehen. Es bestehen zwar erstaunlich viele Kinder von Berliner Schauspielern und Prominenten, aber die sind sicher alle hochbegabt.
Auch in diesem Jahr bewerben sie sich aus allen Bezirken und Regionen, vom Erzgebirge bis zur Ostsee, aus dem Schweriner, Leipziger und Dresdner Raum. Sogar Leute aus dem Westen wollen hier studieren, obwohl es

bei denen vor staatlichen und privaten Schauspielschulen nur so wimmelt, soweit reicht der Ruf dieser Künstlerschmiede Ost.
Im Foyer, einem verglasten Viereck mit Sitzecke und einer eisernen Büste auf einem Sockel drängen sich junge Menschen in Jacken, Mänteln, Schals und Mützen, sie stehen in sich gekehrt, schüchtern und konzentriert, schlendern cool oder recken aufgeregt die Köpfe. Von der Decke hängt geballte Leuchtkunst, sozialistische Moderne. Am besten gar nicht hinschauen, denkt Marie, einfach durch. Eine Frau hat Listen in der Hand, ruft auf und ordnet die jungen Leute in Gruppen. Marie wird mit anderen auf eine Probebühne geschickt, geht nach oben, guckt nicht nach links und rechts, will das vorspielen, was sie in den letzten Wochen erarbeitet hat, mit Filip auf der Probebühne in Freiberg und allein.
Sie wird in einen Raum geleitet, der fensterlos, aber hell erleuchtet ist, zehn, zwölf Stühle stehen im Halbkreis, in der Mitte ein eckiger Tisch aus Sprelacard, davor, eine Stufe höher, eine einfache Bretterbühne, mit abgewetzten Dielen. Ein junger Mann sitzt am Tisch, dreht sich um, mustert die Eintretenden, er hat ein sympathisches Jungengesicht, ein schön gemeißeltes Kinn, seine Augen schauen interessiert auf die jungen Menschen, sein langes, lockiges, brünettes Haar ist zu einem dicken Pferdeschwanz gebunden. Ein Gesicht wie aus hellem Holz gehauen, denkt Marie. Eine junge, blonde Frau sitzt neben ihm, schreibt etwas in ein Notizbuch. Sein Blick fällt auf Marie, er sagt: »Leg Pelz und Geschmeide ab.« Die jungen Leute kramen in ihren Taschen, packen Klamotten und Requisiten aus, in Nebenräumen können sie sich umziehen, sie kommen wieder rein, die Mädchen kämmen sich ein letztes Mal die Haare, zupfen heimlich am Höschen, am

BH, streichen den Ausschnitt glatt. Die Jungs haben's da schwieriger, sie haben keinen Ausschnitt, an dem sie zupfen, oder lange Haare, über die sie wieder und wieder streichen und in denen sie nervös kringeln können, sie sind einfach nur Jungs, ziemlich arm dran in solchen Situationen. Doch, sie haben Gürtel und Hosentaschen, stellt Marie fest.
Sie setzen sich erwartungsvoll. Das Rascheln und Scharren wird weniger, als sie der Dozent mit dem Jungengesicht willkommen heißt, er macht ein paar witzige Bemerkungen, um die Stimmung aufzulockern, sie lachen leicht gequält.
Marie befindet sich in einem eigenartigen Schwebezustand, sie ist konzentriert, gespannt, da, aber auch nicht da, alles ist neu, fremd, aber auch interessant, es kann nur schiefgehen, Hals und Beinbruch, wie man sich am Theater wünscht. Mit Filip kennt sie einen Menschen in diesem Land, der sich für sie interessiert, einen Regisseur, der auch noch ein heimlicher Maler und Dichter ist, der sich sonst nur mit richtigen Schauspielern abgibt und sich sehr freuen würde, wenn sie es schafft.
Wenn sie mich hier nicht wollen, denkt sie, kann ich es an der Leipziger Schauspielschule oder in Rostock versuchen, aber wer will schon nach Leipzig oder Rostock, wenn er nach Berlin kann, wenn es dort auch nicht klappt, muss ich mir was anderes ausdenken, Germanistik, Psychologie, das überlege ich mir später.
Jeder erzählt kurz, woher er kommt, wie alt er ist und warum er Schauspieler werden will, Nervosität liegt in der Luft.
Das erste Mädchen geht die Stufe hoch. Seine langen, blonden Haare glänzen im Rampenlicht, die Mädchen hier sind alle so schön, findet Marie, viel schöner als sie selbst. Der Mann mit dem Pferdeschwanz macht sich

Notizen, lässt das Mädchen ausspielen, auch die zweite Szene, fragt, ob sie ein Lied vorbereitet habe, sie singt *Der Mai ist gekommen*, sie steht da, schön wie der Frühling, ihre Augen glänzen, sie singt das Lied mit sparsamen Gesten, die ganz natürlich wirken, da ist nichts aufgesetzt, gemacht und gewollt, sie ist einfach da und besingt den Frühling.

»Herr Vater, Frau Mutter, dass Gott euch behüt!«, singt sie weiter, »wer weiß, wo in der Ferne mein Glück mir noch blüht ...« Marie weiß, wovon das Mädchen singt, das Leben liegt vor ihr, auch wenn sie manchmal das Gefühl hat, es schon halb hinter sich zu haben. Vielleicht kommt jetzt noch was Schönes, etwas, wofür es sich zu leben lohnt, etwas, das Sinn macht und vielleicht auch ein bisschen Spaß. Vielleicht darf sie bei denen hier so sein, wie sie ist, vielleicht ist sie hier richtig, vielleicht hat sie vor Kurzem einen Menschen gefunden, den sie lieben kann und will, aber daran will sie jetzt nicht denken, nur nicht das Grün zerstören, das zaghaft guckt. Das Mädchen ist mit Singen fertig, alle haben irgendwie Sehnsucht nach dem Frühling bekommen, nach Blumen, Gras, einem Spaziergang unter sprießenden Knospen und einem warmen Nachmittag. Die junge, blonde Frau am Tisch lächelt, bedankt sich, der aus hellem Holz Gehauene lächelt auch, er wird nachher zu allen etwas sagen, sagt er, er will das Spiel jetzt nicht unterbrechen.

Ein Junge steht auf, er spielt den *Wurm* aus *Kabale und Liebe*, er feilt akribisch während des Monologs an seinen Fingernägeln, dabei windet er sich auf seinem Stuhl. Ein netter junger Mann, findet Marie, ein bisschen glatt, ein bisschen alt, die Haare werden schon licht, dabei ist er erst Mitte zwanzig, aber wie er spielt, bewundernswert. Was hat sie zu bieten? Wollen sie so was sehen?

Muss ein Mädchen, das Schauspielerin werden will, nicht besonders schön sein, wie Marlene Dietrich, Romy Schneider, Sophia Loren oder Ingrid Bergman, bei denen die Männer schwach und die Frauen neidisch werden? Jetzt bin ich einmal hier, denkt sie, jetzt bleibe ich auch und spiele. Wieder ein Mädchen, eine Brünette diesmal, mit großem Busen, ach, denkt Marie, noch so eine Prinzessin, und wie sie sich bewegt, weich und rund, wie ein warmes Mohnbrötchen. Sie singt das Lied vom *Surabaya Johnny*, jedes Mal, wenn sie an die Stelle kommt, an der das Mädchen sich fragt, warum es nicht froh ist, und sich die Antwort gibt, weil er kein Herz hat, hebt sich ihr Busen vor unerfüllter Sehnsucht fast bis an die Decke der Probebühne und fällt traurig in sich zusammen, bevor er sich für die nächste Strophe aufbaut. Ein junger Mann, Typ Marlon Brando, spielt den Helden, er stemmt, schreit und keucht, ein Spuckeregen ergießt sich auf die Bretter, der Pferdebeschwanzte spielt mit seinem Stift.
Marie. Sie steht auf, geht die Stufe hoch, ins Licht. Sie hat den dunkelgrünen Fetzen an, den ihr die Zimmerwirtin in Lockwitz geschenkt hatte, ein einfaches Kleid, das wie ein Waschlappen an ihr herunterhängt, sie hat es für ihre erste Szene in die Jeans gestopft, dazu die spitzen Schwarzen mit dem schmalen Absatz. Sie denkt an nichts. Die erste Szene. *Nannie* von O'Casey, ein Urweib, eine irische Säuferin, die gerade aus dem Knast kommt, kurz vorm Herzinfarkt, sich auskotzt und ausschreit, bis sie verzweifelt zusammenbricht. Dazu braucht sie die ganze Probebühne. Als sie fertig ist, steht sie auf und sagt: »Für die nächste Szene brauche ich einen Tisch.« – »Einen Tisch«, sagt der Dozent und sieht sich um, es ist nur seiner da, ein Junge packt mit an, sie stellen ihn auf die Bühne, er setzt sich wieder

und nimmt seinen Notizblock auf die Knie. »Von Ingmar Bergmann«, sagt sie, »Herbstsonate, die Tochter, eine Szene aus dem Drehbuch«. Erstaunte Blicke, »aus einem Drehbuch«, flüstert ein Mädchen. Marie weiß nicht, was sie tut und weiß es doch, sie redet, jammert, schreit die Mutter an, weint, zieht sich zum Schutz unter den Tisch zurück, brüllt vor Wut die Tischbeine an, stößt verzweifelt darunter hervor, fleht, bittet, kämpft, schimpft und zweifelt, so wie Filip es mit ihr probiert hat und so, wie sie es empfindet. Als sie fertig ist, steht sie auf, leicht schwankend, und fragt, ob sie noch was singen soll.

»Was haben Sie uns denn mitgebracht«, fragt der Dozent, Marie erkennt ihn an der warmen Stimme, die Gesichter der unten Sitzenden kann sie nicht unterscheiden, weil sie im vollen Licht des Bühnenscheinwerfers steht. Sie fragt, ob hier ein Klavier steht, dann würde sie die *Seeräuberjenny* von Brecht singen und sich selbst dazu begleiten.

»Nein, ein Klavier haben wir leider nicht«, ob sie auch was ohne Klavier singen könne, fragt er, aus dem Stegreif. Mist, denkt Marie, was könnte ich denn singen, ohne Klavier, was kenn ich auswendig, *die Affen rasen durch den Wald, zu Grünwald im Isartal, Ein feste Radeburg ist unser Gott*, mir fällt nur Stuss ein, wie immer, wenn's schnell gehen soll, *Wenn alle Brünnlein fließen*, das *Lied vom Vuchelbeerbaam*, um Gottes willen. Sie spürt die Erwartung der Sitzenden, gleich scharren sie mit den Füßen. *Die Heimat hat sich schön gemacht*, denkt sie in rasendem Tempo, *Ich trage eine Fahne, O du fröhliche, Die Moorsoldaten*, nein. Was von Tucholsky, *...im Inneren einer Zwiebel*? Zu lang. *Kleene Jöhren mit Pipi*? Zu blöd. *My fair Lady*? Hoffentlich nicht zu spießig, bürgerlicher Wissenschaftler macht aus Blumenmädchen englische Lady, und das im Sozialismus, ach was, das spielen sie an jedem Stadttheater rauf und runter. Sie legt los. »*Wart's nur ab, Henry Higgins, wart's nur ab, deine Tränen werden fließen nicht zu knapp* … sorry, hab vergessen, den Titel anzusagen«, sagt sie, als sie fertig ist und blinzelt gegen den Scheinwerfer. Sie sitzen stumm. Wieder mal Scheiße gebaut, denkt sie, war ja nicht anders zu erwarten. Einen Versuch war's wert. Der Dozent bedankt sich, Marie hievt den Tisch von der Bühne, der Junge springt wieder herbei, wenn nur alle so aufmerksam wären, wär's auf der Welt viel schöner.

Das nächste Mädchen ist dran, eine Schwarzhaarige, Berliner Bubikopf, sie kommt auch aus der Ecke, spricht diesen schnoddrigen, aufmüpfigen Dialekt, mimt die kesse Göre, sehr selbstbewusst. Sie spielt die *Viola* aus *Was ihr wollt*, als Junge verkleidet, was heute kein Ding mehr ist, damals war es eins. Frech, witzig, findet Marie, Berliner Pflanze, die hat's drauf. Solange ist das noch nicht her, dass in Deutschland Frauen angestaunt wurden, die Hosen trugen, die Dietrich durfte das, Zigarette im geschminkten Mundwinkel, die anderen durften's nicht. Die Berlinerin singt ein Lied von Kurt Tucholsky, schau, denkt Marie, das passt. Die darf bestimmt zur Prüfung und die Blonde vorhin auch. Noch ein Junge, dann ist die Runde durch. Sie sitzen, abgearbeitet, erwartungsvoll, die einen ergeben, die anderen selbstbewusst. Der Dozent mit dem Pferdeschwanz sagt eine halbe Stunde Pause an, am Ende des Ganges ist eine Raucherinsel, einige hört er schon japsen, bemerkt er flapsig, wer möchte, kann sich in der Kantine im Erdgeschoss einen Kaffee oder ein Wasser holen, vielleicht gibt's auch noch frische Brötchen oder was Warmes, wenn die anderen nicht schneller waren, wenn nichts mehr da ist, sollen sie in der Küche fragen, falls jemand da ist. Sie stehen auf, die meisten haben keinen Hunger, einige schlendern betont lässig zur Raucherinsel. Die Dozenten ziehen sich zurück, besprechen sich.

Marie schaut sich um, geht durch den Korridor, die Treppen runter, sucht die Kantine, sie ist leer, auch in der Küche niemand, in der Ecke steht ein Kasten mit Wasserflaschen und Berliner Brause, die Limo prickelt an der Nase und schmeckt leicht bitter. Der Raum ist groß, hell und schmucklos, eher abweisend, mit weiß lackierten Tischen und Stühlen, nirgends ein Blumentopf, eine Kerze. Sind die so spartanisch oder nur zu faul, was zu kaufen und hinzustellen? Marie dachte, in einer Schauspielschule hängen überall Bilder, Poster, Plakate und Marionetten, da liegen Bücher, Drehbücher und Bühnenbildmodelle rum, Theater zum Anfassen, hier ist es ja wie in einer Leichenhalle. Von der Kantine aus sieht sie durch hohe, verglaste Fenster und Türen auf eine Wiese, grau und starr vor Kälte. Dahinter scheint Wasser zu sein. Sie will hinaus, die Türen sind verschlossen. Ein Fluss, begradigt, in ein Steinbett gezwängt? Was fließt denn durch Berlin? Ist das die Spree, die Schöne, Vielbesungene, die aus dem Spreewald kommt, diesem urigen Sumpfgebiet, wo traditionell kostümierte Damen und Herren neugierige Besucher in langen Kähnen durch die wirren Wasserarme staken? Kommt das Wasser aus diesem grünen Dschungel und fließt hier, einbetoniert und schnurgerade, Schlingpflanzen und Libellen ade?
Wie spät ist es denn. Sie springt die Treppen hoch, auch die Korridore sind kalt und kahl, nichts erzählt davon, dass diese Schule irgendwas mit Theater zu tun hat,

dass hier vier Jahre lang junge Menschen ausgebildet werden, die von früh bis spät atmen, spielen, lachen, leiden und lieben. Hier könnten sie genauso gut Chirurgen, Lehrer oder Bonzen herstellen, bei denen geht's wahrscheinlich bunter zu.
Als alle wieder drin sind und sitzen, beginnt der Dozent. Er spricht freundlich, bedacht und ruhig, er lobt, kritisiert, erklärt. Er macht niemanden klein, obwohl es ihm ein Leichtes wäre, in dieser Situation den einen oder anderen lächerlich zu machen, zu vernichten. Bei dem Mädchen mit den langen, blonden Haaren hält er sich länger auf, er lobt sie für ihr Spiel, mit dem sie im Kopf des Zuschauers Bilder erzeugt, sagt aber auch deutlich, woran sie noch arbeiten soll. Sie sieht ihn mit großen, blauen Augen an. Er nennt zwei Rollen, die sie sich ansehen soll, dann kann sie, wenn sie will, mit diesen beiden Rollen noch mal zum Test erscheinen. Zweimal den Test, denkt Marie, das ist ja happig. Naja, besser als eine Absage, sie macht ja erst in diesem Frühjahr ihr Abitur.
Der Junge mit der Nagelfeile kommt schlecht weg. Er hat sich schon ein paar Mal hier beworben, der Dozent sagt ihm freundlich, aber bestimmt, dass seine Begabung nicht ausreicht, dass er sicher ein guter Typ in der Laiengruppe ist, in der er schon seit Jahren spielt, aber als Professioneller … er soll sich keine Hoffnungen machen. Der schon leicht Gelichtete hebt den Kopf und sieht den Pferdebeschwanzten spöttisch an. Die Prinzessin mit den weichen Bewegungen bekommt gesagt, dass sie ein wunderschönes Mädchen ist, sie hat bestimmt schöne, großartige Begabungen, aber die liegen nicht im schauspielerischen Bereich. Tränen steigen ihr in die Augen. Die anderen senken verlegen die Köpfe, ein Junge grinst. Marie verkriecht sich innerlich. Gleich wird er ihr sagen, dass sie ein hässlicher Vogel ist, ein

Feuermelder und eine Kupferplatte, dass sie Beine wie Skistöcke hat, bei denen jeder, der sie sehen muss, und dann auch noch hell angeleuchtet, einen Anfall kriegt, wenn er Glück hat, einen zum Lachen.
Marlon Brando kommt nicht gut weg. Der Dozent spricht von Machotum, das in der Rolle, die er gespielt hat, nicht am Platz sei. Den Brando-Ersatz scheint es wenig zu kümmern, er verschlingt mit seinen Augen den Busen der Brünetten.
»Ja«, sagt der Dozent, und hebt den Kopf, als Marie an der Reihe ist. Oh Gott, denkt sie. Sag's mir schnell, damit ich nicht so leiden muss.
»Sie haben alles«, sagt er, und sieht sie verwundert an. »Gefühl, Kraft, Lust am Spielen, Fantasie, Höhen und Tiefen, Stimme, Zweifel, Bestimmtheit, Loslassen, direkten Zugriff ... alles, worauf wir Wert legen, was wir hier suchen, ist bei Ihnen da. Ja«, sagt er, etwas hilflos und zunehmend begeistert, »es gibt nichts, was ich Ihnen noch sagen könnte. Ich, wir, können Sie nur bitten, alles, was Sie uns heute hier gezeigt haben, noch einmal zu zeigen.« Er schaut sie an und macht eine kleine Pause. »Wir müssen Sie einfach für die Prüfung vorschlagen.« Es ist so still, dass man eine Stecknadel fallen hören könnte. Marie sieht ihn erstaunt an.
Nach ihr das Mädchen mit dem Berliner Bubikopf, er spricht von vielen Klischees, die er gesehen hat, und auch der Dialekt, so schön er ist, passt überhaupt nicht zur *Viola*, vor allem, wenn sie ihn so ausstellt. Viel interessanter, als jeder Rolle einen Stempel aufzudrücken, sei zu entdecken, was an dieser Figur, diesem Menschen interessant ist, von innen heraus, dann könne man den Text auch auf honoluluisch sprechen und bliebe doch in der Figur. Der Junge noch, dann ist er reihum durch.

Heißt das, ich habe den Test bestanden?, fragt sich Marie. Ja, ja, bestanden, das gibt's doch nicht, bestanden. Sie ist die Einzige aus dieser Runde, die zur Prüfung eingeladen wird, im Februar. Die Gruppe trennt sich schnell. Die Mädchen machen einen Bogen um sie, sie gehört zu denen, die durchgekommen ist, eine Runde weiter, bis zur nächsten Hürde. Die meisten haben es eilig, die Treppen runter und aus dem Haus zu kommen. Marie zieht ihre Sachen an, Pelz und Geschmeide. Sie spürt einen Blick im Rücken, dreht sich um und trifft die schwarzen Augen der Berlinerin. Sie sind hasserfüllt und demütig zugleich. Marie hält stand. Ich hab bestanden, sagt ihr Blick, nicht du. Mach dich vom Acker, Berliner Pflanze.
Im Foyer sammeln sich junge Leute aus anderen Probebühnen, reden und analysieren, manche sind traurig, frustriert, andere tun betont locker, einige beklagen sich. Marie geht wie in Trance durch sie hindurch, diesmal in glücklicher.

*

Auf Station drei in Gorbitz gibt es einen Neuzugang. Herr Waller ist um die dreißig, über zwei Meter groß, er muss mal kräftig gewesen sein. Er hatte einen Unfall, er ist ein nervliches Wrack, er ist jetzt der schwerste Fall, den sie hier haben. Fraktur der Halswirbelsäule, ›C5‹ sagen die Schwestern nur und sehen sich betroffen an. Marie hatte frei, als er eingeliefert wurde, sie geht in sein Zimmer und stellt sich vor. Irgendwoher kommt ihr sein Gesicht bekannt vor, obwohl es eingefallen ist. Sie erschrickt, als sie seinen Zustand sieht. Ein heftiger Dekubitus hat sich in seinen Rücken hineingefressen, es ist, als ob ein wildes Tier einen Brocken aus

ihm herausgerissen hätte. Mindestens so schlimm wie sein Rücken ist sein seelischer Zustand, wieso haben die ihn denn hierher gebracht, denkt sie, der muss doch stabilisiert und motiviert werden, da müssen Psychologen ran, den kann man doch nicht bei lebendigem Leib verwesen lassen. Oder wurde das alles schon versucht? Er ist kraftlos, hilflos, er will nicht mehr. Es ist, als ob etwas Zermürbendes, Vernichtendes aus ihm fließt, ein trüber, hoffnungsloser Strom. Als sie fertig ist, dreht er sich schief grinsend auf die Seite und sagt »Drei Cognac mit 'nem Ei, dann geht das auch vorbei.« Irgendwoher kommt ihr der Satz bekannt vor.
Sie geht zu Simone und zu Heidi, die anfängt zu weinen, als sie sie zudeckt. Marie setzt sich auf die Bettkante. »Was hast du denn?« Sie hatte den Film mit der Schweizer Heidi gesehen, den sie um die Weihnachtszeit immer bringen. »Das böse Fräulein Rottenmeier ...« Marie streicht ihr die nassen Haare aus dem Gesicht. »Das ist doch nur ein Film.« – »Ja«, schluchzt die Heidi nur noch schlimmer. »Ich möchte auch ... aus meinem Stuhl heraus können wie die Klara, ich will auch mal den Berg runterrennen und das Mistding ins Tal schmeißen ... ich will auch mal verliebt sein und einen Freund haben.« Marie sitzt und streichelt. Das Mädchen ist sechzehn Jahre alt, es hat Sehnsucht, Gefühle, Sexualität, ihm fehlt nichts, außer den Spastiken und der verschobenen Hüfte, wegen der es nicht gehen kann. Geistig ist sie ein bisschen zurückgeblieben, aber nicht so sehr wie Simone. Es gibt eine Physiotherapeutin im Haus, es gibt auch einige Stunden Arbeitstherapie. Reicht das? Sie sieht sich Filme und Dokumentationen im Fernsehen an und unterhält sich darüber mit Marie. Viel intelligenter war die kleine Köchin in Radeburg auch nicht. Oder Bruder Bettelmann. Bruder Licht. Der großartig Ge-

streifte. So mancher Bruder Student der Theologie. Nur, dass die Heidi hier mehr Herz hat. Marie muss weitermachen, ihr Dienst ist noch lange nicht beendet. »Drei Cognac mit 'nem Ei, dann geht das auch vorbei. Geh von der Straße runter! Haste was intus, Mädel?« Nein, das kann nicht sein. Ach du Scheiße. Nein, nein. Marie heult in den Pott mit den frisch gedrehten Tupfern. Es ist ein Zufall, eine Ähnlichkeit. Nein, nein.
Am nächsten Abend fragt sie ihn. Er sieht sie an, in seine stumpfen Augen kommt so was wie Glanz. Sie fragt, ob sie sich zu ihm aufs Bett setzen darf. Er nickt. »War mit dem Trabi unterwegs. Ich ... hatte 'ne Freundin in Dresden.« Sein fahler Mund verzieht sich zu einer Grimasse. »Bin Trecker gefahren, aufm Feld, ich war glücklich, wir wollten heiraten ... ich Idiot. Wir hatten was getrunken ... naja, ziemlich ... mit den Kumpels. Wir waren viel mit den Kumpels unterwegs. Der Trabi hat sich überschlagen, mehrmals ... meine Freundin is'n Kopf kleiner, der ist nix passiert.«
Marie steht auf. »Helfen Sie mir, bitte«, sagt er und hebt seine Handgelenke hoch. »Ich hab's mit der Kuchengabel probiert, mit den Zähnen, mit der Bettkante ... es geht nicht. Geben Sie mir was, damit Schluss ist.«
Marie zieht die Tür von draußen zu. Sie geht zu Conny, ob sie was braucht. Kriecht an ihr Bett und weint. »Ich kann nicht mehr. Ich will Schauspielerin werden, ich kann nicht mehr.« Conny beugt sich zu ihr und nimmt sie in den Arm.

*

Im Februar marschiert Marie wieder mit gepackter Tasche durch Berlin, diesmal mit dem Lebenslauf und dem positiven Gutachten des Phoniaters über die stimmliche

Eignung als Schauspielerin, in das große, eckige Haus mit den verspiegelten Fenstern, zur Eignungsprüfung. Wie viele es bis zur Prüfung geschafft haben, weiß sie nicht, vielleicht um die hundert oder mehr, wie viele von denen als Studenten aufgenommen werden, weiß sie auch nicht. Marie konzentriert sich aufs Spielen. Sie ist immer noch ein bisschen erkältet, zwar schon wieder fit, aber der Husten will dieses Jahr einfach nicht weggehen.

Die Tür zur großen Studiobühne steht offen. Es sind viel weniger Kandidaten als beim Test da. Einige Zuschauer sitzen in den tribünenartig angeordneten Stuhlreihen, hier eine Dame, dort zwei, drei Herren. Marie setzt sich in die zweite Reihe, zu anderen jungen Leuten, schaut vor und neben sich, sie kennt keinen. Auch gut, denkt sie, brauch ich mich nicht neben eine zu setzen, neben der ich nicht sitzen will, brauch niemandem Glück zu wünschen, dem ich keines wünsche, werde durch kein aufgeregtes Huhn neben mir abgelenkt.

Jungs und Mädchen sprechen vor, eine *Viola*, ein *Gretchen*, eine *Minna*, sie rauschen an Marie vorbei, wie der Bach ins Tal. An der Ecke der Bühne steht ein Klavier. Sie sieht zu, was die anderen zum Besten geben, es ist nichts dabei, was sie vom Hocker reißt.

Ein Mann ruft ihren Namen auf und sagt, woher sie kommt. Marie steht auf und denkt, es ist soweit, ich bin dran, dann will ich mal. Sie steuert das Klavier an, lächelt ins Publikum, sagt ihren Song an, die *Seeräuberjenny* von Brecht, ein Herr aus dem Saal fragt, ob sie Begleitung braucht, Marie grinst runter, »nein danke, nicht nötig, ich begleite mich selbst«. Ist das ein schönes Gefühl hier oben, denkt sie, so frei und leicht, da unten die und ich hier oben, so muss es sein. Sie schwingt sich auf den Hocker und schlägt den Deckel auf, die Tasten strahlen ihr entgegen. Sie probiert ein paar Akkorde aus, das Klavier hat einen straffen Anschlag, sie muss richtig reinhauen und tut es. Sie singt, ihre Stimme trägt, trotz der Erkältung, die Akustik ist klasse, die Menschen, die unten zuhören, kann sie nicht unterscheiden, wozu auch, die verschwinden im Black. Sie schmettert und dröhnt, hält inne, melodisch, stakkato, träumerisch, lyrisch, dann wieder im Sprechgesang, singt sehnsuchtsvoll »das Schiff mit acht Segeln« aus, so lange es geht. Die Akkorde, die sie anschlägt, sind einfach, die Harmonien stimmen so ungefähr, sie verspielt sich, egal, Hauptsache schräg. Der letzte Akkord verklingt, sie schaut die Tasten an und klappt den Deckel zu.

Ob es denen unten gefallen hat oder nicht, kann sie nicht beurteilen. Dann mach ich mal weiter, denkt sie, dafür bin ich schließlich hier. Sie sagt ihre erste Rolle an, ein Stück von Thornton Wilder, *Wir sind noch einmal davongekommen*, in dem sie eine junge Frau spielt, in Kriegszeiten.

Danach wieder die *Nannie* von O'Casey, die irische Säuferin, die gerade aus dem Knast kommt, hier hat sie richtig Platz. Sie stellt den Stuhl, auf dem sie nachher zusammenbrechen wird, in die Mitte der Bühne, nicht zu weit vor, auch nicht zu weit nach hinten. Sie geht bis zur Wand hinter, stellt sich vor, dass sie gerade aus einem dunklen Loch kommt, dass sie sie gerade aus der Leichenhalle in Radeburg rausgelassen haben, holt Luft und brüllt die ersten Sätze in den Raum »Irisch Nannie ist da; wieder raus ausn Knast, wieder ruff uffn Rummel; soll die Knüppelgarde anrolln, Nannie hat paar Pfoten die haun zu!« Sie nimmt Anlauf, nimmt die Studiobühne im Sturm, stößt den Stuhl, der ihr im Weg ist, mit dem Fuß beiseite, trudelt langsam in der Mitte aus, noch atemlos, arrogant, die Zuschauer vor ihr, unter ihr, es ist ein tolles Gefühl, auf dieser großen, leeren Studiobühne zu stehen, sie könnte stundenlang hier stehen, eine leere, freie Bühne, auf der man alleine steht, ist was Wunderbares, wozu braucht man Partner, wenn man eine Bühne hat, Scheinwerfer und Raum, und unten sitzen welche, die zugucken. An der Stelle, wo Nannie einen Herzkrampf kriegt, kriegt Marie einen Hustenanfall, die unausgeheilte Erkältung nimmt die Action übel, sie hustet und kann nicht mehr aufhören, es hört sich an, als ob der Husten aus ihrem tiefsten Inneren kommt, sie ergreift die Flucht nach vorn und tut so, als ob es dazugehört. Greift sich ans Herz, krümmt sich, hustet, sucht mit den Augen den Stuhl, bewegt sich keuchend hin, tastet nach ihm, halb vor Schmerz erblindet, sinkt zusammen. Richtet sich mühsam wieder auf, fixiert die imaginären Leute vor sich, die sie umringen, Maulaffen feilhalten und nur darauf warten, dass sie es, Nannie, nicht mehr lange macht, dass sie am Ende ist. Sie rotzt mit Blicken und Wörtern um sich, blafft sie an: »Ich sterbe aufn Beinen … der Sprit hat mich bald unten … alles Feuer in mir … keiner macht sich 'n Dreck aus Irisch Nannie …« Sie richtet sich auf, sieht und spürt im Nachhinein, wie der Polizist im Knast ihr eine runtergehauen hatte, es geht mit ihr durch, sie springt auf, kotzt verbal nach links, rechts und unten, tritt dem imaginären Polizisten mit ihrem spitzen Schuh in die Eier, tobt und schreit, streckt sich in die Starre und bricht zusammen. Sie ist halb tot, aber noch nicht ganz, und solange sie noch nicht ganz tot ist, lebt sie noch. Sie hört aus der Ferne, wie durch einen Nebel, dass eine imaginäre Frau zu ihr sagt, sie soll mal nach Hause gehen und schlafen, 'n gutes Mädchen sein. Sie versucht sich aufzurichten, aber es geht nicht, sie sagt dieser Frau ganz ruhig, am

Boden, dass sie kein Zuhause hat, weil jeder Hausflur für sie ein Zuhause ist, sie erklärt das ganz unsentimental, weil da nichts Sentimentales dran ist. Sie schaut die Frau an und fragt ehrlich erstaunt: »Schlafen? Was soll Irisch Nannie mit Schlafen?« Das weckt sie wieder, sie schraubt sich hoch, kommt dabei ins Trudeln, Tanzen, ruft: »Spaß is was Nannie brauch … Singen und Tanzen und Leben genießen … Wozu ist man am Leben, wenn man nich lustig ist?«, sie dreht sich im Kreis, fordert die Untensitzenden zum Mittanzen auf, was sitzt ihr so steif da, ihr lahmen Säcke, habt ihr keine Beine am Leib, auf denen ihr tanzen könnt, das Leben ist kurz, man muss es genießen, schreit: »Lustig, lustig, lustig!« Das Herz krampft, sie ruft mit letzter Kraft: »Wir sind lange genug tot!« Sieht, bevor sie fällt, den imaginären Balladensänger, der sie mitleidig mit seinen Triefaugen anguckt, wie Bruder Licht, sagt: »Immer haltn Kopp hoch, nich?« Und bricht zusammen.
Marie rappelt sich auf, streicht sich die offenen Haare aus dem Gesicht und räumt die Bühne. In ihrem Kopf ist es leer wie in einem Theater, wenn die Vorstellung zu Ende ist und alle Zuschauer nach Hause gegangen sind. Sie setzt sich auf ihren Platz, sieht sich den Rest der Vorsprechenden an und versucht, nicht laut zu husten. Endlich sind sie durch und gehen nach draußen. Marie holt sich in der Kantine einen heißen Tee mit Zitrone. Der Hals fühlt sich an wie ein Dorfteich, auf dem hundert Kinder Schlittschuhe laufen.

Die Professoren und Dozenten ziehen sich zur Beratung zurück. Wissen die eigentlich, was ihre Antworten für den Einzelnen bedeuten? Interessiert sie das, darf sie das interessieren? Vielleicht stört's manche Bewerber nicht, für andere hängt ihr Leben davon ab und sie stür-

zen sich in die Spree oder in ein anderes Wasser, das zu Hause fließt oder vor sich hin stinkt, wenn sie nicht genommen werden. Und selbst, wenn man aufgenommen wird und hier studieren darf, weiß man nicht, wie sich alles entwickelt, dieses Studium ist nicht wie andere.
An der Rostocker Schule hatte sich ein Mädchen umgebracht, das die Dozenten auseinandergenommen hatten, wie es im Schauspielschulenjargon heißt, das hatte sich herumgesprochen. Wenn sie die jungen Menschen auseinandernehmen, setzen sie sie dann auch wieder zusammen?, fragt sich Marie. Oder vielleicht falsch herum, in Eile, aus Unkenntnis oder Gleichgültigkeit? So wie ich in der Schwesternausbildung, als ich für eine Hausaufgabe nachts noch schnell beim abgebildeten Skelett die Beinknochen mit den Bezeichnungen für die Armknochen versehen hatte?
Ein sympathischer, älterer Herr bittet Marie zu sich ins Zimmer. Er setzt sich auf einen hölzernen Stuhl und weist ihr freundlich den freien zu. »Wir würden uns freuen, Sie im Herbst bei uns begrüßen zu dürfen«, sagt er. Sie schaut ihn erstaunt an. Er sieht ihr lächelnd in die Augen. Ihre Mundwinkel ziehen sich wie von selbst von einem Ohr zum anderen. Die Antwort ist einhellig ausgefallen, sagt er, alle Professoren sind von ihr überzeugt, das kommt sehr selten vor, er freut sich besonders, dass sie aus Plauen kommt, aus dem Vogtland haben sie lange niemanden mehr gehabt. Sie sieht ihn an, sie kann es immer noch nicht fassen, steht auf und geht hinaus.

Im März macht sie ihre Prüfung zum Facharbeiter. Am Freiberger Theater suchen sie Ankleiderinnen für die Oper, sie greift zu. Die Stationsschwester und die blonde Männerverschlingerin in Dresden sind stinksauer.

Filips Zimmer ist vollgestellt mit Staffelei und Leinwänden, darin kann sie nicht wohnen. Sie sucht sich ein Zimmer zur Untermiete, in Freiberg kein Problem.

Die Zeit am Theater ist wunderbar. Sie betreut die Sängerinnen bei ihren Endproben und Auftritten, steht zu den Abendvorstellungen stundenlang glücklich auf der Seitenbühne, in der Gasse, sieht und hört zu, wenn sie ihre Arien singen, in *Falstaff*, *Undine*, der *Verkauften Braut*, dem märchenhaften *Hänsel und Gretel* und einem Glanzlicht der musikalischen Spielzeit, der Barockoper *Julius Cäsar* von Händel. Marie springt die Treppen mit dem schön geschwungenen Geländer rauf und runter, von früh bis abends sind in den Räumen Töne und Laute zu hören, Sänger, die immer und immer wieder schwierige Passagen wiederholen, Schauspieler, die auf Probebühnen schreien, der Chor, der neue Werke einstudiert und alte wiederholt, das rhythmische Stampfen und Springen der Tänzer aus dem Ballettsaal. In diesem Haus wird es erst spät abends still, wenn sich die Künstler ins Café zurückziehen oder nach Hause gehn. Und selbst dann improvisiert noch jemand am Klavier, sind die perlenden Läufe einer Querflöte zu hören, der Aufschrei einer Klarinette.
Marie betreut auch den Chor in *Undine*, wartet mit den leichten, grünen Gewändern auf der Unterbühne, die Chorsänger rennen atemlos herbei, stellen sich auf der Plattform in Position, würgen sich hektisch die Gewänder über ihre Kostüme, drängeln und rempeln, oben dröhnt und wogt das Orchester, musikalische Wellen toben auf und ab, die Wassergeister werden beschworen, die Unterbühne fährt langsam hoch, die Sänger recken in letzter Sekunde beschwörend ihre Arme nach oben, atmen, reißen die Münder auf, das Orchester be-

ruhigt sich, die Wassergeister orakeln. Danach werden sie wieder runtergefahren. Währenddessen rennt Marie durch die Katakomben, um die abgespielten Gewänder auf der anderen Seite wieder in Empfang zu nehmen. Wenn sie Zeit hat, hospitiert sie in den Proben von Filip und anderen Regisseuren. Sie sieht, wie die Regisseure mit den Schauspielern und Sängern arbeiten, wie alles in den Endproben zusammenkommt, das Licht, der Ton, die Maske, die Kostüme. Sie beobachtet, wie die betagte Operndiva, die früher die großen, dramatischen Partien ihres Fachs gesungen hatte und jetzt noch das eine oder andere Mal als Gast auftritt, sich in einem langen, bunten Nylonkleid bewegt, als wäre es aus teurer Seide. Marie bemerkt, dass die Bühne ihre eigenen Gesetze hat. Was auf der Straße, im realen Leben gut aussehen würde, geht auf der Bühne unter. Dafür wirken Sachen auf der Bühne großartig, die draußen nichts wären. Spiel und Licht sind wichtiger als Material. Ein einfacher, fließender Stoff sieht edel aus. Klunker aus Plaste funkeln wie Smaragde und Diamanten. Samt muss nicht echt sein und schimmert doch wie Samt. Das richtige Licht lässt Kunstleder wie echtes glänzen. Sie sieht, dass sich das Spiel mancher Schauspieler durch Kostüm und Maske verändert und das anderer nicht. Sie beobachtet den König. Er ist nicht groß, er muss auch nicht ›groß‹ spielen. Es sind die anderen, die vor ihm Angst haben, sie machen ihn zum Herrn. Sie registriert, dass leise Töne stärker wirken können als Kreischen und Toben. Dass eine Pause mehr erzählt als zwei Stunden Gerenne und Geschrei.

Hunderte fliehen im August über Ungarn nach Österreich, Filip und Marie fliehen nach Hiddensee. Marie, die keine pralle Sommersonne gewöhnt ist, verbrennt

sich ausnahmsweise mal nicht den Mund, sondern den Arsch. Tagelang kann sie nicht sitzen.
Auch anderes treibt sie um. Sie beschließt, aus der Kirche auszutreten. Sie möchte Konsequenzen aus ihren Erlebnissen und Erfahrungen ziehen. Dazu muss sie nach Plauen fahren. Sie tut es und betritt etwas beklommen die Kanzlei im Pfarrhaus der Kirche St. Johannis, in der sie getauft und konfirmiert worden ist. Der alte, gebeugte Kirchendiener ist immer noch da und grüßt sie freudig. Sie sagt, was sie möchte. Er erschrickt, schlägt die Augen nieder, stellt die Bescheinigung aus und reicht ihr stumm den Zettel über den Tresen.

*

Anfang September zieht Marie in das Studentenwohnheim in Berlin Karlshorst. Das Wohnheim ist nicht schwer versifft, aber auch nicht besonders sauber, zumindest gibt es nichts, was krabbelt oder fliegt, stellt sie erleichtert fest und schrubbt die Badewanne. Sie teilt sich das Zimmer mit Elli, einem hochgewachsenen, dunkelhaarigen Mädchen aus Erfurt.
Am ersten Tag versammeln sich die Studenten des ersten Schauspielstudienjahrs in einem Raum der Hochschule. Sie beäugen sich, keiner scheint den anderen zu kennen. Zehn Jungen und fünf Mädchen, ein kleiner, auserlesener Kreis, viel weniger Studenten als in den vorherigen Jahrgängen. Eine kleine, schlanke Frau mit eisgrauen, kurzen Haaren setzt sich dazu. Frau Professor Dora wird dieses Studienjahr leiten, sie ist verantwortlich für diesen Jahrgang, sie wird die Studenten vor allem durch ihr erstes und zweites Jahr begleiten, sagt sie, sie freut sich sehr darauf. Auch Frau Bergmann stellt sich vor, Dozentin für Bewegung, sie ist mitver-

antwortlich für diese Klasse. Nun sollen die Studenten etwas über sich erzählen, wo sie herkommen, was sie bisher gemacht haben, warum sie Schauspieler werden wollen. Marie erzählt von ihren Erlebnissen in der Dresdner Theaterszene und vom Freiberger Theater, ihre Zeit als Krankenpflegerin in einer kirchlichen Einrichtung erwähnt sie nur nebenbei. »Zum Glück ist das ja jetzt vorbei«, schließt sie strahlend.
Auch zwei Studenten aus dem westlichen Ausland sind dabei, Hülya, eine Türkin aus Köln und Lorenzo aus St. Gallen in der Schweiz. Die einheimischen Studenten betrachten sie scheu und neugierig. Warum studieren die hier, in diesem kleinen Land hinter dem Zaun und nicht bei sich, in der großen freien Welt?

Das erste Studienjahr wird eingeteilt, Wahlfreiheit gibt es nicht. Fächer wie Bewegung, Fechten und Akrobatik werden meist in zwei Gruppen unterrichtet, Musik und theoretischen Unterricht wie Theatergeschichte, marxistisch-leninistische Philosophie und Russisch haben sie gemeinsam. Marie erhält Einzelunterricht in Sprecherziehung bei Professor Mindler, alle anderen in kleinen Gruppen. Im ersten Halbjahr spielt das Grundlagenseminar, auch Improvisationsseminar genannt, eine wichtige Rolle, die Schauspiel- und Puppenspielstudenten absolvieren es gemeinsam. Dafür werden die Studenten in fünf Gruppen aufgeteilt, Marie kommt in Frau Professor Doras Gruppe. Das Grundlagenseminar schließt mit dem ersten Szenenstudium ab.
Das Szenenstudium ist zentraler Bestandteil der Ausbildung, jeder Student hat mindestens drei im Jahr, vier Stunden an zwei Tagen, sechs Wochen lang, in den höheren Studienjahren dauern die Proben meist länger. Jedes Szenenstudium wird in einem schulinternen

Vorspiel bewertet, wer ein Vorspiel nicht bestanden hat, kriegt einen Ex-Schuss, wird angeschossen, sie nennen es hier Fähnchen. Wer zwei Fähnchen hat, maximal drei, fliegt von der Schule.
Mit Fähnchen haben sie's in der DDR, sie werden beschworen und besungen, sie hängen am Kampf- und Feiertag der Werktätigen, am Tag der Befreiung vom Faschismus, am Republikgeburtstag an Häusern, Schulen und Fabrikgebäuden. Fähnchen basteln die Jungpioniere in der Schule und im Hort, Fähnchen werden an die Thälmannpioniere ausgegeben, bevor sie an der Tribüne mit den Funktionären ihres Ortes vorüberziehen, auch die Hochschule für Schauspielkunst teilt Fähnchen aus.
Fähnchen werden nicht nur im ersten Studienjahr vergeben, auch im zweiten und dritten Jahr kann man sich noch eins holen, man kriegt sie auch nicht los, das aus einem früheren Jahr zählt immer mit.

Die Wochen gehen wie im Flug vorbei, der Unterricht ist intensiv, körperlich anstrengend und lässt kaum Luft zum Atmen.
Marie eilt zum Mittagessen in die Kantine, sie ist immer noch kühl und abweisend, zumindest ist sie jetzt voller Studenten. Hülya verlangt mit ihrem weichen kölschen Singsang irgendwelche außerirdischen Sachen, fragt nach Kebab und fleischlosen Teigtaschen, nach Lamm und Fladenbrot mit Quark, nach Reis mit Zwiebeln und Tomatensoße. Die Küchenfrau sieht sie an. »Meene Kleene, det heeßt nich Kebab, sondern Bulette, und och nich Fladenbrot, sondern Schrippe, und och nich Zwiebeln, sondern Bollen, jewöhne dir mal um.«
Irgendwie komisch, denkt Marie, dass Hülya hier studiert. Weststudenten müssen ein hohes Studiengeld

zahlen, Studenten aus dem Osten zahlen nichts. Oder heißt ihre Währung Maul halten?
Marie setzt sich zu Benno, der auch im Wohnheim wohnt und hungrig in seinem Schnitzel säbelt. Zumindest gibt's hier nicht diese dämlichen Suppen, Erbsen, Bohnen, Graupen, die wie eingeweichte Socken schmecken. Hier ist es sowieso egal, denkt sie, bei dem Stress schluckt man alles runter, was man kriegen kann, Hauptsache, was im Magen und es bleibt drin. Sie sieht sich um. Die meisten schaufeln ihr Essen stumm in sich hinein und verschwinden, sobald sie fertig sind. Vielleicht in die Raucherecke oder woanders hin. Viel Spaß scheinen die hier nicht zu haben, lockeres Geplauder und Lachen hört man selten, den entspanntesten Eindruck machen die aus dem vierten Studienjahr, die sich, sobald die Sonne scheint, mit ihren Dozenten und Professoren in kleinen Gruppen draußen auf der Wiese tummeln.
Hülya sitzt schräg gegenüber, nestelt am Ärmel ihres schwarzen Shirts und betrachtet ihren Teller. Warum trägt sie nur immer solche hässlichen, schwarzen Sachen?, fragt sich Marie. Die haben doch so tolle Klamotten, Jeans und T-Shirts in allen Farben. Damit sie wie eine graue Maus aussieht, damit keiner was merkt? Vielleicht ist sie eine Spionin? Bei wem ist sie im Grundlagenseminar? Beim Dozenten Meinert. Der ist Schauspieler am Deutschen Theater, oha.
Sie sieht aus wie ein unscheinbarer Rabe. Dabei hat sie ein schönes, markantes Gesicht, ausdrucksvolle Augen und einen großen Busen. Ein bisschen grobknochig, praktikabel und dunkel zielgerichtet. Wie ein tiefbraunes, erdiges Quadrat.
Marie stochert in ihrem Nachtisch. Wie heißt der muslimische Gott? Wir haben in der DDR zwar Neger und katholische Fitschies, wie die in Plauen öfter genannt

wurden, aber keine Muslime. In Freiberg haben sie voriges Jahr einen Mormonentempel gebaut, ein Riesending. Dass die hier im Sozialismus Tempel bauen dürfen, ist schon irre, genauso, dass diese pietistischen Pfarrer aus Stuttgart und München als Gastprediger zu Jugendgottesdiensten und Offenen Abenden eingeladen werden. Was sagt denn die Partei dazu, wenn die die ostdeutsche Jugend zu Gott bekehren? Irgendwann kracht das Komödiantenstadl hier sowieso zusammen, die hauen ja schon zu Tausenden über Ungarn nach Österreich ab. Wieso denn ich nicht?, fragt sie sich. Wieso sitze ich hier und lerne Improvisation, Fechten und Akrobatik?

Die blonde Kommilitonin Karola, die Kitti genannt werden will, weil ihre Oma sie so nennt, Kitti mit dem Schmollmund wie Marilyn Monroe und dem runden Hintern, hat ein Westpaket bekommen. Sie erzählte es fröhlich nach dem Russischunterricht.
Kitti ist unbekümmert bis an die Schmerzgrenze. Sie hüpft im Musikunterricht auf und nieder, bis sich jemand erbarmt und sie um Ruhe bittet. Sie plappert und lacht in Bewegung und Akrobatik, wenn alle anderen schweißtriefend üben. Wenn sie die Treppen hochgeht, sehen ihr die Dozenten und Professoren lächelnd nach, den Blick versonnen auf ihren kugelrunden Popo geheftet. Sie stammt aus Bautzen. Marie fragte sie anfangs im Vertrauen, ob sie wisse, was sich in den Gefängnissen dort abspielt. Kitti sah sie erschrocken an. Nach nur zwei Wochen zog sie aus dem Wohnheim aus, in eine kleine Wohnung in Pankow, die ihr eine Verwandte besorgt hatte.
Kitti lädt für den Abend ein. In der Ecke steht ein durchgesessenes Sofa mit roter Samtdecke, daneben ein ab-

gestoßener, brauner Buffetschrank, vor den Fenstern hängen dicke Vorhänge, die früher mal orange gewesen sein könnten. Auf dem Fußboden dämpfen rostrote, fleckige Teppiche den Schritt. Elli und Hülya haben Wein und Schokolade mitgebracht, das Westpaket steht auf dem Tisch. Es ist riesig, halb ausgepackt, auf dem Fenstersims stehen Ananasdosen, eine große Tafel Schweizer Schokolade liegt aufgefetzt und angebissen in der Ecke, von der Sofalehne hängen Westjeans und Blusen. Die Studenten tauschen neidische Blicke. Elf Kommilitonen sind gekommen, sie drängen sich auf das Sofa und die Stühle, der Rest macht es sich auf den Teppichen bequem. Benno sitzt still in einer Ecke und sagt den ganzen Abend kein Wort.
Elli schenkt Wein in alte Teegläser ein. Kitti hüpft vor Freude auf und nieder. Sie hat eine Überraschung, eine Überraschung, eine Überraschung, die keiner erraten kann. Sie greift tief in das Westpaket. Die Studenten heben die Köpfe. Sie zieht die Hand heraus und hält sie siegreich in die Luft. Etwas Rundes, Graues liegt darin. Eine Handgranate?, schießt es Marie durch den Kopf. Die bringt es fertig und lässt sie neckisch über die Teppiche kullern. Nein, eine Handgranate ist größer, geriffelter. Mit den Dingern mussten sie als Kinder, im Schulsport, ohne Zünder, Weitwurf üben.
»Was ist das?«, fragt sie.
»Eine Kiwi«, sagt Kitti.
»Eine was?«, fragt Andy.
»Kiwi! Kiwi! Eine Frucht, die kann man essen!«, ruft Kitti voller Enthusiasmus.
»Aha, essen«, sagt Andy.
»Ja essen, essen! Die kommt aus Australien und man kann sie in Berlin essen!«, ruft Kitti, wirft die Kiwi in die Luft und fängt sie wieder auf.

Irgendwie ist die süß, denkt Marie. Die ist, wie sie ist. Wahrscheinlich ist die genau richtig hier. Sei einfach, wie du bist. Sei du. Wenn ich nur wüsste, wer das ist, ich. Ob Kitti weiß, wer sie ist? Die macht sich darüber keinen Kopf. Wenn sie fröhlich ist, hüpft sie, wenn sie traurig ist, weint sie.
Kitti holt ein kleines, scharfes Messer aus dem Brotkasten, schält die Kiwi und schneidet sie in elf dünne Scheiben, für jeden eine.

*

An den Wochenenden fährt Marie so oft es geht nach Freiberg. Die Stunden mit Filip sind wunderbar, und wenn er sie zum Zug bringt, steht sie am Bahnhof und weint. Sie steigt ein, sucht sich einen Platz, schläft ein und wacht zwischen Leipzig und Berlin auf, wie erschlagen. Schaut aus dem Fenster in die Nacht. In der Millionenstadt steigt sie aus.

Im Improvisationsseminar sollen die Studenten über Bewegungs- und Rollenspiele, Figurenstudien und Übungen zur Wahrnehmung und Beobachtung einen Zugang zu sich, zum Spiel, den Partnern und dem Raum finden. Frau Dora lehrt seit 1965 an dieser Schule, sie leitet seit vielen Jahren das Grundlagenseminar. Marie macht die Übungen mit, mal mehr, mal weniger begeistert, Frau Dora sagt nicht viel zu ihr.
Fürs nächste Mal sollen sie eine Erzählung oder ein Buch auswählen, das sie beeindruckt hat. Es kann eine Story, ein Roman oder ein Kinderbuch sein, Hauptsache, der Eindruck war nachhaltig. Marie überlegt. Hölderlin, Schiller, Böll? Ihr fällt ein, dass sie früher ein Kinderbuch über einen ungarischen Arzt toll fand, das

sie gekauft hatte, als sie längst übers Kinderbuchalter hinaus war. Es war spannend geschrieben, mit hingeworfenen Tuschezeichnungen illustriert und spukte ihr noch Jahre im Kopf herum. Sie marschiert in die Stadtbücherei Karlshorst, findet das Buch, ein unscheinbares, grünes, *Gift im Blut*. Sie setzt sich auf ihr Hochbett, Elli ist ausgegangen.

Frau Dora fragt, Marie meldet sich. Sie soll erzählen, worum es geht, warum sie dieses Buch ausgewählt hat und kein anderes, was sie daran beeindruckt hat.
Marie schildert die Zustände auf der Gebärstation der Wiener Klinik für Geburtshilfe, um 1846. Sie erzählt, dass es zwei Stationen gab, eine, die Ärzte und Medizinstudenten betreuten und eine, für die Hebammen verantwortlich waren. Die Sterblichkeit auf der Station der Ärzte war wesentlich höher, keiner wusste, warum. Sie schildert, wie Dr. Semmelweis erst runter in die Pathologie ging, wie er mit seinen eigenen Händen Leichen aufschnitt und untersuchte, um ihre Krankheiten zu erforschen. Maries Kommilitonen verziehen das Gesicht, als sie das Wort ›Leichen‹ hören. Marie spürt die Ablehnung und erklärt, dass das damals so üblich war, dass alle Ärzte, die forschten, in die Pathologie gingen – dort lagen die kürzlich Verstorbenen, die konnte man untersuchen, daraus Schlüsse ziehen und Neues entdecken – und da sie damals noch keine Desinfektion kannten, weil die noch nicht entdeckt war, und es demzufolge auch keine Mittel dagegen gab, eilten die Doktoren mit ihrer Herde Studenten um sich rum, mit flatternden Kitteln von der Pathologie direkt auf die Gebärstation, um nach den Leichen die jungen Wöchnerinnen zu untersuchen.
Die Kommilitonen senken die Köpfe.

Die Kittel der Ärzte, die operierten und obduzierten, sagt sie, waren nicht so blütenweiß, wie heute, die waren bunt und fleckig, von Blut, Eiter, Dreck, da haben die mal schnell ihr Skalpell und die Hände dran abgewischt.
Die Kommilitonen schauen auf. Marie erzählt, dass die Station, auf der Semmelweis arbeitete, bei den Wienerinnen als Fieberhöhle verschrien war, weil die Frauen am Kindbettfieber starben, wie die Fliegen. Niemand wusste, woher das Fieber kam, es gab Gerüchte, die Jahreszeiten, die Moldau, man öffnete die Fenster und schloss sie, die jungen Frauen raffte es hinweg.
Marie erzählt begeistert von seiner jahrelangen Suche. »Wie ein Besessener hatte er geforscht, bis sich ein Freund von ihm, ein Gerichtsmediziner, ebenfalls beim Sezieren, eine kleine Verletzung am Finger zuzog, und kurze Zeit darauf starb. Semmelweis sezierte den Freund eigenhändig. Sein Krankheitsbild war das Gleiche wie bei den Frauen. Semmelweis fiel es wie Schuppen von den Augen. Solche Wunden, wie sich sein Freund eine zugezogen hatte, treten bei jeder Geburt auf, und Semmelweis war, bevor er die Frauen untersucht hatte, oft in der Pathologie gewesen, Leichengift haftete an seinen Händen, mit denen er die Frauen untersucht hatte, Leichengift drang in die Risse und Wunden in ihren Geburtswegen ein, heute wissen wir, dass es Bakterien sind. Die Frauen bekamen Fieber, und viele starben. Semmelweis starrte auf seine Hände. Er lief zu einem Freund und stöhnte ›mit diesen Händen hab ich die Frauen untersucht‹. Er forschte weiter und fand ein Mittel gegen das Leichengift, wie sie es nannten, Chlorkalk. Er ordnete an, dass alle Studenten und Ärzte, bevor sie die Frauen untersuchten, ihre Hände und Instrumente in einer Schüssel mit Chlorkalk waschen sollten. Er

stellte sich vor seine Studenten hin und ließ sich ihre Hände zeigen, er drehte und wendete sie, roch an ihnen, und wenn sich einer die Hände nicht gewaschen hatte, schrie er ihn an und schickte ihn zurück. Das Fieber und die Sterblichkeit auf der Station der Ärzte sanken rapide, aber prominente Ärzte feindeten Semmelweis an, weil seine Entdeckung den gängigen Lehren widersprach, weil sie Hygiene für Zeitverschwendung hielten. Sie intrigierten gegen ihn, er wurde rausgeschmissen. Er schrieb ein Buch über seine Entdeckung, niemand interessierte sich dafür. Nur wenige Freunde hielten zu ihm. Semmelweis schrieb offene Briefe an führende Professoren, in denen er drohte, sie öffentlich als Mörder anzuprangern, wenn sie seine Hygienevorschriften nicht anwendeten. Er wurde in eine Irrenanstalt eingeliefert, er soll verrückt geworden sein, aber ist es nicht normal, verrückt zu werden, wenn man entdeckt hat, wie man viele Tausend, Millionen Frauen retten kann und die machen munter mit ihren alten Methoden weiter, während die Frauen jämmerlich verrecken?«

Marie sieht in die Runde. »Würdet ihr da ruhig bleiben«, fragt sie, »wäre euch das egal? Ignaz Semmelweis ist für das eingetreten, was er als richtig erkannt hatte. Er hat sich nicht beirren lassen. Das finde ich gut … heute nennt man ihn den ›Retter der Mütter‹. Er war der große Pionier der chirurgischen Desinfektion.«

Sie sieht Frau Dora und die Kommilitonen begeistert an. »Das war mein Buch und seine Geschichte.«

Die Professorin sitzt ruhig da. Nach einer Weile lachen ein paar Studenten. Frau Dora nickt bestätigend mit dem Kopf, sieht Marie an und sagt »Vielen Dank. Jetzt wissen wir, warum du so bist, wie du bist.«

Wie bin ich denn, denkt Marie. Und wieso wissen die jetzt, warum ich bin, wie sie meinen, dass ich bin?

Sie wendet sich an Frau Dora. Die Professorin gilt als Spezialistin für psychische Probleme, sie hatte ehrenamtlich im medizinischen Dienst gearbeitet, als Soziotherapeutin in einem Berliner Krankenhaus. Sie versteht etwas von Psychologie und Medizin, so steht es in ihrer Vita.

»Ich habe diese Geschichte erzählt, weil sie mich beeindruckt hat. Ich verstehe nicht, warum die Studenten da lachen.«

Frau Dora sieht sie an, ihr Gesicht verrät keine Regung.

»Bitte ... erklären Sie es mir doch.«

Frau Dora wippt mit den Füßen hin und her. Sie sagt, dass die Studenten so etwas wahrscheinlich noch nie gehört haben und deshalb irritiert sind, »und das mit den vielen Leichen ... na also wirklich«. Sie lacht jetzt auch, leicht gequält, irritiert, wie die Studenten.

Was hätte ich denn erzählen sollen, fragt sich Marie, die Geschichte vom Aschenbrödel? Die aus dem vierten Studienjahr proben auf der Studiobühne die *Wolokolamsker Chaussee* von Heiner Müller, im Deutschen Theater probieren sie die *Hamletmaschine* von Müller, unter seiner Regie, kommen darin keine Leichen vor? *Macbeth, Romeo und Julia, Henry IV., Antigone, Penthesilea*, erzählen die von Sissis Kutschfahrt durch den Wienerwald?

Die Studenten sitzen ratlos und peinlich berührt herum. Frau Dora legt die Hände in den Schoß und sieht die jungen Leute an, wie Ingrid Bergmann ihren Humphrey Bogart vorm Abschiedskuss. Keiner sagt was. Frau Dora schlägt sich entschlossen auf die Schenkel. »Na dann.« Sie lächelt der Gruppe aufmunternd zu und bittet sie auf die Bühne. »Ihr werdet jetzt ein paar schöne, praktische Übungen zu Musik durchführen, das muntert euch ganz sicher wieder auf.«

Marie geht durch den langen, ziemlich dunklen Gang, der an der Raucherinsel vorbeiführt, sie will nach draußen, auf die Wiese, an der die Spree, der blaue Fluss fließt. Ein Blick bannt sie, verlangsamt ihren Gang, lähmt ihre Glieder, ihre Seele, ihr Gehirn, sie steht wie festgenagelt. Sein Blick durchbohrt sie. Es ist nur eine Sekunde und ist eine Ewigkeit. Heiner Müllers Blick wertet nicht, ist nicht ironisch, nicht zynisch, ist forschend, zärtlich, in dieser Sekunde sind sie eins. Sie sehen sich nie wieder.

In der darauffolgenden Woche sitzt Frau Professor Dora auf der Stufe der Probebühne. Sie schaut zufrieden in die Runde, lächelt und sagt: »Und wenn ihr dann, ihr Mädchen, eure zwei, drei Jahre im Engagement seid, wenn die Kollegen euch kennengelernt haben und wissen, was ihr könnt, dann könnt ihr erst mal in Ruhe eure Kinder kriegen. Nach ein paar Jahren steigt ihr dann wieder ein.«

Marie sieht auf. Wenn man an ein Theater engagiert wird, ist das ein Engagement fürs Leben. Wer engagiert ist, ist unkündbar, es sei denn, er kündigt und wechselt selbst. Jetzt versteht sie, warum Filip so genervt von den Schauspielern spricht, die sich mehr um ihre Kinder, Datsche und Karnickel kümmern, als um die künstlerische Arbeit, die keinen Bock auf intensive Proben haben, die ihren Stiefel machen wollen und sauer sind, wenn er sie fordert. Er arbeitet nie länger als ein paar Jahre mit demselben Ensemble, das in seiner Zusammensetzung mehr oder weniger gleich bleibt, er braucht immer neue Herausforderungen, sonst wird's ihm langweilig, er erstickt in Routine. Etwas auszusitzen und sich jahrelang am selben Ort, mit denselben Leuten etwas aufzubauen, sich bei Intendanten einzuschleimen, ist seine Sache nicht, er ist ein Zugvogel, und wenn die anderen sesshaft sind, bricht er alle Brücken hinter sich ab und fliegt davon.

*

Marie hatte keine Kinderkrippe und keinen Kindergarten besucht. Sie ging mit den Eltern in die Kirche, zur Christenlehre, in den Konfirmandenunterricht, und in der Schule wurde sie gemobbt. Kinderspiele sind für sie ein Horror. Mein rechter, rechter Platz ist leer, Horror. Spiele mit kreischenden Gören und zerknallenden Luftballons, Horror. Vier Stunden Grundlagenseminar bei Frau Professor Dora, Horror.

Zum Schluss packt Frau Dora eine Tüte aus. Die Studenten blasen fröhlich die bunten Gummis auf. Frau Dora gibt Anweisungen. Marie versucht, sich nichts anmerken zu lassen. Die Studenten spielen ausgelassen, einer zerknallt einen Ballon. Marie hält sich die Ohren zu. Sie haben Spaß, ein zweiter Ballon knallt, ein dritter. Marie bricht weinend zusammen.

Die Luftnummer ist beendet, alle Ballons sind geplatzt. Marie krümmt sich auf den Brettern der Probebühne. Frau Dora beendet das Seminar, packt ihre Sachen ein und geht. Die Studenten drücken sich an Marie vorbei und verschwinden.

Die Probebühne verschwimmt im Dunkel. Sie ist größer geworden, auch zwei Ränge sind da, wie in einem richtigen Theater. Sitzen da Menschen drin oder ist es leer? Auf den Sesseln zeichnen sich kleine Schatten ab. Der Saal ist voll. Auf jedem Sessel sitzt ein Kind, es sind ziemlich magere Kinder, nein, es sind Skelette, Knochen, auf jedem Knochen sitzt ein Schädel, ein Totenschädel, die leeren Augenhöhlen sind auf sie gerichtet.

Marie hebt den Kopf vom Bühnenboden. Sie versucht, sich zu bewegen, es geht nicht. Die kleinen Skelette schauen sie aus ihren leeren Höhlen an. Einige wackeln auf und nieder, winden sich in den Sesseln, schmeißen sich hin und her. Was machen die?, fragt sie sich. Sieht aus, als ob sie lachen. Sie werfen die Armknochen hoch und rufen: »Mariele, Mariele!« – »Kommt, Kinder!«, ruft eine Frau, die am Seitenrand steht. Die Gerippe stehen auf und folgen ihr leise klappernd. Ein Konzert aus Hunderten Knochen. »In Zweierreihen marsch!«, befiehlt die Frau. Die Gerippe stellen sich auf, Zehenknochen an Zehenknochen. Marie bleibt der Mund offen stehen. Die Gerippe haben Badelatschen an, rosa Badelatschen aus Plaste. »Augen geradeaus!«, ruft die Frau. Die Gerippe gehen nach links, eins hinter dem anderen. Die Reihe ist endlos. Das gibt's doch nicht, denkt Marie. Hab ich das vorher nicht gesehen oder war das nicht da? Mitten im Parkett befindet sich ein Wasserbecken, ein Schwimmbad wie aus der Gründerzeit, wie das in Plauen, blaugrün schillernde Kacheln, geschwungenes Messinggeländer, kleine, runde Bullaugen. Eine Galerie, Tribüne für Zuschauer, ist festlich geschmückt, überall Fähnchen. Ein mächtiger Glaslüster baumelt von der Decke, seine langen Klunker malen blinkende, filigrane Schatten auf die Wasseroberfläche. Marie staunt. Die Gerippe streifen ihre Badelatschen ab und stellen sich artig an den Beckenrand. Das Wasser schwankt und spiegelt. Die Frau greift ein Gerippe nach dem anderen und wirft es hinein. Marie will protestieren. Aus ihrem Mund kommt kein Ton. Die Frau dreht sich um. Marie erschrickt. Mutter. »Gehorche gefälligst, dann hast du auch keine Probleme!«, ruft Mutter empört, greift das nächste Gerippe und pfeffert es ins Wasser. Das ist doch kein Wasser, denkt Marie. Was ist denn

das? Ich muss … hier ist ja was los. Marlene Dietrich thront auf einem Kutschbock, ein dunkel bestrumpftes Bein über dem anderen, das weiße zarte Fleisch ihres Schenkels schreit aus dem Straps, der Zylinder sitzt schief auf ihren blonden Locken. Sie schwingt eine Peitsche in der Hand und ruft: »Holla! Professorchen!« Ihre Peitsche saust rhythmisch auf etwas nieder, das die Kutsche zieht, es krümmt sich, duckt sich unter jedem Hieb, es sieht wie ein Pferd aus, nein, denkt Marie, das ist kein Pferd, es geht auf zwei Beinen, was ist das denn? Ein Mensch, der die Kutsche zieht, knietief watet er im Schlamm, schmatzend braun, quatschend rot, träge schwappt die Masse vor sich hin, zieht Blasen, wird eher mehr als weniger, Marie sieht genau hin, das ist Scheiße, er watet in Scheiße, in einem Gemisch aus Scheiße und Blut, es steigt auch so ein Dampf auf, eine Art Trockennebel, eine Mischung aus dem süßlichen Geruch von Theaterblut, dem warmen, eindringlichen Geruch von Scheiße, dem ammoniakartig stechenden von Urin. Das ist die Hölle, denkt Marie, ich bin in der Hölle. Bis zur Hüfte steht der Mensch in dem stinkenden, geschmeidigen Brei, kleine weiße Würmer ringeln sich auf der schillernden Oberfläche, winden sich an Marlenes dunklen Strümpfen hoch, sie lächelt betörend, schwingt die Peitsche und schreit: »Holla!« Der Mensch müht sich, stampft und keucht, wo führt das hin, denkt Marie, kann die dumme Kuh nicht absteigen und schieben helfen, auch wenn sie Marlene Dietrich heißt, kann der die Kutsche nicht stehen lassen und abhauen, wenn ihm die Scheiße bis zum Hals steht?
Sie merkt, dass sie ihre Arme wieder bewegen kann. Hüt dich nur recht, du kleine Gute, denkt sie und pirscht sich ran. Sie sieht dem Mann, der verzweifelt sein Kinn nach oben reckt, ins Gesicht. Es ist aschgrau und kantig,

dort, wo bei anderen Menschen Augen sind, hat er zwei intensive schwarze Löcher. Marie erstarrt. Grandyddy. Eine Knochenhand klammert. Nur das nicht, denkt sie und will sich losreißen. Es geht nicht. Panische Angst überfällt sie. »Hühnerkacke, Mäusedreck, ich mach jeden Juden weg.« Er lacht dreckig und will ihr mit seinen schmierigen Fingern ins Gesicht greifen. »Die rrothaarige, die rrothaarige Germania.« Wen kann ich zu Hilfe bitten, Filip, Hölderlin? Ich muss alleine durch. Komisch, jetzt riecht es nach Kantine, nach gekochten Kartoffeln und angebranntem Schnitzel.

»Hilfe, zu Hilfeee!«, schreit Marie. Einige Gerippe kommen herbei, schnappen nach ihr, bekommen sie an den Beinen zu fassen und ziehen. Marie windet sich. »Was soll denn das? Ihr zieht mich ja runter!« Immer mehr Gerippe greifen nach ihr und ziehen. »Seid ihr wahnsinnig? Was habe ich euch denn getan?« – »Bild dir nur was ein!«, rufen sie. »Meinst du, du bist was Besseres? Ohne Gnade hat er uns erschießen lassen, dein feiner Grandyddy! Und du ziehst seinen Karren aus dem Dreck!« – »Überhaupt nicht!«, entrüstet sich Marie. »Ich ...« – »Du gehörst dazu, du steckst mittendrin!«, höhnt ein Gerippe. »Ich ...«, ächzt Marie. »Was wollt ihr denn? Soll ich auch sterben? Ich habe doch nichts gemacht! Ich kann nichts dafür!« – »Wir hatten auch nichts gemacht! Wir konnten auch nichts dafür«, rufen die Gerippe, »wir waren nur Judenkinder!« –»Zick zack, Rübe ab!«, lacht Grandyddy. Und zu Marie: »Ich habe der Familie keine Schande gemacht, das hatte ich euch doch geschrieben.« – »Ja, und mein Vater hatte es uns auch vorgelesen. Ich habe inzwischen was anderes gehört! In einem englischen Sender, der heißt BBC!« – »Feindsender«, murmelt Grandyddy. »Das ist Judengewäsch, mein germanisches Engelchen. Dummschwätzendes

Journalistenpack.« – »Du hast unschuldige Männer, Frauen und Kinder umbringen lassen, du … du bist ein Mörder! Massenmörder!«, ruft Marie voller Angst. »Ich will nichts mit dir zu tun haben! Lass mich in Ruhe! Hau ab!« – »Du willst mich doch nicht verarschen, mein Püppchen«, gurrt Grandyddy und kneift ihr in den Po. »Alle nett, alle adrett, Frau und Kinder, kurzes Haar!« Er packt sie an den Haaren. »Du willst dir doch nicht die Haare wachsen lassen, wie diese Schlampen und Asozialen? Du bist Bein von meinem Bein! Blut von meinem Blut!«, ruft er und stößt sie in den Matsch. Marie rappelt sich mühsam auf und schreit ihm ins Gesicht. »Die ganzen Gerippe, die hier rumschwimmen, hast du getötet oder töten lassen! Was glaubst du, wer du bist? Gott? Oder der Teufel? Nie, nie mehr kannst du gutmachen, was du verbrochen hast!« Sie heult laut auf. »Am besten setzt du dich in die Scheiße, die du angerichtet hast, und kommst nie mehr hoch! Nicht mal im Traum!« – »Dir haben die Roten ja gründlich ins Gehirn gespuckt und du glaubst den ganzen Mist!«, höhnt Grandyddy. »Mein lieber Sohn hatte recht. Du bist eine elende Zaraffel. Nimm dir ein Beispiel an deinen Geschwistern. Klaus will Ingenieur werden, Gerda säugt das zweite Kind. Und was wirst du? Fatzvogel.«
Marie schlägt die Hände vors Gesicht und weint. »Lass mich in Frieden! Ich will nichts mit dir zu tun haben!« – »Sie haben die Hauptanklage zurückgenommen, weißt du das nicht?«, fragt Grandyddy zärtlich und streicht ihr über das Gesicht. »Haben sie nicht!«, schluchzt Marie. »Das hatte meine Mutter nur erzählt, um uns Kinder einzulullen!« Das Herz schlägt ihr bis zum Hals. »Du hast deine SS-Kapsel geschluckt, als dein Prozess anstand, gib's zu! Die ganze Sippschaft hatte sich damals gewundert, wie schnell du plötzlich ins Gras gebissen hattest!«

Marlene baumelt mit den Beinen auf der Kutsche, schiebt lässig eine Zigarette im Mundwinkel hin und her und trällert »*Später, später bleibt vom Wagen nicht einmal die Wagenspur …*«

»Du widerliches Miststück!«, schreit Grandyddy. Aus seinen Augenhöhlen schießen Blitze. Er packt Marie am Hals. »Dann geh doch, geh zu deinem Judenpack, geh zu deinem Kommunistenpack und lass dir feine Kleider nähen!«, brüllt er und schmeißt sie zu den Gerippen.

Die Gerippe schwimmen ganz nahe an sie heran. »Wir sind nur Knochen. Sieh unsere Mittelfinger.« Sie halten ihre Mittelfingerknochen in die Luft. »Wir haben kein Fleisch und keine Muskeln. Wir haben keine Kraft.« Sie bedrängen sie. »Du musst ihm den Hals zudrücken. Du musst. Wir bitten dich inständig. Er lebt und wir sind Knochen.« – »Womit denn?«, fragt Marie. »Mit deinem Mittelfinger.« – »Mit meinem Mittelfinger?«, fragt Marie entgeistert. »Habt ihr sie noch alle?« – »Wir haben nichts mehr, seit wir erschossen sind«, erwidern die Gerippe. »Wie soll ich denn den erwürgen? Guckt mich mal an! Arme wie Streichhölzer und Baa wie Skistöck! Ihr müsst schon realistisch bleiben!« – »Realistisch, royalistisch, sozialistisch«, lachen die Gerippe. »Dann musst du auch sterben. Ausgleichende Gerechtigkeit.« – »Dann bin ich genauso tot wie ihr. Das nützt euch wenig.« – »Hm«, überlegen die Gerippe. »Da hast du recht. Wenn du ihn erwürgen würdest, wäre uns das lieber.« – »Das glaube ich euch, aber …« Sie schweigt nachdenklich. »Was meinst du denn?«, fragen die Gerippe. »Mal ehrlich …«, sagt sie und sieht ihnen tief in die Höhlen. »Der Alte ist genauso tot wie ihr.« »Och«, seufzen die Gerippe, »wir stecken in der Scheiße.«

»Habt ihr denn gar nichts, was euch Freude macht? Kein Kino, Puppentheater, tanzen, singen, nichts?« Die

Gerippe schauen sie hilflos an. »Ich könnte euch was vorsingen, oder vorspielen.« – »Ja, ja, vorspielen!«, jubeln sie. »Schall und Rauch«, lacht Marlene und löst sich im Zigarettendunst auf.
Marie findet sich auf den Brettern der Probebühne wieder. Sie schleppt sich aus der Schule und geistert durch die Straßen von Schöneweide wie eine Untote.

*

In der Nationalgalerie ist eine Sonderausstellung moderner Maler zu sehen, Marie geht hin. Sie fragt eine Aufseherin nach Bildern von van Gogh, sie haben keine. Die Dame ist hochbetagt, mit einem kleinen, energischen Vogelgesicht und hellwachen Augen. Sie kommen ins Gespräch, Marie erzählt, dass sie Schauspiel studiert, die Dame erzählt, dass ihre Tochter Schauspielerin ist, sie unterhalten sich über Literatur, Maler, Dramatiker und Menschen, als ob sie sich schon hundert Jahre kennen würden. Sie verabschieden sich drei Mal und reden immer weiter. »Sie schaffen es«, sagt die Dame. »Sie haben einen geraden und offenen Blick, Sie schaffen es. Sehen Sie nur den Leuten so lange in die Augen, bis die wegsehen. Und wenn eine Tür zu ist, stehen zehn andere offen. Na, Mädchen, hab wieder Mut.«

Im Grundlagenseminar erarbeiten die Studenten eine Pflichtrolle fürs erste Szenenvorspiel, im Januar kommt eine Wahlrolle hinzu. Als Pflicht bestimmt Frau Dora kleine Szenen aus *Professor Mamlock*, einem DDR-Klassiker. Die Jungs spielen einen Arzt; die Mädels ein armes Mädchen aus proletarischen Verhältnissen, das ungewollt schwanger ist, aber kein Geld hat, um die Abtreibung zu bezahlen, das bittet und fleht, aber vom Arzt abgewiesen wird; und eine schwangere, junge Frau aus reichem Haus, die mit ihrem Hockeyteam nach Davos will, und erfolgreich mit den Scheinen wedelt. Marie spielt die Szenen wieder und wieder, die reiche Dame fällt ihr leicht, die arme schwer, Frau Dora sagt nicht viel zu ihr, sie lässt sie machen.

In Leipzig sind fast 150.000 Menschen auf die Straße gegangen. Es werden immer mehr, sie werden immer mutiger. Sie rufen ›Jetzt oder nie!‹ und ›Wir sind das Volk!‹ Seit Wochen gibt es in vielen Städten Montagsdemos, es soll zu Polizeieinsätzen gekommen sein.
In der Mittagspause hat Marie Dienst im Fundus, sitzt in dem düsteren, staubigen Raum und wartet, bis jemand kommt und sich was ausleihen will. Die Klamotten hängen dicht nebeneinander, vergilbte Unterröcke, alte Rüschenkleider, moderne Hemden und Hosen, ein lila Wams und Pumphosen aus Samt, mittelalterliche Kleider mit Schnürbändern, Haken und Ösen am Rücken, mit goldenen Kordeln über der Brust, Uniformen aus vergangenen Zeiten, Blusen, Schnallen- und Schnabelschuhe, die nach Schweiß riechen, Wäsche, Leibchen, Bänder, Tücher.
Sie schließt den Fundus zu. Sie möchte noch schnell was trinken, eine Kleinigkeit essen, dafür reicht die Zeit nicht mehr, gleich beginnt das Improvisationsseminar. Ein Unterricht jagt den nächsten, nahtlos reiht sich ein Fach an das andere, ist man noch körperlich fertig vom Bewegungsunterricht, von Akrobatik oder Fechten, kommen eine Stunde Sprecherziehung, vier Stunden Improvisationsseminar. Wie gut, dass es Fächer wie marxistisch-leninistische Philosophie, Theaterwissenschaft und Russisch gibt, in denen man innerlich schlafen kann. Marie ist eine der Wenigen, die regelmäßig

Montagmorgen zur Philosophievorlesung erscheinen, die meisten schwänzen und kommen ausgeschlafen gegen elf. Der Philosophiedozent wurde wegen seiner politischen Ansichten von der Karl-Marx-Uni in Leipzig an die Hochschule für Schauspielkunst versetzt, für einen Philosophen ein geistiger Gulag. Verblüffend viele Schauspieler, auch die angehenden, interessieren sich weniger für die Größe des Geistes als für die Größe ihrer Rolle, wobei Größe Textlänge meint.

Marie steigt müde die Treppen hoch. Der Korridor ist lang und kahl, die Tür am Ende des Ganges steht weit offen. Auf den Brettern liegen junge Menschen im Pulk übereinander, wie auf einen Haufen geschmissen. Die Traube bewegt sich nicht, sie atmet kaum wahrnehmbar, sie kleben wie festgeleimt. Aus dem Inneren der Traube kommen schräge Töne, wie aus einem Radio mit Kurzwelle. Ein Junge dreht den Kopf und ruft, als ob er's selbst nicht glauben kann: »Der Erich Honecker ist zurückgetreten!« Marie rennt hin. Das gesamte zweite Studienjahr hängt auf einer Probebühne im dritten Stock über einem kleinen Kofferradio, wie ein Schwarm Bienen an einer süßen Blüte.

Es ist, als ob einer mit einem riesigen Hammer ein Loch in die Betonwand haut. Die Sonne bricht gleißend durch. Der Erich, dessen Bild in der Schule in jedem Klassenzimmer hängt, wie das Kreuz in einer katholischen Grundschule im Westen, Erich der Dachdecker, der Held des Proletariats, der Typ mit der kicksend hohen Kippelstimme, über den das ganze Land gelacht und gestöhnt hat, dieser knochentrockene alte Intrigant, ist zurückgetreten.

Marie dreht den Kopf. Frau Dora steht wie eine Salzsäule auf der anderen Seite des Korridors und starrt ins Leere.

Die Studenten versammeln sich in einem großen Raum. Das zweite Studienjahr ist zahlreich vertreten, über dreißig Studenten, auch aus dem dritten sind viele da, aus dem vierten kommen vielleicht zehn, fünfzehn von vierzig, die haben andere Probleme. Das große Intendantenvorsprechen steht für sie an, bei dem sich entscheidet, wer an welches Theater geht. Von ihrem ersten Schauspielstudienjahr sichtet Marie niemanden. Viele Studenten sieht sie hier zum ersten Mal, wahrscheinlich sind sie von der Abteilung Puppenspiel, die nach dem Improvisationsseminar getrennt unterrichtet werden.
Die Puppenspieler sind irre, eigene, fantasiebegabte Typen, die haben was, findet Marie, auch im Improvisationsseminar, mit denen kann sie mehr anfangen als mit ihren eigenen Kommilitonen. Mit dem Schauspielstudenten Andy, der auch im Seminar von Frau Dora ist, hat sie bisher nur ein paar Worte gewechselt. Die ersten Wochen wohnte er im Wohnheim, dann kam er woanders unter. Sie traf ihn abends auf dem Flur, er bot ihr eine Tüte an. »Danke, ich rauch nicht.« – »Kraut.« – »Ich kiffe auch nicht.« Er guckte sie spöttisch an, sagte »tja« und verschwand in seinem Zimmer. Die Kiffer scheinen sich zu ähneln, dachte Marie. Entweder bist du einer von ihnen, dann hast du's drauf. Wenn nicht, bist du ein Spießer.
Sie setzt sich zu den Studenten des zweiten Studienjahres auf einen der hinteren Tische, die noch frei sind, der Raum wird rappelvoll. Benno kommt und hockt sich neben sie. Warum setzt der sich immer zu mir?, fragt sie sich. Warum nicht, wir sind in der gleichen Gruppe im Improvisationsseminar, wir wohnen Tür an Tür im Wohnheim. Er kommt aus der Magdeburger Gegend, sein Vater ist ein hoher Genosse in der Bezirksleitung, war mal Leiter einer großen LPG.

Benno war eigentlich an der Schauspielschule in Rostock immatrikuliert und ist noch kurzfristig in die Berliner Schule reingerutscht, wie und wodurch auch immer. Marie stand zufällig im Flur, als sich Frau Dora mit anderen Professorinnen über ihn unterhielt. Frau Dora verteidigte seine Immatrikulation vehement, die anderen schüttelten den Kopf.
Marie saß einen Abend lang bei ihm im Zimmer, sie unterhielten sich, vor allem über die DDR. Irgendwann redete sie allein, er hörte zu, und ihr verging die Lust am Erzählen. Sie saßen den Rest des Abends schweigend da, die Kerze brannte runter.
Die Studenten sind unruhig, Spannung liegt in der Luft, die Stimmen schwirren durcheinander. Erstaunlich viele Dozenten und Professoren sind gekommen, es ist eine Versammlung, in der es auch um die Zukunft der Schule geht, ums Was, Wie und Warum. Marie hockt auf dem Tisch und guckt interessiert in die Menge. Ist Professorin Dora da? Sieht nicht so aus.
Ein Student mit schwarzen Wuschelhaaren und einer Stupsnase eröffnet die Versammlung. »Die Veränderungen, die draußen vor sich gehen, greifen in unser Land und in unser Leben ein«, sagt er. »Das kann uns nicht kalt lassen, auch hier muss sich was ändern!« Seine Stimme überschlägt sich vor Erregung, er reckt den Kopf in die Höhe und ballt die Faust. »Das betrifft uns, unsere Schule, wir wollen Schauspieler werden, die die Realität darstellen, die sich ihrer Geschichte, Gegenwart und Zukunft stellen, da können wir nicht die Augen vor dem verschließen, was draußen vor sich geht!«
»Ja, hier an unserer Schule muss sich was ändern!«, ruft ein Student laut dazwischen. Gemurmel im Saal.
»Wir müssen uns auch anderen Strömungen, Ideen und Lehren öffnen! Aus Westeuropa, aus den USA!«

»Immer nur Brecht und Stanislawski«, sagt jemand. »Hier ist alles dermaßen verknöchert, in dieser Schule steht der Muff von fünfzig Jahren Sozialismus!«
»Vierzig!«, korrigiert einer trocken.
»Der ganze Mief stinkt zum Himmel. Wir brauchen Aufbruch, Offenheit. Und Freiheit!«
»Ja, Freiheit!«, rufen sie begeistert.
»Freiheit und Mitbestimmung!«, ruft einer.
»Freiheit und Mitbestimmung!«, skandieren sie.
Marie will auch was sagen, das Herz schlägt ihr bis zum Hals, aber sobald sich eine Lücke auftut und sie den Mund aufmacht, redet schon jemand anderes. So richtig weiß sie auch nicht, was sie sagen soll.
»Wir brauchen eine offene Diskussion!«, ruft der Junge mit den Wuschelhaaren.
»Schafft endlich diese rigiden Bestimmungen ab!«, sagt eine blonde Studentin mit heller Stimme. »Hier kann man noch im dritten Studienjahr von der Schule fliegen, nur weil man im ersten oder zweiten ein Fähnchen bekommen hat, das ist doch Willkür!«
»Ja, das gehört abgeschafft, abgeschafft!«, stimmen ihr die Studenten zu.
»Hier herrscht Stalinismus!«, ruft ein großer, kräftiger Mann in schwarzer Motorradjacke. Hier geht es zu ... wie zu Stalins Zeiten!«
Marie stößt Benno mit dem Ellenbogen in die Rippen und sieht ihn begeistert an. Er hört aufmerksam zu, sein Gesicht zeigt keine Regung.
Eine Gruppe Professoren steht mit verschränkten Armen am Fenster, andere lehnen lässig an der Wand. Der Fachbereichsleiter Schauspiel ist dabei, Professor Röder, den kennt sie vom Sehen und Hörensagen. Manchmal scheint er zuzustimmen. Ein paar Dozenten haben sich

zu den jungen Männern aus dem vierten Studienjahr gesellt. Die Atmosphäre ist geladen.
»Die Professoren sind Heilige und wir Studenten sind das Letzte!«, ruft der Student, der die Diskussion eröffnet hatte. »Wir haben auszuführen, unsere Rollen zu spielen, aber selbstständig denken dürfen wir nicht! Wir wollen nicht abgerichtet werden, wir sind keine Schauspielmaschinen, wir sind in erster Linie Menschen! Wir brauchen eine neue Offenheit an unserer Schule, so wie in unserem Land!«
»Ja, ja!«, schreien die Studenten und klopfen noch wilder auf die Tische. Marie reibt sich die Fingerknochen und ruft: »Offenheit! Offenheit!« Benno lächelt.
»Wir wollen auch unsere Meinung sagen dürfen«, ruft ein anderer, »in Westberlin, an der Hochschule der Künste gibt es studentische Mitbestimmung, und hier? Hier herrscht die Diktatur der Professoren! Schwarze Pädagogik in Rot!«
»Jetzt wird's aber lustig«, murmelt Benno. Marie entdeckt den Dozenten der Philosophie, weit hinten, auf der anderen Seite.
Ein Professor ergreift das Wort, mit kantigem Gesicht und Brille. »Ich bin froh, dass wir heute hier zusammenkommen«, sagt er. »Die Veränderungen in unserem Land sind dramatisch. Es wird Zeit ...« Er macht eine Pause. Im Raum herrscht gespannte Stille. »Ich finde eure Anregungen und Offenheit sehr wichtig. Wir hätten das schon früher diskutieren sollen. Viel früher ...« Er schweigt nachdenklich. Andere Professoren verschränken die Arme und gucken in die Luft. Die Frauen und Mädchen melden sich überhaupt nicht mehr zu Wort. Revolution ist Männersache.
Ein weiterer Professor meldet sich. »Ich finde, wir soll-

ten das fortführen«, sagt er. »In kleinen Gruppen weiterdiskutieren? Oder wieder in einem so großen Gremium?«

»Das vierte Studienjahr steckt voll in der Prüfungsvorbereitung, wir haben ein Zeitproblem«, sagt der vorherige.

»Es gibt genügend andere Studenten, die an der Diskussion interessiert sind«, ruft einer aus dem zweitem Studienjahr.

»Macht einen Vorschlag«, mischt sich der erste Professor ein und schaut auf die Uhr, »wie wollen wir verbleiben? Wir müssen gleich ins Studio, sind in den Endproben.«

Die Studenten reden wild durcheinander. Er schüttelt den Kopf, zuckt mit den Schultern.

»Wir wollen uns wieder treffen«, ruft der Student, der zum Wortführer avanciert. Der Professor sieht ihn fragend an. »Wir machen einen Aushang, am Brett«, sagt der Junge. Der Professor nickt und arbeitet sich durch die Menge, die Platz macht, seine Studenten folgen ihm. Der Dozent der Philosophie meldet sich zu Wort. Er kann sich mit seiner leisen Stimme kaum Gehör verschaffen.

»Haltet doch mal die Klappe!«, schreit Marie. Einige drehen sich erstaunt um, sie werden etwas ruhiger.

»Am Dienstagabend findet eine Demonstration vor dem ZK-Gebäude statt, in dem das Politbüro tagt, es ist wichtig, dass viele hingehn, wenn sich was ändern soll!«, ruft er in die Runde.

Die Studenten nicken und rufen begeistert »Wir sind dabei!«

»Wir treffen uns am Montag gegen acht im Klubraum, Plakate malen und Transparente kleben. Je mehr kommen, umso besser ist es!«, ergänzt er. Die Menge löst sich auf.

Zwei Professorinnen stehen an der Ecke zum Treppenaufgang, Marie geht an ihnen vorbei. »Wenn der auf der Bühne so lebendig wäre, wie er eben beim Redenschwingen war ...«, sagt die eine zur anderen. Marie dreht sich wie zufällig um. Ringsum zerfällt die alte Welt in Trümmer und die stehen im Flur und haben immer, immer recht.

Am Montagabend macht sich Marie noch einmal zur Schule auf, bewaffnet mit einem alten Lappen, Terpentin und Schürze. Wenn sie in Leipzig wieder unterwegs sind, will sie hier auch was tun. Benno kommt mit, er hat rote und schwarze Transparentfarbe gekauft. Das Foyer ist wie ausgestorben. Sicher sind sie alle unten, denkt Marie, das wird ein schönes Gedränge sein. Sie gehen in den Keller, öffnen die Tür zum Klubraum. Am Tapeziertisch stehen der Dozent der Philosophie und zwei Studenten aus dem zweiten Studienjahr. Marie starrt in den Raum. »Wo sind die anderen? Rauchen? Bier holen?« Der Dozent heißt sie willkommen und zuckt resigniert mit den Schultern.
Benno packt schweigend die Farbe aus, Marie vollendet ein Transparent, auf dem »Freie Wahlen statt falsche Zahlen« steht.
Am nächsten Abend stehen sie mit Hunderten anderen Menschen vor dem ZK-Gebäude. Sie rufen »Freiheit!«, »Demokratie!« und »Egon Krenz!« Was sie von dem wollen, ist Marie nicht ganz klar, aber hier stehen viele Menschen, die nach ihm rufen, das wird schon einen Sinn haben. Sie rufen und rufen, aber Egon kommt nicht. Benno sieht sich um, rollt das Transparent ein und fasst sie am Arm. »Was denn?«
»Wir müssen hier weg«, flüstert er.
»Warum denn, die anderen sind doch auch noch da!«

»Weg«, ruft er und zerrt sie durch die Menge.
»Was soll denn das ... der Dozent, die beiden anderen ...«
Er stellt das Transparent an der Straßenecke ab und rennt. Marie rennt notgedrungen mit. Nirgends ist Polizei zu sehen, die anderen stehen ungerührt, skandieren ihre Sprüche und halten ihre Plakate in den Himmel. Benno biegt in eine kleine Seitenstraße ein. Er keucht und hält sich die Seiten. »Mensch«, fragt Marie, »was soll denn das?«
»Das ist immer noch gefährlich«, flüstert er atemlos.
»Wo ist denn das gefährlich?«
Sie gehen schweigend durch die Straßen. »Meinste nicht, dass sich in unserem Land was bewegen muss, dass das ein Anfang ist? Da muss man doch nicht wegrennen, im Gegenteil!«, sagt sie.
»Wie naiv bist du eigentlich«, fragt er, halb trocken, halb besorgt.
Wahrscheinlich ziemlich naiv, denkt sie. Und der? Weiß er irgendwas, was ich nicht weiß? Er tut so interessiert, manchmal fast väterlich. Will er vielleicht was von mir? Hab nicht den Eindruck. Trotzdem, ich trau ihm nicht.
»Gute Nacht, Benno. Hab noch was zu erledigen.« Er sieht erstaunt auf.
Marie schlendert durch die Straßen, sucht sich eine Eckkneipe und trinkt ein kühles Kindl.

Was hat es für einen Sinn, hier Schauspiel und Dramatik zu studieren, wenn draußen die Dramatik auf den Straßen tobt? Was soll das *Gretchen* im Kerker, wenn sie draußen gerade aus ihrem Kerker ausbrechen, was sollen *Medea* und *Kassandra*, die sehenden, klagenden Figuren, wenn hier ein klagendes Volk sehend wird und wütend am Gitter rüttelt?

Die Menschen hauen zu Tausenden über die grüne Grenze in Ungarn ab, in Leipzig laufen sie seit Wochen über den Ring, und diese blinde, vernagelte Alte-Knochen-Führung steht immer noch auf ihren dämlichen Tribünen und winkt mit tatterigen Händen nach unten, wo die Blauhemden mit der auf- oder untergehenden Sonne am Ärmel in sauberen Formationen vorüberziehn.
Wir wollen reisen dürfen, schreit Marie vor Wut in ihrem Zimmer im Wohnheim gegen die Wand, frei wählen und nicht nur als Attrappe! Das sollten wir mal spielen, Frau Professorin Dora, von einer Berliner Bühne runter! In dieser Schule, auf ihren akribisch gescheuerten Probebühnen spielen wir die heile, sozialistische Welt, wir erzählen Geschichten, die nichts mit uns zu tun haben, wir üben Gefühle, die uns nicht bewegen, und draußen bricht die Welt zusammen! Es ist zum Kotzen! Zum Kotzen, Frau Professor, zum Kotzen! Blöde Kuh!

*

Halb elf Uhr nachts. Marie ist müde, morgen muss sie wieder voll da sein, Punkt acht in der Eliteanstalt. Heute hatte sie zwei Stunden Unterricht in Bewegung, dann Diktion beim sächsischen Dichterfürsten Karl Mickel, der die Lyrik von Johannes R. Becher auseinandergenommen hatte. Vier Zeilen seines Lebenswerks hatte er gelten lassen und sie zu einem Vers zusammengeschraubt, den er zur allgemeinen Erheiterung zum Besten gab.
Elli, die Mitstudentin mit den schwarzen Locken, ist noch nicht da. Marie ist schon ins Bett gekrochen und zieht die Decke über die Ohren. Nach einer Weile hört sie im Halbschlaf Stimmen durch die Tür. Sie schwirren

aufgeregt durcheinander, Türen gehen auf, werden zugeworfen, jemand reißt die Tür zu ihrem Zimmer auf, Marie schreckt hoch, Elli ruft völlig außer Atem: »Die Mauer ist offen, die Mauer ist offen!«

Wieso denn das, denkt Marie schlaftrunken, wahrscheinlich träume ich. Hoffentlich nicht wieder so einen Scheißtraum. Sie lässt sich in die Kissen fallen und macht die Augen zu.

Elli ist noch in Straßenkleidern, sucht irgendwas, fragt: »Kommste mit, wir gehen gucken.«

»Wohin?«, fragt Marie und richtet sich wieder auf, immer noch nicht ganz da.

»Na, die Mauer ist offen, wir woll'n hingehn, kommste mit?«

Hm, schießt es Marie durch den Kopf, jetzt hier raus, Nacht, Novemberkälte, Nieselregen, Grenzgebiet, Mauer, wie weit ist das denn? Wenn ich da ankomme, ist die wahrscheinlich gar nicht offen, die ist einfach nur zu, so zu, wie sie immer war. Ich muss doch morgen wieder fit sein, Theaterwissenschaft, Russisch, in der Mittagspause in diesem muffigen Fundus sitzen, am späten Nachmittag noch Fechten, mit rechts, obwohl ich dieser anerkannten Koryphäe, die nicht nur Studenten der Schauspielkunst, sondern sogar Sportfechter erfolgreich unterrichtet, wie er betonte, gesagt hatte, dass ich lieber mit links fechten würde, weil ich damit wahrscheinlich besser zurechtkäme. Er guckte mich nur an, schüttelte den Kopf und spannte mich mit der blonden Kitti zusammen, die zwar lieb und niedlich ist, aber auch keine Ahnung vom Fechten hat. Vielleicht ist es ihm zu umständlich, die Positionen noch mal spiegelbildlich zu erklären, vielleicht ist es ihm egal, wir sind nur Mädchen, die parieren auf ihre Weise. Wenn die Mauer, was ich nicht glaube, wirklich offen sein soll-

te, also richtig offen, dann kann ich mir das auch noch morgen, übermorgen und überübermorgen angucken, hab ich die so lange nicht von der anderen Seite gesehen, kommt's auf die paar Stunden auch nicht an.
»Lass mich schlafen, Elli«, sagt Marie und sinkt zurück aufs Kissen. Elli rafft ihre Sachen zusammen und sprintet raus.
In dieser Nacht recken sie die Köpfe, recken Bierflaschen, weinen, winken, johlen und umarmen sich, in dieser Nacht verändert sich die Welt.

Es nieselt. Auf dem Boden haben sich Pfützen gebildet. Manche sind leicht schlierig, als hätte jemand einen Schuss Öl hinein getan, sie schillern in matten, ineinanderlaufenden Farben, rot, blau, violett. In den Pfützen spiegeln sich die Lichter der Ü-Wagen. Kleine Busse, Autos, große Kombis mit und ohne Hänger stehen auf dem kargen, matschigen Gelände, auf den Wagen steht in großen Buchstaben RIAS, WDR, ZDF, ARD. Mensch, denkt Marie, da steht RIAS auf dem Auto. RIAS. WDR. Männer und Frauen in Kapuzenmänteln und dicken Jacken laufen herum, mit Mikrofonen in der Hand, die an langen Stangen befestigt sind, mit Zottelhaaren dran, die im Wind flattern.
An der Mauer sitzen und stehen Menschen, sie klopfen mit Hämmern Steinchen heraus. Jeder hämmert für sich allein, durcheinander, gegeneinander, übereinander, das Hämmern bildet einen Sound, einen Klangteppich, der unter den Schritten, den Stimmen, dem Gedudel eines Radios, den entfernten Geräuschen der Stadt liegt. Hört einer zu hämmern auf, hämmert ein anderer weiter, es ist ein chorischer Gesang der Hämmer, das Atmen der Hämmer.
Marie steht ratlos auf dem weiten Platz, Leere brei-

tet sich in ihr aus. Das ist er also, der Westen. Da sind sie, Westbäume, Weststraßen, Westpfützen, Westvögel, Westmenschen. Wie schmeckt die Luft? Besser? Verheißungsvoller? Sie ist neblig und kühl, Berliner Novemberluft.
Sie geht an der Mauer entlang. ›End of the World‹ steht da, mit einem kleinen stilisierten, lächelnden Gesicht, die Worte ›World‹, ›Freedom‹ und ›Volk‹ liest sie öfter, ›Happy Birthday‹ steht da und ›Ich liebe dich‹, umrahmt von roten und gelben durchstochenen Herzen, knallbunten Mickymäusen und wild springenden männlichen Figuren in farbigen Turnschuhen.
Nur das leichte, ununterbrochene Hämmern ist zu hören. Was wird aus der DDR? Werden sie Meinungsfreiheit und Pressefreiheit zulassen, werden wir in die ganze Welt reisen dürfen? Oder gibt es bald keine DDR mehr? Was gibt es dann?

Am Wochenende kommt Filip. Er parkt seinen himmelblauen Trabi vor dem Wohnheim. Marie hat eingekauft, Milch, Eier, Butter, Käse, Schinken, Brot, Berliner Kindl. Er hat alles in den Nachrichten gesehen, sagt er, er hat ein komisches Gefühl. Er ist immer kritisch zu diesem Staat gestanden, hat von Jugend auf die Lippe riskiert, sie haben ihn von Jugend an bespitzelt, manchmal wusste er, wer es war, manchmal nicht. Manchmal hatten sie es ihm sogar gesagt, abends in der Theaterkantine, in der Kneipe: »Mensch, halt die Klappe, mensch Junge, halt dich doch zurück.«
Nach verschiedenen Stationen als Regisseur und Oberspielleiter sollte er in Schwedt Intendant werden. Die Stasi hatte was dagegen. Einige seiner Inszenierungen hatte er nur mit Mühe durchgebracht, eine hatten sie ihm verboten, eine hatte er selbst zurückgezogen, weil

er sie nicht so verändern wollte, wie die Funktionäre von der Bezirksleitung und ihre Handlanger, die Dramaturgen, es wollten. Dramaturgen konnten sich nie vorstellen, dass seine Ideen funktionieren. Er hatte seine Ideen durchgesetzt, unter massiven Kämpfen.
»Dann kannst du doch jetzt froh sein«, sagt Marie.
»Ja, froh ... froh ... und auch wieder nicht.«

Auf dem Gang im Wohnheim trifft sie die Halbrumänin Kimi, die offensichtlich auch keine Beziehungen hat, sonst würde sie nicht als eine der Wenigen im vierten Studienjahr noch im Wohnheim wohnen. Sie lehnen an der Säule vor der Kotzecke, die denen gelegen kommt, die nachts die Treppe hochkommen, zu viel Selbstgebrannten gesoffen haben und es nicht mehr auf ein WC schaffen. Die Kotzecke wird zwar regelmäßig gereinigt, hier stinkt es trotzdem wie ein Mülleimer. Marie ist zwar einiges gewöhnt, aber es gibt auch einen inneren Eimer, und ihrer ist schon ziemlich voll.
»Die Prominentenkinder können machen, was sie wollen, die werden durchgewinkt, die aus dem Westen sowieso, die bringen ja Devisen mit«, sagt Kimi zu Marie, »und uns Dorfmatzer schleifen sie, bis wir zusammenbrechen.«

Nach dem Unterricht steigt Marie in die S-Bahn und fährt nach West-Berlin, zum berühmten Ku'damm. Es ist ein komisches Gefühl für sie, an der Haltestelle Friedrichstraße einfach sitzen zu bleiben und weiterzufahren. Die Straßen laufen weiter, auch auf der anderen Seite der Grenze sind Häuser und Läden, es wimmelt vor Menschen, das alles war schon immer da.
Sie steigt am Bahnhof Zoo aus und läuft die Joachimstaler Straße runter. Es dämmert, überall gehen Lichter an.

An jeder Hauswand, in jedem Laden, in jeder Kneipe blitzt etwas auf, hängt etwas, das groß ins Auge fällt, bei jedem Schritt flackert ein Licht, eine Reklame, laufen Wörter bunt an einer Wand entlang. Was ist das? Wer will was von mir?, schießt es ihr durch den Kopf. Eine Flasche mit einem fremden Namen, blink blink blink, kauf, blinkt die Flasche, kauf mich, kauf! Ich bin so lecker, und du bist so durstig, kauf! Blink blink blink, hier, eine Kneipe. Mit Automaten drin, die rufen, komm rein, komm, trink was, spiel mit mir, ich bin so toll, und dir ist langweilig, du hast Lust, mit mir zu spielen, komm! Ein Plakat spannt sich über eine Hauswand, riesengroß und bunt. Ein Schokoriegel. Iss mich, iss! Iss nie mehr was anderes, iss mich!, schreit der Schokoriegel. Gelb, rot, grün, violett, in allen Farben kreischt es aus den Läden, Kellern und von den Häuserwänden, an der Ecke steht eine Leuchtreklame, die wie eine nackte Frau aussieht, rot gelb orange laufen Streifen an ihr herunter, ihre geschwungenen Brüste stechen in den Nachthimmel, auf der Straße rauscht der Verkehr, Autos mit grellen Scheinwerfern, Ampeln springen von Gelb auf Rot, Hupen quäken, Reifen quietschen.

Marie bleibt stehn. Ein altes Kino, wie schön. Von den Plakaten schreien Münder, Pistolen schießen, Körper springen heraus, wie lebendig. Sieh mich an, mich! Sieh nie mehr etwas anderes an, nur mich! Sie geht in den Vorraum des Kinos. Eine grell geschminkte Frau lümmelt am Tresen. »Hat angefangen«, murmelt sie. Marie schaut sich die Plakate an, es sind vor allem Filme aus den USA, die sie hier zeigen. »Was wird denn sonst hier gespielt?«, will sie wissen. »Sehn Sie doch.« – »Spielen Sie nur Filme aus den USA?« – »Was denn sonst«, murrt die Frau und zieht die Lippen nach.

Marie geht nach draußen. Die Namen, Wörter und Far-

ben zerren an ihr. Noch mehr Frauen aus Pappe, an denen Lichtstreifen hoch- und runterlaufen. Hier kann man nicht nur Sachen kaufen, sondern auch Menschen. Ein Mann in mittleren Jahren geht auf sie zu. Der großartig Gestreifte?, zuckt es ihr durch den Kopf. Es ist nur eine Ähnlichkeit. Der Mann verteilt kleine, bunte Zettel. Marie streckt die Hand aus und lächelt ihn verwirrt an. Der Mann lächelt freundlich zurück. Wieder die Ähnlichkeit mit Bruder Ulla.
Sie steckt den Zettel in die Tasche und flüchtet in eine Seitenstraße. Hier ist es ruhiger, dunkler. Ein kleiner Buchladen! Sie geht hinein. Er ist genauso unaufgeräumt wie der in Dresden, an der Straßenecke bei André Winzig, sogar auf dem Fußboden stapeln sich Bücher und Zeitschriften. Der Typ sieht auch so ähnlich aus wie der in Dresden, Schlabberpulli, mit einem abgeschabten Jackett darüber, Rauschebart und tief liegende Augen. Marie nimmt das eine und andere Buch zur Hand, der Typ guckt scheel, es scheint ihm nicht zu passen, das jemand hier was anfasst. Soll er Fisch verkaufen, wenn er nicht möchte, dass man reinliest, denkt Marie. Ah, diese Psychologin, fällt ihr ein, das Buch, was Bastian ihr geliehen hatte, aber der Typ guckt so komisch, dann fragt sie lieber woanders. Sie kann ja jetzt jederzeit … überall … alles … schon irre, irgendwie. Sie kauft ein schmales Bändchen von Böll, die Bücher hier sind teuer, vor allem die Gebundenen, nicht so wie in der DDR. Nur mit der Auswahl, da haperte es bei uns, denkt sie. Hier gibt es alles, und was es nicht gibt, kann man bestellen, wenn man das Geld dazu hat.
An der Ecke ist eine Drogerie. Sie geht hinein, nur mal gucken. Die Auswahl ist riesig, einige Namen und Marken kennt sie aus dem Intershop, in dem sie manchmal mit ihrer Mutter war. Sie nimmt eine Dose in die Hand,

legt sie wieder hin, nimmt eine andere in die Hand und legt sie wieder hin. So eine Dose Creme hütete Mutter fast ein Jahr lang, und wenn sie leer war, diente sie als Schachtel für Plasteperlen, kleine Halbedelsteine, die Vater in den Halden bei Trieb und Steina gefunden hatte, für Haarnadeln, Schnipsgummis und Kram. Wir haben uns mit diesen Dingen geschmückt, geht es ihr durch den Kopf, Sehnsuchtsdinge, wir haben sie aufgehoben und gepflegt, wie Souvenirs aus einem fernen Land.
Plötzlich fallen ihr Rose Kühn und André Winzig ein. Sind sie noch rüber, haben sie alles im Stich gelassen, kurz vor dem Mauerfall? Rose, jetzt kann ich dich verstehn, denkt sie, du musst einen Schock gekriegt haben im KaDeWe. Sie hatten dich geblendet. Nicht mit glühender Asche, wie Ludwig XIV. seine Widersacher: mit Kleidern, Hummer, Tand und Kram.
In den Seitenstraßen sind weniger Menschen unterwegs, es ist, als ob man in eine andere Stadt kommt, von einer Straße zur anderen. Ein S-Bahnhof. Ziemlich dunkel hier, die Wände sind mit Grafitti vollgeschmiert, in den Ecken stinkt es nach Pisse. Aha, denkt sie. Die Prachtstraße ist gelackt und wenn man um die Ecke biegt, wird's duster. Sie fährt zurück.
Was sind das für Versprechungen, die die Werbung macht?, fragt sich Marie. ›Wer aus mir trinkt, der wird ein Reh …‹ Der Kapitalismus ist quicklebendig. Er fault und stinkt auch nicht, wie man uns weismachen wollte, zumindest nicht äußerlich. Wie riecht der Kapitalismus? Irgendwie parfümiert. Nach Fa Seife und Jacobs Krönung. Nach Seifenkaffee.
S-Bahnhof Friedrichstraße. Die Lichter werden weniger. Eine Stadt, zwei Welten. Ein Land, zwei Welten. Sagen die im Westen nicht, dass bei uns alles so dunkel ist?

So trist, so depressiv?, geht es ihr durch den Kopf. Wo hab ich das gehört? In einer Radiosendung. Wie können die da nur leben?, fragten sie. Mit ›die‹ meinten die uns. Und für mich sind ›die‹, die drüben.
Sie tastet nach einem Taschentuch und zieht den Zettel aus der Tasche, den der Mann ihr vorhin in die Hand gedrückt hatte. Ein Aufkleber. »Wir sind ein Volk« steht da. Marie stockt der Atem. Auf den Demonstrationen rufen sie »Wir sind das Volk«. Stimmt ja auch, WIR sind das Volk. Hört uns endlich an. Bestimmt nicht über uns hinweg. Lasst uns mitbestimmen, teilhaben. Wir sind keine Rowdys, wir sind das Volk. Aber »Wir sind e i n Volk?« Wer kommt denn auf so was? Klar, wir sind ein deutsches Volk, aber wir leben in zwei verschiedenen deutschen Staaten, wir sind Deutsche in Ost und West, als Folge des Zweiten Weltkriegs. Wo kommt dieser Aufkleber her? Vom Ku'damm. Was soll das denn heißen – dass die Menschen in der DDR, in der BRD ein Volk sind? Heißt das, dass die drüben auf unserer Seite sind? Dass die uns unterstützen wollen? Ein Volk. Die S-Bahn rattert durch Ost-Berlin. Marie grübelt. Das hieße e i n Land. Ein deutscher Staat. Die deutsche Einheit. Sie schaut aus dem Fenster. Straßenzüge, Gleisbett, Telegrafenmasten. Kommt der Kapitalismus dann auch zu uns? Werden wir uns einbringen können, mit unseren Ideen, Idealen, unserem Denken und Empfinden, mit dem, was bei uns gut ist, und dem, was wir verändern wollen, oder werden wir zugeschüttet, eingedeckt, wird man uns den Mund und das Gehirn stopfen mit Duschbad, Cremes, Autos, Schokoriegeln, Jeans, Couchgarnituren, Kiwis, Nutten und Bananen? Was geschieht mit uns?

Filip und Marie gehen Hand in Hand durchs Brandenburger Tor. Niemand hält sie auf. Als wäre es nie anders

gewesen. Es ist ungewohnt und schön, wo durchzugehen, wo man früher nie durch durfte.
Filip ist einsilbig, er denkt viel nach. Marie fühlt sich zu ihm hingezogen, was interessieren die Jahre, die er älter ist, es kommt auf die Menschen an, ob sie sich verstehen, nicht, ob sie im gleichen Jahr geboren wurden. Sie gehen in eine Vorstellung der Volksbühne, in der Vögel in einer Tüte zerquetscht werden. Die Schauspieler schreien viel, das Theaterblut spritzt bis in die erste Reihe. Danach wollen sie in ein Restaurant. Die Kellnerin fängt sie am Eingang ab. »Wir haben nichts mehr.« Filip guckt belustigt und will an ihr vorbei, wie immer in solchen Situationen. »Das kann doch nicht sein«, sagt Marie, auf Diplomatie aus. »Irgendwas gibt's immer. Ragout fin, Strammer Max, Bratkartoffeln mit Spiegelei. In jeder Kneipe der Republik bis 22.30 Uhr.« – »Ist uns auch noch nie passiert«, erwidert die Kellnerin verzweifelt. »Ganz Ost-Berlin haben sie kahl gefressen, von der Currywurstbude bis zum Operncafé.« – »Wer denn?«, fragt Marie entgeistert. »Die Westberliner! Für die ist es bei uns spottbillig. Wie die Heuschrecken.«

*

Im Grundlagenseminar wird ab Januar zusätzlich eine Wahlrolle geprobt. Marie sucht sich Shakespeares *Julia* aus. Frau Dora meint, die *Julia* sei für sie selbst und für Marie zu schwierig und schlägt ihr Fausts *Gretchen* vor. Marie ist nicht begeistert und bittet Filip, es mit ihr zu erarbeiten. Da sie unter seiner Regie mit ihren Vorsprechrollen alle überzeugt hatte, muss er jetzt noch mal ran.
»Weiß auch nicht, was da los ist, ich kann es dir nicht sa-

gen. Ich hab das Gefühl … die Dora hat was gegen mich. Weiß auch nicht, warum … entweder passt ihr meine Nase nicht, oder es gefällt ihr nicht, wie ich spiele. Aber sie sagt nicht, was ich anders machen soll, und wie … sie lässt mich einfach laufen … ich kann's mir nicht erklären, ich spüre eine Abneigung bei ihr, das macht mir Angst. Manchmal sitze ich wahrscheinlich mit einem Gesicht da, wie hundert Jahre Regenwetter … das ist nicht gut, ich muss doch frei und offen sein, um spielen zu können … Ich versuche ja, mir nichts anmerken zu lassen, aber immer, wenn ich zum Grundlagenseminar gehe, komme ich mir vor, als ob ich mich in einen Sarg legen muss, die Dora kommt und schaut mich an, mit einem aggressiven Pferdegesicht, dann klappt sie langsam den Deckel zu, setzt sich drauf und pfeift sich eins. Irgendwann geht der Deckel wieder auf, ich krieche halb tot heraus, Frau Dora erklärt den anderen Studenten gerade etwas und lächelt sie freundlich an. Ich gehe hin, ich spiele mit, dazu bin ich ja da, dazu haben sie mich doch aufgenommen, aber die bemerken mich nicht, als ob ich Luft bin. Vielleicht kann ich nicht spielen, Filip, vielleicht bin ich nicht begabt, und das ist alles nur ein großer Irrtum …«
»Ich finde, du bist unheimlich begabt«, sagt Filip, »ich war erstaunt, was von dir kam, als ich mit dir probiert hatte. Ich weiß nicht, was die Dora kann und sieht, aber ich weiß, was ich gesehen habe, und ich bin lange genug am Theater, um das beurteilen zu können, und offensichtlich bin ich damit nicht allein, denn die Professoren hatten deine Begabung auch gesehen, und waren sich einig. So viel ich weiß, hat die Dora innerhalb der Schule fachlich keinen guten Stand, die anderen Professoren lachen über sie, aber niemand legt sich mit ihr

an. Ich hatte diese Dame mal kurz kennengelernt, und habe meine Meinung, aber das hilft dir auch nicht weiter.« Er zieht nachdenklich an seiner Pfeife, durchsichtige blaugraue Rauchschwaden steigen in die Luft.
»Wie ist denn deine Meinung?«, fragt Marie.
»Das ist eine Kitschsuse, eine, die alles verbrämen und verlügen will, Wahrheit erträgt sie nicht«, sinnt Filip zwischen den nächsten Rauchschwaden. »Die wird dich niemals mögen, du bist ehrlich und geradlinig, unsentimental, direkt, dabei so herrlich naiv …« Marie sieht ihn erschrocken an.
»Wahrscheinlich bist du ein rotes Tuch für sie, eine Provokation, mit deinem ganzen Wesen.« Blaue Rauchschwaden. »Gegen so eine Aversion kann man wenig machen, du kannst dir die Dozenten nicht raussuchen, nur versuchen, das Beste draus zu machen, offen und locker sein.«
»Ich will auf jeden Fall eine gute Wahlrolle abliefern«, bittet Marie. »Wenn du gut findest, wie ich spiele, wird sie wohl auch nicht meckern können.«

Filip erarbeitet mit Marie das *Gretchen*, die Kerkerszene, sie spielt sie im Seminar vor. Frau Dora sitzt mit eingefrorenem Gesicht. Sie fragt die Studenten nach ihrer Meinung, nur Lars traut sich. Er kommt aus einer Theaterfamilie, seine Mutter ist Tänzerin an der ›Komischen Oper‹, sein Vater Regisseur. »So schlecht fand ich das gar nicht«, sagt er, »mal war ich dran, mal nicht, dann wieder dran, die ganze Zeit. Spannend, wenn ich so überlege … ich fand es richtig gut.« Frau Dora springt auf. »Das war noch lange nicht gut, noch lange nicht …«, ruft sie empört. Marie wundert sich, so engagiert hat sie die Frau noch nie erlebt. »Das war alles andere als gut … nein, das war schlecht.«

Frau Dora knöpft sich Marie zur Einzelprobe vor. Das *Gretchen.* Sie verlangt Gefühle. Marie fragt, welche innere Haltung die Figur hat, Frau Doras Meinung nach, wie die Figur denkt, was sie weiß, was sie will, Frau Dora sagt, das ist alles nicht wichtig, Marie denkt, doch, das ist wichtig, Frau Dora kniet fast neben ihr und sagt »Gefühle sind wichtig, nur Gefühle, Mädel, Gefühle, weiter nichts.«
Marie sieht sie an, in ihrem Kopf dreht es sich, die Probebühne dreht sich, sie versteht nicht, was Frau Dora will, warum immer Gefühle, davon hatte Filip nie gesprochen, er hatte einfach probiert und die Gefühle sind dabei entstanden, wie nebenbei. Die stellten sich irgendwann ein, ohne dass er sie herbeigeredet hatte. Was Filip sagte, hatte Hand und Fuß, er ging von der Situation aus, der schauspielerischen Haltung, dem Untertext, Marie konnte problemlos umsetzen, was er wollte, er brauchte sie nur anzutippen, und sie verstand. Sie hatte einen Boden, auf dem sie laufen und tanzen konnte, ein Netz, das trug.
Marie würde Frau Dora gern den Gefallen tun und alle Gefühle spielen, die sie haben will, aber sie weiß nicht wie, wie spielt man Gefühle? Sie spielt die Szene noch einmal und fühlt, so sehr sie kann, fühlt sich das Herz aus dem Leib, die Knochen klamm, die Füße wund, fühlt Rotz und Wasser, Frau Dora sitzt da und jammert. »Lass sie zu, die Gefühle, ach Mädel, lass sie zu.«
Kann ich nicht zu einem anderen Professor gehen, fragt sich Marie, zu jemandem, der es nicht so mit Gefühlen hat, der probiert, ausprobiert, aber das geht wohl nicht. Ich sitze in der Scheiße. »Gefühle, Mädchen, noch mal, lass die Gefühle zu, ach, lass sie zu.«
Das einzige Gefühl, das sich bei Marie einstellt, ist Hass. Hass auf Gefühle, Hass auf Professor Dora, auf diese

Stimme, die jammert und fleht, auf dieses in sie Hineinreden. Wie Mutter, als sie im Türrahmen stand und barmte ›Du bist schuld, nur du, schiebe die Schuld nicht auf uns, nein, schiebe sie nicht auf uns.‹
Marie spielt die Szene zu Ende, Frau Dora lässt die Hände resigniert auf die Hosennaht fallen. »Ich weiß auch nicht, was ich dir noch sagen soll, Mädel, was ich mit dir machen soll, wie soll ich an dich rankommen.«
Die Probe ist beendet. Frau Dora sitzt da und sagt, wie nebenbei, als ob sie mit sich selber spräche, dass sie bei der Eignungsprüfung nicht von ihr überzeugt war, als Einzige. Sie sieht Marie an, mit einem Gesichtsausdruck, der sagt: Da hab ich ja wieder mal recht gehabt. Marie ist sprachlos. Warum bin ich dann ausgerechnet zu dieser Professorin ins Grundlagenseminar gekommen und nicht in eine der vier anderen Gruppen?, fragt sie sich.

Marie holt sich das Mittagessen. Benno setzt sich an ihren Tisch, ihr gegenüber. Er zersäbelt eine Kartoffel, schaufelt mit der Gabel grüne Erbsen in seinen Mund und schiebt ein Stück Beefsteak nach. »Einer der Genossen aus der Bezirksleitung hat sich gestern aufgehängt«, sagt er und kaut mit vollen Backen.
Marie sieht ihn entsetzt an. »Einer aus …?«
»Aus der Magdeburger Bezirksleitung.«
»Warum denn?«, fragt sie fassungslos.
»Warum wohl«, sagt er, lächelt und sticht in die Kartoffel.
Marie lässt Messer und Gabel sinken. Er sieht sie ungerührt an, kaut weiter. Sie sucht in ihren Erbsen irgendwas, was nicht da ist.
»Ist dein Vater nicht in der Magdeburger Bezirksleitung?«, fragt sie. »Kanntest du diesen Mann?« Er schweigt.

Wer ist das?, fragt sie sich. Wir sind zusammen bei Frau Dora im Grundlagenseminar, die Professorin hatte sich für ihn eingesetzt, sie lächelt, wenn er spielt und kritisiert ihn wenig.
Benno nimmt seinen Teller, steht auf, sieht Marie durchdringend an und sagt »Wenn du hier so weitermachst, kannst du bald einpacken«.

Alle Stühle sind besetzt, hinten an der Wand und bis zur Tür stehen Zuschauer dicht an dicht. Die Studenten des ersten Studienjahrs haben ihr erstes Vorspiel, die Pflichtrolle zum Abschluss des Grundlagenseminars, das erste Szenenstudium, das bewertet wird.
Marie steht hinter der Bretterwand, die als Kulisse dient. Frau Dora hatte in den letzten Proben nur noch in sie hineingeredet, ihr Kopf ist Matsch, sie ist verzweifelt. Eine Puppenspielstudentin aus ihrem Seminar geht zu ihr. »Komm zeig's ihnen, du kannst das, lass die nicht triumphieren.«
Als sie mit Spielen fertig sind, nickt Frau Dora ihren Studenten freundlich zu, manchen drückt sie den Arm, an Marie schaut sie vorbei.
Hab wieder mal Scheiße gebaut, denkt sie. Bin nicht gut gewesen, hab keine Ahnung, wie ich gewesen sein könnte. Sie setzt sich auf einen Stuhl, ganz hinten an der Wand, auf dem sie nicht gesehen werden kann. Ihr ist übel, als ob sie Kartoffeln im Magen hätte, die langsam vor sich hin faulen. Die Studenten, die zugesehen haben, verlassen die Probebühne. Marie beobachtet aus dem Halbdunkel heraus die Professoren und Dozenten, die an der Bühne stehen und sich unterhalten.
Professorin Dora steht Professor Röder gegenüber, dem Leiter des Fachbereichs Schauspiel, sie stehen etwas abseits. Er ist mittelgroß, schlank, mit Brille und schwar-

zem Rollkragenpulli, mit schwarzem Bart und dunklen Augen. Ein schwarzer Kater, Ende vierzig, vielleicht Anfang fünfzig.
Frau Dora ist klein, unscheinbar, blass, sie geht leicht trutschig, trägt kurzes Eishaar und eine große, helle Brille. Eine graue, kampfbereite Katze.
Er steht einfach nur da. Sie reckt sich, weicht keinen Millimeter zurück und argumentiert gegen seinen Rollkragenpulli an.
Zu Marie dringen nur Fetzen des Gesprächs, aber sie sieht, dass hier zwei Menschen Brust gegen Brust, Aug' in Auge, Meinung gegen Meinung stehen und wird aufmerksam.
»Wenn du wüsstest, wenn du nur wüsstest!«, ruft Professorin Dora und hebt beschwörend die Hände.
»Ich weiß, was ich gesehen habe«, sagt Professor Röder.
»Wie schwer das war, wie lange das gedauert hat ...«, jammert die Professorin.
Er antwortet ihr ruhig und bestimmt, Marie versteht nichts, weil er so leise spricht. Frau Dora lässt nicht locker. Sie baut sich vor ihm auf, er erwidert sachlich, abwehrend.
»... wie lange ich das mit ihr probieren musste!«, beschwört sie ihn.
»Dazu sind Proben da, dass man probiert«, sagt er, jetzt deutlich. Noch ein paar Worte, die Frau Dora entgegennehmen muss: »Nein, bestanden, eindeutig bestanden«, sagt er und lässt sie stehen.
Die Traube der Professoren und Dozenten löst sich auf. Frau Dora starrt wütend in den Korridor und geht hinaus. Ein paar Studenten folgen ihr.
Marie sitzt immer noch da, dass es hier um sie ging, ahnt sie mehr, als sie es weiß. Ein Mädchen geht zögerlich zu ihr. »Mensch«, sagt sie, »du hast ja heute 'ne

Sternstunde gehabt«, und setzt sich neben sie. Marie wendet den Kopf. »Was?«, fragt sie entgeistert. »Das … war 'ne Sternstunde, für uns alle«, sagt das Mädchen und sieht sie bewundernd an. »Wir haben unten gesessen, mit offenem Mund.« Sie beugt sich herüber. »Mir sind die Tränen runtergelaufen … so was hab ich hier überhaupt noch nicht erlebt … noch dazu im ersten Studienjahr …« Sie sitzen noch eine Weile.

Frau Dora eröffnet den Studenten, dass alle fürs nächste Szenenstudium zusammenbleiben werden, was eine wunderbare Sache ist. Sie sind miteinander vertraut, das vereinfacht das nächste Zusammenspiel ganz entscheidend, in einer eingeschworenen Gruppe hat man es viel leichter, als wenn man ganz neu anfängt.
»Ja und Marie«, sagt sie und lächelt sie liebevoll an, »du wirst in eine andere Gruppe gehen, zu Thomas Meinert. Ich denke, das wird dir gut tun, es ist eine sehr gute Gruppe, sie arbeiten auch schon seit einem halben Jahr zusammen, aber das macht gar nichts, sie freuen sich auf dich und werden dich gut aufnehmen.« Sie sieht Marie an und wartet auf ihre Zustimmung.
»Nun, und ihr?«, wendet sie sich an die Gruppe. Lars senkt den Kopf. Auch die angehenden Puppenspieler schweigen, sie werden ab jetzt gesondert unterrichtet, sie haben mit Frau Dora nichts mehr zu tun.
Andy schaut auf und sagt, dass er es ja jetzt sagen kann. Er war froh, als er hörte, dass Marie die Gruppe verlässt und das nächste Szenenstudium woanders macht. Aber jetzt, nachdem er sie so gut spielen gesehen hat, findet er es schade, dass sie geht. Frau Dora bekommt feuchte Augen und nickt dem Jungen zu. Sie wendet sich freundlich an Marie. »Das ist doch schön«, sagt sie und erwartet immer noch eine Antwort. Marie sieht sie un-

gerührt an. »Das ist doch schön«, sagt Frau Dora noch einmal und nickt. »Ein schöner Abschluss.«
Die Professorin gibt einen aus. Sie lädt die gesamte Gruppe in ein chinesisches Restaurant ein. Marie möchte am liebsten im Wohnheim bleiben, aber sie gehört immer noch dazu, sie hat wie immer so zu tun, als ob nichts wäre. Das chinesische Restaurant ist schön und geschmackvoll eingerichtet, die Speisen und Happen sind appetitlich, die Bissen bleiben Marie im Hals stecken. Sie würgt sie hinunter und lächelt höflich. Nur nicht die Stimmung verderben. Die Studenten gehen anschließend noch einen trinken, Marie verabschiedet sich. »Müde, Kopfschmerzen, beginnende Erkältung. Macht's gut.«

*

Von der Welt außerhalb der Schule bekommt Marie nicht mehr viel mit. Bürgerinitiativen, Parteien und Organisationen werden gegründet, darunter eine Treuhandgesellschaft, von der sie nicht weiß, wozu sie gut sein soll. Gesellschaften finden sich und werden aufgelöst, man tagt und nächtigt an runden und eckigen Tischen. Bürgerrechtler, die hohe Positionen in neuen Parteien innehaben, werden von ihren ehemaligen Führungsoffizieren als Spitzeninformanten enttarnt. Namen, die man sich noch nicht mal richtig gemerkt hat, kann man gleich wieder vergessen. Bündniszugehörigkeiten und Truppenstärken werden besprochen, Grenzen abgesteckt, der Wert des Geldes wird definiert; Vermögen, Land und Leute in Besitz genommen.

Am Märzsonntag sind Wahlen, die erste Volkskammerwahl, bei der es nicht egal ist, wo sie ihr Kreuzchen macht. Diese Wahlen werden demokratisch und frei sein, zum ersten Mal in der Geschichte der DDR, so rufen und preisen es die neuen Medien in der DDR und die etablierten in Westdeutschland. Die konservativen Parteien der DDR nennen sich ›Allianz für Deutschland‹, angeführt werden sie von der DDR-Blockpartei CDU, die war noch linientreuer als die SED, das interessiert niemanden mehr, die werden jetzt gebraucht. Andere Parteien waren auch linientreu, das interessiert, die sollen möglichst schnell verschwinden.

Am Freitagabend fährt Marie zu Filip nach Freiberg. CDU-Plakate, soweit das Auge reicht. Von ihnen grinsen zuversichtliche Gesichter, die alle eine gewisse Ähnlichkeit mit dem großartig Gestreiften haben.

Filip ist noch stiller als sonst und sitzt stundenlang vorm Fernseher, eingehüllt in blauen Pfeifendunst. Die Proben laufen schleppend. Gemalt hat er seit Wochen nicht. An Schreiben ist nicht zu denken. Er kann sich noch gut an die Bilder der Montagsdemonstrationen erinnern, sagt er. Wie sich die Zusammensetzung der Leute änderte. Als sie »Wir sind das Volk« gerufen hatten, war das die ganz normale Bevölkerung der DDR, gemischt, wie er sie kannte. Dann tauchten die Plakate »Wir sind ein Volk« auf, woher auch immer. Die Leute nahmen den Spruch auf, ihre Zusammensetzung änderte sich, von Demonstration zu Demonstration. Der Mob nahm überhand.

Vorige Woche war er auf einer Wahlkampfveranstaltung, kam zufällig vorbei. »Die etablierten Parteien aus dem Westen hatten versprochen, sich nicht in unseren Wahlkampf einzumischen«, sagt er und zieht an seiner Pfeife. »Seit Wochen tourt nun dieser Kohl mit seinem Hofstaat durch das Land, verteilt Freibier, Wurst und Werbezettel von der CDU, kein Kaff ist vor ihm sicher.

Er verspricht den Leuten, was sie haben wollen, D-Mark und blühende Landschaften. Der Jäger aus Kurpfalz, die fleischgewordene Verheißung.«

Am Sonntag sitzt Marie im Zug nach Berlin und trällert in Gedanken. *Des Jägers seine Lust, den großen Herren ist bewusst, jawohl, jawohl bewusst, wie man das Wildpret schuss. Juja, juja, gar lustig ist die Jägerei, allhier auf grüner Heid', allhier auf grüner Heid'.*

Im Wohnheim schaltet sie das kleine Radio an. Das Wildbret ist erlegt.

Die Gruppe von Thomas Meinert ist eingespielt, die Rollen fürs Szenenstudium, aus einem Stück von Tschechow, sind verteilt. Alle Studenten spielen mittlere bis große Rollen, Kitti ist dabei, auch Hülya aus Köln, Lorenzo aus St. Gallen, sie probieren oft auf einer Probebühne in der Baracke, am Deutschen Theater, wo Meinert Schauspieler ist. Für Marie ist nur eine klitzekleine Rolle übrig, ein kurzer Auftritt, zwei, drei Sätze. Sie sitzt die ganze Zeit im Zuschauerraum und sieht zu, wie der Dozent mit den anderen probiert. Jedes Mal, wenn sie stundenlang wieder nur dasaß und zugesehen hat, bittet sie den Dozenten, sie auf die Bühne zu lassen, sie möchte auch üben, proben, ausprobieren, wie soll sie denn sonst ... Er sieht sie flüchtig an und sagt: »Das nächste Mal.« Das nächste Mal sitzt sie wieder im Zuschauerraum. Die anderen spielen sich die Seele aus dem Leib, Meinert arbeitet hingebungsvoll mit ihnen, erklärt geduldig, springt auf die Bühne, wieder an seinen Platz, ruft, korrigiert, geht wieder hoch, lobt, freut sich, wenn sie etwas verstanden haben und richtig gut sind.

Gegen Ende der Proben darf auch Marie ein paar Mal auf die Bühne, damit sie weiß, bei welchem Stichwort sie aufzutreten und wann sie wieder abzugehen hat, er sagt nicht viel zu ihrem Spiel. Marie fragt, bittet ihn, sie möchte auch korrigiert werden, er soll auch mit ihr arbeiten, auch wenn sie nur eine ganz kleine Rolle hat, er sieht durch sie hindurch und sagt: »Das nächste Mal.« Er beschäftigt sich liebevoll mit Kitti, die er »mein Vögelchen« und »mein Schnuppelchen« nennt, er kümmert sich aufopferungsvoll um Hülya, wieder und wieder lässt er sie ihren großen, emotionalen Ausbruch probieren, Hülya schreit, spuckt und krümmt sich stundenlang auf der Probebühne, er arbeitet mit den Jungs, Reinhard, Lorenzo, Peter. Marie schaut zu.

Das Vorspiel ist beendet. Die zuschauenden Studenten verlassen fröhlich die Probebühne, Dozenten und Professoren unterhalten sich angeregt. Hülya, Peter und Kitti fallen sich erleichtert in die Arme.
Am nächsten Morgen fängt Frau Bergmann Marie im Flur ab. »Ich will es Ihnen vorab unter vier Augen sagen. Sie haben das Szenenstudium nicht bestanden.«

*

Das dritte Szenenstudium beginnt im Mai, das letzte für dieses Studienjahr. Noch einmal sechs Wochen, in denen die Studenten an einer Rolle arbeiten. Für Marie kommt es jetzt drauf an, nach dem zweiten Fähnchen fliegt man von der Schule, ein drittes Szenenstudium wird nur in Ausnahmefällen gewährt. Diesmal bekommt sie eine große Rolle, in einem Zweierstück, sie spielt mit einem Jungen zusammen, der auch schon ein Fähnchen hat. Marie versucht, das Beste daraus zu machen. Der Dozent scheint auch irgendwie hilflos, alle drei mühen sich.
Reinhard, ein Kommilitone aus Meinert's Gruppe, hält

sie auf. »Was ist denn mit dir los? Irgendwas stimmt doch nicht. Du rennst hier voll vorn Baum.« Marie sieht ihn an. Er hat ja recht, aber warum und wieso, kann sie ihm auch nicht sagen.
»Die waren alle total überzeugt von dir. Die haben dich als ›Talent des Jahrzehnts‹ aufgenommen.«
»Als Talent des Jahrzehnts?«, fragt sie irritiert. »Woher weißt'n das?«
»Wusstest du das nicht?«, fragt er erstaunt. »Ich dachte, du wüsstest das.«
Sie geht ziellos durch die Korridore, es sind fast keine Studenten mehr im Haus. Wenn das wirklich wahr ist, denkt sie, warum bin ich dann ausgerechnet zu dieser Dora ins Grundlagenseminar gekommen, obwohl die als Einzige nicht von mir überzeugt war, warum hat sie mich in die Gruppe von Thomas Meinert gesteckt, der mich fast nie probieren lassen hat, warum habe ich das letzte Szenenstudium mit einem jungen Mann zusammen, der auch schon einen Ex-Schuss hat?

In Berlin ist der Frühling eingezogen. Zarte, grüne Blätter bewegen sich im Wind, der blaue Himmel scheint zwischen weißen und rosa Blüten durch. Marie geht zurück ins Wohnheim, durch die versiffte Glastür, die nie richtig schließt, hinauf in den dritten Stock, in ihr Zimmer. Ein Ton zieht durch den Gang, sie folgt ihm, bleibt vor einer Tür stehen. Drinnen spielt jemand Akkordeon, ein russisches Lied, sehnsüchtig. Sie lauscht. Ich kann nur eins machen, sagt sie sich. Zum Vorspielen in ein paar Tagen so gut wie möglich sein.

Marie hat Sprecherziehung, wie immer im Einzelunterricht bei Professor Mindler. Er möchte mit ihr sprechen. »Es ist ja schön«, sagt er, »sogar sehr gut und wünschenswert, wenn man in diesem Beruf sensibel ist, viele sind zu wenig sensibel, ja allerdings.« Er macht eine Pause. »Aber wenn man zu sensibel ist«, fährt er fort, »ist's auch nicht gut.«

Er sieht Marie an, mit einem freundlichen, offenen Blick. Sie versteht und versteht auch nicht. Was will er ihr sagen? Soll sie weniger sensibel sein? Kann er ihr auch sagen, wie sie das machen soll? Man kann doch nicht einfach eine Schutzmauer um sich herum bauen. Sie sieht ihn an. Er ist der einzige Professor an dieser Schule, dem sie vertraut.

»Ich sage Ihnen das jetzt, damit Sie keine falschen Schlüsse ziehen.« Er überlegt einen Moment. »Ich habe soeben bescheinigt, dass Ihre Stimme nicht ausbildbar ist.«

Marie sieht ihn erschrocken an. »Mit Ihrer Stimme ist nichts«, versichert er. »Ihre Stimme ist … vollkommen in Ordnung.«

Marie versteht nicht. »Das hat hier keinen Zweck«, fährt er fort, »Sie kommen hier nicht weiter.« In seinen Beinen zuckt es, er springt auf, läuft ziellos hin und her, fuchtelt mit den Armen. »Diese Dame … ich könnte sie … diese Dame.«

Marie weicht scheu zurück. Sonst ist er die Beherrschung in Person.

Nach einer Weile besinnt er sich. »Ich gebe Ihnen einen guten Rat. Gehen Sie irgendwohin, an ein Theater, wo Sie sich freispielen können. Hier wird das nichts. An dieser Schule kommen Sie nicht weiter.«

Marie schießen die Tränen in die Augen. Er zieht sie auf einen Stuhl, setzt sich neben sie und sieht sie eindringlich an. »Verstehen Sie? Diese Schule macht keinen Sinn für Sie. Gehen Sie an ein Theater, wo Sie sich freispielen können, dann ist Ihre Stimme kein Problem.«

Sie sieht ihn an. »Mit Ihrer Stimme ist nichts, Ihre Stimme ist vollkommen in Ordnung. Spielen Sie sich frei, dann kommt alles andere von selbst.«

Frau Dora sitzt zufrieden vor ihrem ersten Studienjahr. Marie sitzt hinten, an der Wand. Es geht um das letzte Szenenstudium dieses Jahres, wer das bestanden hat, bleibt, wer nicht, geht. Frau Dora lässt das Jahr Revue passieren und lobt die Leistungen der Studenten. Dieses Jahr gibt es eine Neuerung, erklärt sie, eine Besonderheit. Sie haben beschlossen, die Fähnchen abzuschaffen.

Frau Dora sagt, ab jetzt wird ein Probejahr eingeführt, das für alle Studenten gilt, nach einem Jahr wird entschieden, wer bleibt, wer geht. »Das Probejahr wird mit diesem Studienjahr eingeführt, mit euch …«, sie sieht die Studenten vielsagend an, »das Probejahr gilt ab diesem Jahr.«

Dieses Jahr ist doch abgelaufen, denkt Marie.

»Für die, die das erste Studienjahr erfolgreich beenden, wird es kein Fähnchen mehr geben, ab diesem Tag. Ihr könnt in Ruhe studieren, habt diesen Druck nicht mehr, braucht keine Angst mehr zu haben, ist das nicht toll?«, fragt Frau Dora glücklich. Sie nennt die Namen der Studenten, die das Studienjahr nicht bestanden haben. Es sind zwei Jungs, auch derjenige, mit dem Marie im letzten Szenenstudium zusammen gespielt hatte, und Marie. Frau Dora lächelt in die Runde.

Die Studenten sehen sich skeptisch an, in ihren Gehirnen rattert es, es sickert. Andy verzieht den Mund und fragt irritiert »Und weiter? Wir?«

Sie schweigt und lächelt.

»Heißt das, wir … haben bestanden, wir sind … durch?« Er guckt ungläubig. Frau Dora nickt und lächelt. Bewegung geht durch die Reihen, sie atmen auf, lachen und umarmen sich, sie haben es geschafft. Im Grunde haben sie jetzt schon ihre Diplomprüfung in der Tasche, werden Kontakte zu Berliner Regisseuren knüpfen, zu Film und TV, werden ein großes Intendantenvorsprechen haben, zu dem alle Schauspieldirektoren der Theater kommen, aus Ost- und Westdeutschland, Österreich, Schweiz.

Marie möchte schreien, kein Ton kommt aus ihrem Mund. Die Tränen laufen ihr übers Gesicht, zwei Stunden lang.

Marie erscheint zum Abschiedsgespräch im Besprechungsraum. Sie setzt sich an den Tisch, zwei junge Dozentinnen setzen sich dazu, eine zarte Blonde und eine burschikose Brünette, die sie bisher nur mal auf der Treppe gesehen hat.

Frau Dora kommt herein, sie scheint es eilig zu haben. Sie lässt sich halbherzig auf einem Stuhl nieder, bereit, jede Sekunde aufzuspringen und hinauszurennen. Sie erläutert den jungen Dozentinnen kurz, worum es geht. Der Fall ist klar. »Die Studentin Maler hat zwei Szenenstudien nicht bestanden, und auch das erste war alles andere als gut.«

Die blonde Dozentin schaut auf ein Papier vor sich und sagt: »Die Studentin Maler hat das erste Szenenstudium zum Abschluss des Improvisationsseminars sehr gut bestanden, ich kann mich an ihr Spiel erinnern, es war sehr intensiv, emotional, ich war dabei.«

»Ich sehe das anders, ich kann das beurteilen«, fährt Frau Dora ihr über den Mund. »Die Studentin hat eklatante Defizite, die sich früh herausgestellt haben. Diese Defizite sind, selbst mit viel Arbeit und Geduld, nicht zu beheben gewesen.«

Die Brünette will wissen, welche Defizite. Frau Dora fertigt sie ab, das sei nicht relevant. Außerdem, erläutert sie nebenbei, liegt ein fachlicher Bescheid des Professors für Sprecherziehung vor, Professor Mindler, der mit der Studentin das ganze Jahr im Einzelunterricht gearbeitet hat. Er bescheinigt, dass die Stimme der Studentin nicht ausbildbar ist. »Das Urteil dieses kompetenten Fachprofessors, in einer so wichtigen technischen Disziplin hat hier entscheidendes Gewicht.« Sie senkt den Kopf. »Ja, leider.«
Sie steht auf und will hinaus. Die blonde Dozentin hält sie zurück.
»Von der Studentin Maler«, sagt sie, »war das gesamte Kollegium bei der Eignungsprüfung überzeugt, es gab keine Ausnahme, das kommt sehr selten vor. Sie galt sogar als ›Talent des Jahrzehnts‹.«
»Da sehen Sie mal, dass sich auch Professoren irren können«, sagt Frau Dora müde lächelnd, »und übrigens, es gab eine Ausnahme. Ich war von der Studentin nicht überzeugt.«
»Sie waren nicht …?«
»Nein«, wiederholt Frau Dora energisch. »Die Studentin hatte mich überhaupt nicht überzeugt. Ich wurde vom gesamten Kollegium überstimmt.«
Die blonde Dozentin lässt sich nicht beirren. »Ich kenne den Dozenten Meinert gut«, sagt sie, »er sagte, dass es gute Proben mit der Studentin gegeben habe, auf einer haben sie alle lachen müssen, weil sie so verblüffend komisch gewesen sei. Sie habe immer probieren wollen, was ja gut sei, leider sei sie so selten drangekommen. Er hatte mir das im Vertrauen erzählt«, fährt die Dozentin fort, »ich sollte es für mich behalten.«
Marie sieht sie erstaunt an.
»Aber im Vorspiel …«, widerlegt Frau Dora.

»Beim Vorspielen sind die Studenten aufgeregt«, widerspricht die blonde Dozentin und hebt die Stimme, »es geht doch hier ums erste Studienjahr, was erwarten Sie denn!«

»Das erwarte ich bereits im ersten Studienjahr!«, ruft Frau Dora.

»Es sollen doch Videoaufnahmen gemacht worden sein«, wirft die Brünette ein, »bei den Proben in der Gruppe von Thomas Meinert, können wir die mal sehen?«

Marie schüttelt den Kopf. »Das hatten wir vor«, sagt sie mit zitternder Stimme, »es ist aber nicht dazu gekommen. Sie ... haben die Kamera nicht gefunden.«

Frau Dora studiert die Wand.

»Die Studentin hat ein Recht auf ein drittes Szenenstudium nach dem zweiten Fähnchen, bei einem anderen Dozenten, im Herbst«, sagt die Blonde in die Stille.

Marie hebt den Kopf.

Frau Doras Kieferknochen werden zu Stahlkanten.

»Andere Studenten bekommen auch ein drittes Szenenstudium. Das ist durchaus üblich«, pflichtet ihr die Brünette bei.

»Diese Studentin bekommt kein drittes Szenenstudium«, sagt Frau Dora und steht entschlossen auf. »Die Studentin hat auch kein Recht darauf. Ein drittes Szenenstudium kann, ich betone kann, gewährt werden, wenn das verantwortliche Kollegium das befürwortet. Ich befürworte das aber nicht.«

»Sind Sie das verantwortliche Kollegium?«, ruft die Blonde.

Marie schaut auf. Trauen sich jetzt auch Leute, die früher geschwiegen hätten?

»Ich spreche in meiner Eigenschaft als Professorin für Schauspiel und Leiterin dieses Studienjahrganges«, erwidert Frau Dora.

Marie macht den Mund auf, ein Blick der blonden Dozentin zwingt sie zum Schweigen, sie spürt, dass es besser ist, wenn sie sich nicht einmischt.
»Was hat die Studentin für Defizite, in Ihren Augen?« fragt die Brünette freundlich.
Frau Dora setzt sich wieder und starrt vor sich hin. »Das, was die Studentin bei ihrer Zulassung gespielt hatte, war, wie soll ich sagen, kalt, gefühllos, herzlos, dazu diese Unverschämtheit, diese Frechheit ... ein Mädchen hat vor allem sanft zu sein, gefühlvoll, es hat sich unterzuordnen ... und das kann diese Studentin nicht, sie kann es nicht, ich habe es lange mit ihr versucht«, jammert Frau Dora, »und so etwas wird vom gesamten Kollegium als ›Talent des Jahrzehnts‹ aufgenommen, obwohl ich dagegen gestimmt hatte, als Einzige, ich hab doch gesehen, dass die nichts taugt ... aber das habe ich ja dann bewiesen, ja, ich habe es bewiesen.« Sie nickt zufrieden.
»Was soll das denn heißen«, sagt die Blonde mit scharfer Stimme. »Statuieren Sie ein Exempel an einer Studentin des ersten Studienjahres, weil Sie sich bei ihrer Zulassung mit Ihrer Einschätzung vom Kollegium übergangen fühlten? Um zu beweisen, dass Sie recht hatten?«
»Warum kuschen die Dozenten und Professoren denn so vor Ihnen, an Ihrer Fachkompetenz liegt es wohl nicht?!«, unterbricht die Brünette.
»Sie sind doch langjährige Genossin, der Wachhund der Ideologie ...«
Frau Dora springt auf. »Ich verbitte ...«
Die Blonde springt ebenfalls auf. »Wie viele Exmatrikulationen aus persönlichen Gründen haben Sie denn schon durchgedrückt?«, ruft sie, hochrot im Gesicht.
»Und wie viele aus politischen Gründen?!«, fügt die Brünette hinzu.

Frau Dora hält sich an der Tischplatte fest. »Von meinem Standpunkt aus ...«
»An dieser Hochschule wurden immer wieder politische Exmatrikulationen als fachliche fingiert! Das war und ist gängige Praxis!«
»Aus unserer Sicht ...«, verteidigt sich Frau Dora.
»Am besten nimmt man ein wichtiges technisches Fach, wo kein anderer was sagen und beurteilen kann ...«, wirft die Blonde ein.
»... zum Beispiel das Fach Sprecherziehung, denn mit der Ausbildbarkeit der Stimme steht oder fällt für einen Schauspieler der gesamte Beruf, nicht wahr?!«, ergänzt die Brünette.
Marie bleibt der Mund offen stehn.
»Professor Mindler ...«
»Von unserer Ideologie aus ...«, beharrt Frau Dora.
»Was haben Sie denn gegen die Herren Mindler und Kleinert in der Hand?«, fragt die Blonde. »Und an bestimmte Schauspiel-Dozenten brauchte man auch nur entsprechende Infos durchzustecken, das pfeifen doch hier die Spatzen von den Dächern!«
»Den Studenten-Spitzel im ersten Studienjahr, haben Sie den eingeschleust?«, will die Brünette wissen.
Frau Dora steht kreidebleich, ihr Unterkiefer zittert. Sie klappt den Mund auf und zu, watschelt zur Tür, flüstert »Ich ...«, und flüchtet.
Die beiden Dozentinnen sehen sich ratlos an.
»Kann man denn gar nichts machen?«, fragt Marie zögernd nach einer Weile.
»Sie ist langjährige Professorin, dazu Studienjahrgangsleiterin, außerdem wurde jetzt das Probejahr eingeführt, da hast du schlechte Karten«, sagt die Blonde.
»Professor Mindler ...« Marie stockt. Und wenn er es abstreitet? Es war ein Vieraugengespräch, es gibt keine

Zeugen. »Die Mauer ist gefallen, die Welt steht offen, und hier bleibt alles, wie es ist?«
»Ehe sich hier was ändert«, lacht die Brünette bitter, »fließt noch viel Wasser die Spree hinunter.«

Es spricht sich herum, dass Marie draußen ist. Eigentlich könnte sie dem Unterricht fernbleiben, sie braucht nicht mehr zu kommen. Aber sie will mitmachen, bis zum letzten Tag, wer weiß, wozu es gut ist. Ihre Kommilitonen nehmen es nach kurzer Verwunderung gelassen hin. Sie wissen, dass sie weiter sind, jeder ist sich selbst der Nächste.
Der Dozent, bei dem sie das letzte Szenenstudium hatte, beglückwünscht sie, dass sie die Schule verlässt. Er meint es ehrlich.
Die Bewegungsdozentin Bergmann nimmt sie nach der Stunde beiseite, wartet, bis alle anderen gegangen sind und schließt die Tür. Sie ist neben Professor Dora für dieses Studienjahr verantwortlich, aber nie groß in Erscheinung getreten. »Ich kann diese Entscheidung nicht nachvollziehen«, sagt sie. »Ich möchte, dass Sie das wissen. Es tut mir ehrlich leid.« Marie steht im Gymnastikanzug auf dem Tanzboden. »Geben Sie den Beruf nicht auf. Machen Sie weiter, gehen Sie an ein kleines Theater ... Sie gehören in diesen Beruf, Sie haben die Begabung.«
Das Parkett glänzt, von den vielen Fersen, Ballen und Zehen, die im Laufe der Jahre darüber gestreift, gehüpft, gedonnert, geschwungen und geschlittert sind. »Ich habe doch erst ein Jahr hinter mir«, erwidert Marie zögernd, »das ist vielleicht zu wenig.«
Die Dozentin wiegt den Kopf. »Am Theater können Sie viel lernen. Seien Sie mutig, Marie. Sie lernen beim Tun. Kopf hoch, Sie schaffen das.«

Filip schleppt sie durch Berlin, in die ›Möwe‹, ein Künstlerrestaurant mit barocker Einrichtung und schwelgend schönen Gemälden. Er weiß, wie das ist, tröstet er sie, als er in Leipzig Schauspiel studiert hatte, hatten sie ihn rausgeschmissen, weil er sich über den Prorektor der Schule lustig gemacht hatte, der war ein hohes Tier in der Partei. Er denkt sich was aus, sagt er. Wo, weiß er noch nicht, als Schauspiel-Elevin hat sie gute Chancen an kleinen Theatern, immerhin hat sie schon ein Jahr Schule absolviert. Er ist auch wieder auf der Suche, in Freiberg will er nicht bleiben. Er küsst ihr die Tränen weg, sie lachen.